当代中国生态文学读本

15

从浩瀚到无垠

From Vastness to Boundless

远人 主编

四川文艺出版社

图书在版编目（CIP）数据

从浩瀚到无垠 / 远人主编. -- 成都：四川文艺出
版社, 2019.10
（当代中国生态文学读本）
ISBN 978-7-5411-5511-6

Ⅰ.①从… Ⅱ.①远… Ⅲ.①中国文学—当代文学—
作品综合集 Ⅳ.①I217.1

中国版本图书馆CIP数据核字（2019）第204394号

CONG HAOHAN DAO WUYIN

从浩瀚到无垠

远　人　主编

出 品 人	张庆宁
责任编辑	荆　菁
封面设计	远人工作室
内文设计	史小燕
责任校对	段　敏
责任印制	唐　茵

出版发行　四川文艺出版社（成都市槐树街2号）
网　　址　www.scwys.com
电　　话　028-86259287（发行部）　　028-86259303（编辑部）
传　　真　028-86259306

邮购地址　成都市槐树街2号四川文艺出版社邮购部　610031
排　　版　四川胜翔数码印务设计有限公司
印　　刷　成都勤德印务有限公司
成品尺寸　165mm×235mm　　　　开　　本　16开
印　　张　15.5　　　　　　　　　字　　数　200千
版　　次　2019年10月第一版　　　印　　次　2019年10月第一次印刷
书　　号　ISBN 978-7-5411-5511-6
定　　价　48.00元

人文 | 自然 | 品质

主办：深圳市光明区公共文化艺术发展中心

顾问：王晓华

主编：远人

编委：陈瑛 陈昌云 余巍巍

序

从浩瀚到无垠

◎远　人

每次乘飞机出行，和绝大多数人一样，我喜欢挑选靠窗的座位。不为别的，就是喜欢透过狭小的窗口看着外面。

飞机起飞后，机窗外的场景逐渐扩大。首先是整个城市可以俯瞰，无论看多少次，我总觉得渐渐缩小的城市仿佛变成一个沙盘，能看见弯曲如线条的公路，看见积木般的建筑，看见带子似的河流，看见和模型无异的群山。当机窗外的一切变得更小乃至将消失之时，我开始平视窗口。窗外所见，除了云朵还是云朵。这些云不再在平时仰视才见的高度，它们就在窗外，成片地飘过。其实它们也很难说是飘过，它们就在我视线之外平行飘移，有时感觉那些云一动不动，但稍不注意，再抬头看时，刚才的薄云变成了连绵一片的厚厚云层，或者是刚才的厚厚云层变成了稀薄的透明云雾。无论怎样变化，它们的背景是从不改变的蔚蓝。

往往在这时候，我心里不禁涌上说不清的感慨。在大地的任何一个地方行走，就譬如无尽的群山、沙漠、海滩，它们无不给人一种浩瀚之感。没有人不喜欢开阔和浩瀚，这时候人的视野得到开阔，这时候的自然界总令人涌起庄严和博大之感。这些感觉会使人忘记生存的种种艰难，这时候我们会觉得，我们生活的地球充满雄壮、充满尊严、充满值得人活下去的种种理由。我们不会忘记大自然的千姿百态都在对我们的生命发出召唤。我们无人不愿意接受这一召唤，无人不愿意在这一召唤里沉浸，不再纠缠于生活的细枝末节。这就是大自然给人的真实感受。

当飞机把我们带到天空，一切的感受又相同又不同。说相同，是因为天空也是大自然的一部分，说不同，是因为我们获得了更高远的视野，获得了更使人沉迷的瞬间。飞翔是人类的梦。人类至今实现的一切无不是某种梦想的实现。这时候人在天空，也就是人在蔚蓝和无垠深处。这是一个无比干净的高度，人在这一高度，才真正体会到视野无穷的感受。甚至，那些无垠的蔚蓝会让我们觉得，人类就应该生存在这些蔚蓝之下，也生存在这些无垠之下。大自然给人的馈赠，不仅仅是山川河流，还有这些广阔无垠。无垠不能触摸，就像思想无法触摸。

真正的思想是什么？《现代汉语词典》的解释是："客观存在反映在人的意识过程中经过思维活动而产生的结果。"这样的解释更多地指向意识，人的意识往往需要一个背景。对今天的我们来说，更需要的是像宋人王淇在他的诗中说过的那样，"不受尘埃半点侵"。这是思想的境界，是从浩瀚到无垠的完成，它带给我们最需要的舒缓和宁静。

2019年6月24日于深圳

目 录

CONTENTS

艺 术

特 稿

光 明

文本与绎读

小说

罗非的狮子

◎王祥夫

怎么说呢，三年前，人们就相信那是一条狗，而且还都相信那是一条十分名贵的狗，要不罗非也不会养它。其实小峰那天不是去看狗，而是去看罗非新买来的摩托车。那辆进口摩托车可太不一般了，小峰还是头一次听说300万的摩托车，小峰简直就是给吓了一跳。

小峰对电话那头的罗非说："你说什么300万？"

罗非说："比这贵的摩托车还有，这有什么大惊小怪的。"

小峰在电话里能听出罗非有些激动，罗非在电话里对小峰说："你怎么不马上过来看看我的新摩托车？你马上过来。"

小峰说："你那么多摩托车怎么还要买？而且，你平时又不开。"

罗非就在电话里说："你知道不知道什么是爱好，就像有人喜欢表，你见过谁在胳膊上同时戴两块表，但有人一买就是几十块世界名表，这就是爱好。"

罗非这么一说小峰就不说话了。好半天小峰才说："这是你们有钱人的玩儿法。"其实小峰原来是想说"这是你们煤老板的玩儿法"，但话到嘴边就变了。

"有钱是坏事吗？"罗非说。

小峰忙把话岔开："你这次又买了辆什么牌子的？"

罗非在电话那头说了个牌子，但小峰根本就没听清，小峰对摩托车不感兴趣，他对汽车啊摩托车啊电脑啊高级手机啊从来都不怎么感兴趣，小峰的兴趣就是买书，所以家里就到处是书。

"马上过来，看看我的新摩托车。"罗非在电话里说。

小峰进罗非家的时候就看到了那条奇怪的狗，黄黄的一晃就跑了过来。这条狗很大，虽然大，但还是能看出它只是一条小狗，是一条与众不同的小狗。小峰在罗非这里经常能看到一些稀奇古怪的东西。比如身上同时长着男女生殖器的非洲木雕啊，白鳄鱼标本啊，纯黑的玳瑁标本啊，还有虎皮，还有整个的大象牙什么的。反正是什么东西贵什么东西就会出现在罗非这里。小峰和罗非是从小的朋友，小峰对罗非说："你现在可真是太有钱了，有钱有时候也不是什么好事，你得小心，你家里不能让那些滥人随便出出进进。"罗非知道小峰说的滥人是指哪些人。罗非那一阵子特别热衷于户外活动，跟罗非经常待在一起的都是些有钱人，他们的钱都是从哪里来的？小峰知道罗非的那些朋友几乎都是搞煤的，现在人人都明白最能挣钱的就是搞煤，煤是黑的，金子是黄的，煤待在地下的时候是黑的，但一旦被煤老板从地下弄上来后它们就都变成了金子。罗非没上过几天学，这一点他不如小峰，小峰是金融专业的，毕业后就去了银行。但他们是从小的好朋友，这一点真没得说。

在许多的日子里，怎么说呢，小峰总是和罗非待在一起，直到后来见到了罗非的那个女朋友。那天，罗非的女朋友还在，只不过她出去接电话了，罗非把身子凑过来，小声对小峰说："她有了。"

小峰一时还没听懂，说："什么有了，有什么？"

罗非说："还能有什么，有孩子了。"

小峰说："是你的？"

罗非就笑了，说："当然是我的，别人的我会说吗？"

小峰说："你怎么办？你老婆知道了怎么办？"小峰希望听到罗非

让这个女朋友去做流产，虽然那有些残酷。但罗非很让小峰吃惊，罗非说他准备给他女朋友先买套房子，然后把她的母亲也接过来。

"买套房子什么都解决了。"罗非说。

"没这么简单吧？要是你老婆知道了呢？"小峰说。

"问题是个男孩儿，我儿子。"罗非说。

那天的话就说到这里，罗非的女朋友又从外边回来坐下，她接完了电话。她看看罗非，对小峰说："我现在不能喝酒，我用茶敬你一下，因为你是罗非的好朋友。"

"她以前很能喝。"罗非看着小峰，笑着说，"只不过她现在暂时不能喝了，你也不问问她为什么不能喝。"

小峰就不知道该说什么了，他觉得自己有点尴尬，小峰站起来，对罗非说要去下洗手间。罗非掉过头朝身后吐了口唾沫。

"以后在我的面前不要说到'煤'这个字。"小峰听见罗非在自己身后突然来了这么一句，小峰回头看了一下，不知道罗非这句话是说给自己还是说给他的女朋友听。小峰回头看罗非的时候，罗非又冲他说了一句："以后无论在什么场合都不要说到'煤'这个字。"因为罗非是看着小峰说的这句话，小峰就觉得罗非这句话是对自己说的。

"别对任何人说起我与煤的关系，我跟煤没关系。"罗非又说。

"你是说我吗？"小峰说。

"'煤老板'这三个字可太不好听了。"罗非说。

小峰去了卫生间，他在卫生间里待了很长时间，心里觉得很别扭。从洗手间出来，小峰直接就出了饭店，他是用手机告诉罗非自己走了。罗非在电话里停顿了一下，电话里一阵椅子响，小峰猜测罗非是从那个雅间里出来了。

小峰听见罗非在电话里说："你是不是生气了？我其实是在对她说，是要告诉她。"

小峰说："你要告诉她就直接告诉她，你别说话的时候看着我。"

"你看，你还真生气了。"罗非在电话里说，"我那句话真是对她说的，她喜欢跟她的朋友说我是搞煤的，说我是煤老板。我最不喜欢听这句话了。"

"那你就对她直说。"小峰说，"你跟她都有孩子了，这话还不能直说吗？还至于对着我说。"小峰是真生气了。

那之后，小峰有好长时间没去罗非那里。直到听别的朋友说罗非在家里养了一只狮子，小峰这才明白那天看到的那条看上去很特殊的狗其实是只狮子。这简直是要把人吓一跳。小峰把这事告诉了自己的女朋友，说："想不到罗非在家里养了一只狮子，你说把狮子养在家里会不会出事？"

"家里怎么会养狮子？"小峰的女朋友说不会有这种事吧。

小峰说："我当时看那条狗就不太像狗，想不到居然是只狮子。"

"那怎么会？狮子就是狮子，狗就是狗，那还能看不出来？"小峰的女朋友说。

"问题是小狮子嘛，当时罗非也没告诉我。"小峰说当时就觉得奇怪。

"我要你带我去看看。"小峰的女朋友笑着说，"看看家养狮子。"

"动物园里有。"小峰说，"在动物园看狮子还安全。"

话虽这么说，小峰还是带女朋友去了罗非那里，其实小峰自己也想看看那只被罗非养在家里的狮子。

"问题是罗非从什么地方弄来的狮子？"小峰对自己的女朋友说，"狮子可不是藏獒，狮子也不是小狗熊，狮子也不是一只猴子或别的什么，这些动物都可以在中国找到，而狮子的老家却在非洲。"小峰说，"这可不是一件简单的事，这只狮子到底是怎么来的？"

"也许是在动物园出生的小狮子，也许是马戏团？"小峰的女朋友说，"反正不可能是从非洲那边弄过来的，因为狮子肯定是不能上飞机的，狮子的个头可太大了。"

小峰对女朋友说："你说得不对，不是个头大小的问题，是任何动物都不能上飞机。"

还是前几年，小峰带着西藏的那只猫想上飞机，但最终还是退了机票，因为机场有规定，任何动物都不得上飞机，不管是什么动物，更不管个头大还是个头小。

小峰带着女朋友去了罗非那里，那天，他们还在罗非那里吃了晚饭。那时候那只狮子还不算大，虽然已经长出了一些鬃毛，但也只是在屋子里晃来晃去，黄乎乎的，这里闻闻那里闻闻，然后就静静地卧在一边，小峰和女朋友坐在那里吃饭的时候，那只小狮子忽然过来了，是一晃一晃地走到小峰的女朋友那里，把鼻子伸过来闻了一下小峰的女朋友，然后一跃，是一跃，也只能说是一跃，一跃就站立了起来并且把两只前爪放在了小峰女朋友的腿上。紧接着就是小峰女朋友的尖叫。

"下去，下去。"罗非对着小狮子挥挥手，一边对小峰的女朋友说，"其实你这么一尖叫也许就会刺激了它，它其实是喜欢你，我知道它是喜欢你，你看看它那样子，其实只是想跟你亲近亲近。"

这时候小狮子已经把它的两只前爪收了回去。那真是两只柔软的爪子。罗非过来，蹲下，把小狮子的爪子用手拉起来让小峰和小峰的女朋友看。小狮子的爪子的掌部是深黑色的，爪子背部的毛是金黄色，而爪子尖又是粉红色的。

"再大一点，"罗非对小峰说，"我也许会带着它去野营，晚上就让它和我睡一个帐篷，也许我会带它去西藏。"

"去和西藏藏獒战斗，有好看的。"小峰笑着说。

"这可要比带一只藏獒出去牛得多。"罗非说。

这时候那只小狮子就又朝小峰的女朋友凑过去了，真不知道它想做什么。

"去去去。"罗非对那只小狮子挥挥手。

"来来来。"罗非又对那只小狮子摆摆手。

罗非站起身把那只小狮子往那间屋子里带的时候,小峰的女朋友对小峰说:"你没问问狮子是从什么地方弄来的?"

"最起码不会是从非洲那边来的,它又不能坐飞机。"小峰说。

小峰的话被罗非听到了,他把门拉上,掉过头朝身后吐了口唾沫,"你们全错了。"罗非说,"这只小狮子恰恰就是从非洲来的。"说这话的时候小狮子已经被关到了另一间屋子里,小峰和女朋友都能听到"喳喳喳喳,喳喳喳喳"的声音,是那只小狮子在用爪子抓门。

"它想出来。"罗非说,"它一想出来就抓门,让它抓去吧。"

"你喂它什么?"小峰说狮子肯定不会吃素食。

"牛肉。"罗非说它很喜欢吃牛肉,那种进口牛肉。

小峰听见女朋友"啊"了一声。

这时候那只小狮子又开始抓门了,"喳喳喳喳,喳喳喳喳"。

"牛肉用生鸡蛋拌一下,一次还要吃十颗鸡蛋。"罗非说。

"猫粮其实也可以给它吃。"小峰的女朋友说狮子也是猫科动物。

罗非忽然笑了起来,说:"你们猜猜这只小狮子最怕什么?"

小峰和女朋友当然说不上来这只小狮子害怕什么。

"我表演给你们看。"罗非就又站起身,把小狮子从那间屋里又放了出来,小狮子黄乎乎的一晃一晃又过来,但这次小狮子没再往小峰的女朋友身上跃,小狮子轻轻一跃上了沙发,看样子它不想再回到那间屋子。它兴奋地直摆尾巴。

"去,洗澡!"罗非忽然猛地一抬胳膊。

这次该轮到小峰和他的女朋友笑了,罗非一说"洗澡"这两个字,小狮子立马从沙发上跳下来,是逃,逃一样又回到了那间屋子。

"它就怕洗澡。"罗非说可能非洲的狮子从来都不洗澡。

"非洲缺水。"小峰说。

那天小峰他们吃饭吃到很晚,小峰和女朋友临离开罗非家的时候,罗非说:"你们不想再看一下小狮子吗?"其实是到了罗非出去遛小狮子的时候了。罗非给小狮子带上了脖套,拉好了,然后送小峰他们出来。出院子的时候,小峰回头看了一下站在院子里的罗非,印象是罗非牵了一条非常大的狗站在那里,院子里的路灯把他和小狮子的影子拉得很长。

"你怎么不问问他狮子是怎么从非洲运回来的?"小峰的女朋友说这可不是一件简单的事。

"我问了。"小峰看着女朋友,想起来了,刚才问这事的时候女朋友去了洗手间。"罗非说狮子是乘军用飞机和军火一起运回来的。"小峰忽然笑了起来,"罗非这家伙的话没一句是真的,他居然会说他这只狮子是军用飞机运回来的,和军火一起,跟你说他说话一点儿都不靠谱。靠谱的是他真的挣了很多钱,他到底有多少钱可能谁都不知道。"

"那活佛又是怎么回事?"小峰的女朋友问小峰。

"这事我不知道。"小峰说我只知道他的狗都在吃进口牛肉。

"听说飞行员只吃牛肉。"小峰的女朋友说。

"现在超市一斤熟牛肉都六十多块钱了。"小峰说。

"我该去做做头发了。"小峰的女朋友说。

罗非养狮子的事后来朋友们几乎都知道了,不少人都去罗非那里看过狮子,但据说那只小狮子现在已大到让人害怕的地步,有时候连罗非都拉不住它,这就很让人担心,担心会出什么事,比如把家里的什么人咬了或者是从家里跑出去闹出什么事。再到后来人们就对这件事没那么大兴趣了。但还是有许多关于罗非和他的狮子的事零零星星传来。罗非给小峰打电话要小峰去他的新居是最近的事,罗非说这可能是他在同城最后的一处新居，因为他很快就要去西藏了，那边有许多事情等着他去做。小峰已经从朋友那里听说罗非又搬了一次家，但小峰对这种事没什么兴趣。

"这次的房子更大，不但前边有院子后边还有个院子，地下室比你住的那套房都大。"罗非让小峰过来，非要让小峰过来看看房子。

"我们好长时间没见面了，来喝喝酒。"罗非说，然后才在电话里小声对小峰说，"也许这是咱们最后一次在这里见面，这次我去西藏也许一待就是十年。"

小峰其实对房子没什么兴趣，小峰想知道罗非去西藏的事，不少朋友都说西藏那边的一个寺院已经认定了罗非就是他们的活佛，这可真是怪事，而且多少还有那么点可笑。小峰主要还是想看看那只狮子，小峰想知道那只狮子现在长到多大了，有人说非洲的雄狮可以长到一吨，但小峰不相信一只狮子可以长到那么重，狮子又不是河马。

"狮子又不是河马。"小峰又笑了起来。

"问题是他要去当活佛。"小峰的女朋友说这也太玄了吧。

"是搞笑，他当然不会是活佛。"小峰说。说这话的时候小峰还和女朋友同居着，小峰已经和女朋友同居三年多了，但他们两个谁都没有结婚的想法。这天，小峰拉上女朋友去看罗非的新房，都快到吃中午饭的时间了，车一直朝东开，忽然迷了路，因为那地方到处在施工，居然有许多树横倒在路上，给人的感觉就好像是刚刚刮过台风。到了地方，小峰给罗非打电话，罗非说马上就让人出来接，罗非让小峰就站在那座小水泥桥边等。小峰说他就在桥边，结果是等错了，罗非让小峰去的是另一座桥。

"那座桥比你现在待的那座桥大，是吊桥，很高级的吊桥。"罗非在电话里说又小声对小峰说，"他们现在都把那座桥叫作'活佛桥'，过了桥就是我的家，要是实在找不到你就问'活佛桥'在什么地方，一问就找到了。"

小峰终于找到了那座吊桥，也就找到了罗非的家。罗非正站在门口，他身后还站着一个人，手里拎着什么，是雨伞，天又不下雨。

罗非对小峰说："这么好找的地方你居然会找不到？"

小峰说："谁知道你这地方这么多桥。"

罗非带小峰和小峰女朋友进了电梯，小峰知道私人家现在安电梯的并不多，电梯里挂着一张很大的唐卡，唐卡的颜色总是那么艳丽。

罗非说："不管是谁，来我家最先要去的就是最高层。"

罗非说的最高层就是五层，五层并不是小峰想象的那样是个大客厅，而是个佛堂，里边点了几乎像是无数的酥油灯，佛像差不多有两米高，这就让房子显得低了些。小峰和女朋友忽然有些不知所措，到了这种地方他们真不知道自己该做点什么，因为小峰和女朋友前不久才准备信仰天主。小峰看着罗非，希望他赶快带自己下去。

"这地方宗教味道太浓了。"小峰说。

"酥油的味道是好闻。"罗非却说。

"是好闻。"小峰的女朋友便笑了一下。

吃饭的时候，小峰和罗非之间发生了一点儿不愉快，全是因为喝了酒。罗非对小峰说："我把钱都捐给西藏的那个寺院了。"罗非这么一说小峰就笑了起来。

罗非说："你笑什么？"

小峰说："我说了你会不高兴。"

罗非说："你说吧，我跟你还有什么不高兴，你那事还是我教的，那年你我都才十三岁，你说。"

罗非笑了起来，但小峰一说罗非就不笑了。

小峰说："钱没白捐，捐了个活佛出来。"

"不会说话就别说话。"罗非脸色马上就不好了，"好在没有别人。"

小峰想问问罗非他那个小儿子最近怎么样，还有那个女朋友，其实是不应该再把那个女人叫作罗非的女朋友，准确说应该是二奶。但小峰没问，怕再问罗非会不高兴。

小峰问那只小狮子，这才是小峰想问的："那头只狮子，不知道现在长多大了？"

罗非说："还小狮子，站起来比我都高。"

罗非这么一说，小峰觉得挺吓人的，小峰看看女朋友。

"太麻烦了。"罗非说你不知道狮子长大是怎么回事，它的问题是它太能叫了，叫声也太大太吓人了。只要它一叫，周围的人谁都别想睡觉。罗非站了起来，小峰以为他要去取什么东西，想不到罗非站起来学狮子叫。

"像打气，就这样。"罗非把头仰起来，往后背，"吼——吼——吼——吼——""吼——吼——吼——吼——"学了两声，然后又坐下，说，"我算是知道什么是狮子吼了，真怕人，先是一声比一声长，然后是一声比一声短，只要它一叫，周围的人谁也别想睡。"

"有没有规律？"小峰说，"应该有规律吧？"

罗非想了想，说肯定是有规律，有规律晚上也不能叫，半夜三更地就叫起来，周围的人都提意见，声音可太大了。

"现在怎么样？"小峰说，左右看看，奇怪怎么没一点点动静，小峰知道狮子现在不可能再放在屋子里，但也应该有点动静啊，比如喘息，比如走动，比如叫。

"你把它关到哪里了？"小峰说。

"你听我说嘛。"罗非说养狮子可是太麻烦了，家里根本就不能养这种大型动物，后来实在是没法子了，我想把交它给动物园，动物园说没有出生证明不能要，我想白白给了马戏团，马戏团说都这么大了也不能接受驯导了，勉强驯导几天拉上台吃个人可不是开玩笑的事。而且天天还得我去喂，别人也不敢去喂，我一离开家，给它喂食就成了大问题。"这么高。"罗非站起来，用手在腰那地方比了一下，"它别往起站，它平平站着就这么高。"

小峰就笑了起来，可以想象得出这只狮子给罗非带来了多少麻烦。

"它要一高兴，往起一站，把两只爪子往我肩上一搭，它的大脑袋就在这里。"罗非抬起手比了一下，"后来它每次一跟我亲近我就吓个半死，不是怕它把我给吃了，就怕它一扑把我给压死。"

"怎么听不到动静？"小峰说。

罗非不说话了，忽然伤感起来："它不死也不行，是我让它这样，要不我去了西藏心里会更不安。"

狮子在什么地方呢？它专门有间房是肯定的，在铁笼子里？这也可以肯定，如果不在铁笼子里更容易出事。小峰想知道那只狮子现在在什么地方。

"在小煤窑。"罗非说，"在废弃的坑道里。"

小峰早知道罗非的煤窑已经关停了，现在几乎所有的小煤窑都停产了，把狮子关在废弃的小煤窑里倒是个好主意。

"连铁笼子一起放在废弃的坑道里，"罗非说，"问题是我不能找人开枪把它打死，狮子是一级保护动物。我不忍心把它饿死，但我只能把它饿死，活活饿死。"罗非讲了几个细节，那就是把狮子放到坑道里的头一天，罗非一次性给它留下了五十多斤肉。第二次去看它，又给它留下了五十多斤。后来，又托人过去看它，给它留了不少肉。罗非是花钱雇人把它关进铁笼里再拉到小煤窑的。

"费了老大的劲，它一路总是叫，它知道要出事了。"罗非说。

小峰看着罗非，看着他掉过头朝身后又吐了口唾沫。

"只要它一死我就让人把它的皮剥下来带到西藏。"罗非说这也许是一种最好的纪念方式，它毕竟是我一手养大的，现在想想，它叫得可真是好听。罗非站起来，把头往后背，把脸向后仰，小峰知道他又要学狮子叫了，但罗非没叫，他朝身后吐了口唾沫又坐了下来。

罗非拉上小峰和小峰的女朋友去看狮子是第二天的事。虽说小煤窑那边停了产，但还有人守着，守小煤窑的是个中年人，他对罗非说："有两天没听到狮子叫了。"小煤窑在山里，转进山口不远就到，小煤窑的人口其实不那么大，能进出一辆拉煤大车的样子，现在被一道铁门锁着，里边居然还有电。"已经有两天没听到叫了。"那个守小煤窑的中年人又说，他把铁门打开，又把里边的灯打开。小峰和罗非马上就看到了那个铁笼子，但紧接着就听到小峰女朋友的尖叫，她看到了什么？那是什么？在地上流动着的，是密密麻麻的老鼠，那么多的老鼠，煤窑里的老鼠，在铁笼子周围聚集着流动着，铁笼里空若无物，只看到隐隐约约的骨头和皮毛，老鼠发出叽叽吱吱的叫声，并没有因为小峰他们的到来而停止它们的进餐……

王祥夫 著有《榴莲 榴莲》等七部长篇小说，《愤怒的苹果》等十二部中短篇小说集，《何时与先生一起看山》等十三部散文集。曾获中国第三届"鲁迅文学奖""《小说月报》百花奖""《上海文学》短篇小说奖""滇池文学奖""赵树理文学奖"等，作品屡登"中国小说排行榜"。为《光明日报》《北京晚报》《文艺报》《羊城晚报》专栏作家。

葫芦与刨花姑娘

◎柳　喻

1

日历上所有的字我都认识，唯独不认识"壬戌"二字。我问东山舅舅，他毕竟念过小学。舅舅说："你认识那两个字干什么，又不能当饭吃。"说完，继续修理他的自行车。他的自行车天天坏，所以舅舅天天修。梅兰姨妈初中毕业时间不长，我想她总该认识吧。可是，我的梅兰姨妈只扫了一眼，便说不认识，让我一边玩儿去。她忙于洗她的手绢子。梅兰姨妈每天洗手绢子。她啥都能耽误，唯独这件事耽误不得。外祖父一向板着脸，我不敢问。外祖母又不识字。于是，我小小的心里一直存着这个疑惑。我不明白壬戌年是什么意思，而且这两个字看上去那么奇特，似乎浑身长满了刺儿似的。

壬戌那年，我刚刚六岁，我的父亲母亲去了牧区，将我暂时寄养在外祖母家。我在那里生活一个月了，已经慢慢习惯了这个家。

一想起那年的事情，我的记忆里总是先浮出一所别样的屋宇来。这所屋宇早就在城市扩张建设中烟消云散，谁也想不起它到底毁于哪一年。梅兰姨妈说："小河，你从小就爱问问题，怎么如今还问呢，我们谁也不爱操心这些事呢。真的，没有多大意思，以前的很多事儿现在回想起来总叫人心里不得安宁，所以我们都不爱去回想哩。"

可是那间屋宇给我留下了很深的印象。我总觉得那间屋子代表着一些不一样的故事。就像一粒种子，在平常的日子里生根发芽，长成只属于自己的形状。它的不一样在于它身上天生具备一种异样的品质，来自大地深处，不断向上生长，从而经久不衰。

屋子里一直弥漫着一种干涩的气息。人们早已不怎么打扫这间屋子了。因为冬天冷，人们在临时安装的百格窗户上糊了好几层报纸。现在天气回暖了，为了透气，有人将报纸一角捅了个窟窿。这样连窗户都不用支起来了。另一面墙上是几幅画。大胡子的马克思总让我想起从前的庙祝爷爷来。假如我的外祖父留胡子，我想也应该是这么个模样，因为他们都神情肃穆，眼睛里满含着忧思。上面有人拿着一张报纸念着。今天颇有些意外，平素上面的人一念文件，时间不长，底下的人们便会昏昏欲睡。是啊，劳动了一天，身子早就乏了，晚饭也是凑合着吃，还要来小庙里学习，谁不累呢。而今天，人们似乎都生出了一份迷茫的新奇感。大家很快计议起来，又怕犯错误，不敢十分张扬。上面念报纸的人只负责将报纸一字不改念完。念完后，连他自己都陷入了迷茫的新奇中。他什么问题都回答不了，只好说了一声"散会"。

这间屋子自打建好后，一直是东湾村的村庙，二百多年来，不断地修缮，用途从未改变过。三十年前拆了殿前的门扉，装了两扇百格窗，改成了学堂。现在，它的主要用途是会议室。每日饭后，村子里的人轮流来此地学习文件。屋子的用途变了，但称谓没有变，依然叫小庙。

随着"散会"之声，大家慢吞吞站了起来，各自搬起小凳子往外走。

"外爷爷，明天要下雨呢。"我拉着外祖父的手，走到了院子里。

外祖父嗅了嗅空气，说下不了。外祖父的鼻子一向很灵，不光能嗅出天气变化，也能嗅出村中大事小事来。

我告诉他，我做了天气预报，玻璃上结了很多霜花，肯定能下雨。

"噢，是吗？"外祖父终于有了些力气，跟我来到了庙后院子里。在墙的一角，扒开杂草丛，我的天气预报埋伏在那里。外祖父蹲下看了看，说了声："大约吧。"不过，他的目光很迷茫，连六岁的我也能看出来，他对明天可是一点儿把握都没有。

村子里的几位老人缓缓走出小庙，和外祖父会合在一起。几位老人都看着天空说，真的要变天了吗？

外祖父说："大约会下雨吧，我们小河说她的天气预报很灵验。"

一位爷爷摸了摸我的头说："这个丫头倒也乖得很，开会的时候，我看她一直一个人在庙后院子里坐着。她倒不像其他的娃娃那么爱乱跑。"

我说："我一直看太阳，等天气预报的时间呢。"

爷爷的眼神告诉我，他没有听懂我的话，但他什么也没有问我。他转而问外祖父，要是政策真变了，这日子能好过吗？

外祖父说："如果地真到了咱们自己手里，日子好不好过，还不是自己说了算的事。自己有多大能耐自己总知道。"他连着说了好几个"自己"，好像"自己"这两个字儿刚刚出生，和他有了关系。

另一位爷爷说："怎么着也不能让人饿肚子。我祖太爷小的时候，大约是乾隆年间，饿过一次肚子，弟兄几个从山西逃到了青海，生的生，死的死，也算是扎下了根。那几年饿肚子，以为这条根脉要断了，没想到也能熬到今天。贺老哥，你说，这天能变好吧？但愿菩萨保佑，老天爷下场好雨，娃娃老小们好好吃顿好饭。"

外祖父说："庙里早没有菩萨了。"

爷爷说："庙里没有天上也该有吧。"

外祖父不语。

回家后，外祖父没有像往常一样坐在堂屋外台地上抽旱烟袋。他腿上来了劲儿。他连小板凳都没来得及放下，就直接从扶梯走上了角楼。

他将尘封已久的一把三弦琴从角楼里取了下来，坐在井架边开始调音。

今天，外祖母也很开心。她找出来许多小布兜，里面全是各色蔬菜花卉的种子。看来，她打算明天好好干一场了。外祖母原本不识字，自打前几年参加了村里的扫盲班后，能写自己的名字，也能认得一些简单的生活词汇。布兜上的字通常只有一个。如果是芫荽种子，外祖母便用"盐"字表示。家里的盐放在一只坛子里，坛子外面贴了一张红纸，上面写着一个大大的"盐"字，因此，外祖母会写这个字。如果是白菜种子，外祖母就写一个"白"字。有时候，外祖母也会用布兜的颜色、花色来区分种子的类别。外祖父性子急，很烦外祖母做这些琐碎而没用的事情。他只需看一眼，就能辨出种子的品种来。然而，通常情况下，外祖父不屑于搭理这些微末小事。纵然外祖母拿着布兜请教他，他都懒得看一眼，只叫外祖母随便种。而如果外祖母弄差池了，他便会更加不屑，认为女人不可教也。唯独今天，外祖父一改常态，他调试了一番三弦琴，并没有拉曲子，而是主动替外祖母鉴别起布兜里的种子来。

"那是青麻叶，不是白菜。"外祖父只扫了一眼说。

外祖母两两比较了一下，得出了结论："怎么看着都差不多哩，难怪我放错了。"

"你们女人总是这样，老爱说一些差不多的话，做一些差不多的事情。这骡子和马哪里能一样呢。就像这弦索子，调门高一点低一点，哪里能一样。"三弦琴很旧了，外祖父一直很爱惜，他拿了一块干净的布仔细擦拭。

外祖母对种子一向外行，对于蔬菜，她也认为差不多，反正都是用来吃的东西，连烹调手段都差不多一模一样，吃在肚里那还不更加一模一样。她见外祖父难得的好兴致，故而把她的差不多的话咽了下去。

"咦，这种子是哪里来的？"外祖父将三弦琴放在一边，将一小撮瓜子仁似的种子摊在手掌上仔细看。

其他的种子都分清了。外祖母将蔬菜种子和花卉种子全部分开来，分别放在两只小箩里。

外祖母也不认识这些种子，想了想，说："大约是货郎抓错了吧。"

"你又从那个四川人手里换的？"外祖父几乎很少问问题，今天真是破了先例了。

外祖母带着迷惑点了点头。今天真是太难得了，任凭外祖母怎样马虎，外祖父竟一点儿也不发火。

"东山和梅兰去哪里了？你也不好好管一管，就由着他们的性子到处乱跑。"外祖父望了望天，问外祖母。最后的一抹西晒残留在院中，夜晚马上就要来了。

"东山去四柱家了，他们商量去牧区的事儿，梅兰大约又到西院去了。回来我问问。"外祖母的话音刚落，我的舅舅东山和姨妈梅兰前后脚走了进来。

外祖父恢复了他平素的严肃神情，问他们都到哪里去了。

舅舅说："阿爹，你怎么还待在家里？外面大家伙儿都聚在一起商量分地的事儿呢，你也不去打听打听。"

外祖父说："事情该怎么来就会怎么来，打听干什么哩。"

舅舅说："你不打听，到时候吃亏了可怎么行。那我去打听。"然后又走了出去。

外祖父心里面倒很希望舅舅能多操心操心家里面的事务，只是外祖父在家里面的权威地位一点儿都不能动摇。看着舅舅的背影消失在院门外影壁墙后面，外祖父才说："打听管什么用哩，有用我早就打听去了。"多年了，外祖父早就养成了顺乎天然的习惯，他从来不做反其道而行之的事情。他自有他的一套人生法则。

梅兰姨妈似乎进屋取了什么东西，又急匆匆要出门去。最近一段时间，她的装束有了很大变化。不知是哪位朋友送了她一件军绿色仿军上装，她天天穿在身上。每出门，必要照一番镜子。她在床头贴了好几张山口百惠的画报，嘴里时不时哼着一些不成调的电影插曲。外祖父见不得姨妈这个样子。有一次动了怒，他拿竹竿打了姨妈几下。自打那之后，梅兰姨妈胆子更大了，时不时从家里跑出去，都懒得告诉外祖父一声。东湾村位于省城郊区，离城市很近，步行也能到城里去玩上一天。梅兰姨妈去城里的瘾很大，她开心想去，不开心也想去。她身上自有一种天不怕地不怕的精神，总之她不愿意待在家里看外祖父的脸色。她初中毕业时间不长，在家里闲来闲去，烦透了外祖父指使她干农活。她说，她有她的打算。但她具体打算什么，仿佛连她自己也不甚明了。有时候，她出门子，只会对我说一声她去哪儿了。外祖父一旦不顺心，就会将怒火牵到外祖母身上，怨她教女无方。

今天，外祖父没有动怒。他不言语，一直看着梅兰姨妈拎着一只网兜往外走。

姨妈转身说："我去西院了，王家大姐姐来了，我请她给我做一件衣领子。"

后来，外祖父和外祖母都到后院里打土坷垃。我在院子西墙边同样做了一个天气预报。我怀着忐忑揭开覆在上面的厚草垫子。我看见最上端的玻璃上全是水珠儿。这次我没有告诉外祖父。我怀揣着这个小秘密一直对着夜空祈祷：让水珠儿再多些吧，让水珠儿再多些吧。

就在我默默祈祷的时候，我忽然发现天空出现了奇异的景观。起初是一颗流星划过还不太暗的夜空，后来又出现了好几颗，等夜空完全深沉下来后，我看见流星越来越多。

外祖父和外祖母也看见了。他们停下手头的活儿，只管痴痴地看着星空，许久，外祖父说："看来天真的要变了。"

外祖母似乎有点儿害怕，她将我拉到身边，然后拽着我几步走到了屋廊下。

"紫气东来，香风扑满怀，一见兄台急忙拿礼拜，这几年你在哪里恭喜发财。"外祖父将榔头立到廊下的时候唱了几句越弦子。他走过来对外祖母说："怕什么，天塌不下来。我十九岁那年，连夜从马步芳队伍里逃了出来，这天上也是这么个气象。"

我感觉有一道流星似乎就要落在我家的屋顶上。我盼着它落下来。只要家中发生大事儿了，我的母亲肯定会回来接我。可是，它终究没让我如愿。它只是假装划过屋顶，很快将光芒消失在遥远的星际里。我心里不免失望万分。

2

我的天气预报很给我面子。这天夜里果然来了一场雨夹雪。按外祖父的说法，也就是老天爷用眼泪花子抿了抿大地而已。他是瞧不起这场雨的。外祖父瞧不起很多事物，比如哭，比如乱喊乱叫，比如跳舞，比如念报纸。他觉得那些事物很傻，简直傻透了。如果有人走路姿势不符合他的审美，外祖父会更加瞧不起。他甚至瞧不起外祖母。他嫌外祖母是解放脚，嫌外祖母性情懦弱。只是这层瞧不起附着着生活的本质，通常会掩藏进他更加瞧不起的漫漫黑夜里。

这天夜里起雨的时候，家里发生了另一件不同寻常的事儿。这件事情我是第二天吃早饭的时候才知道的。

大概是半夜里两三点的时候，外面起了风。时间不长，雨沙沙地来了。外祖父和外祖母都醒来了。他们听着雨声说了一小会儿话。慢慢地，雨声越来越大，大得不像雨的声音了。

"今儿个这雨怎么这么怪哩，按理说，这刚开春的雨里面还带着雪影子，不该这么大声音才对啊。"外祖父说。

外祖母也听出来了。她坐起来贴着窗户仔细听了听说："是不是什么东西没放好？"

外祖父也坐了起来："东山这个死人，睡着了再叫不醒。我年轻时哪里是这个样子。"他披衣起身走到了屋外。很快雨声变异的缘故被外祖父找着了。原来是厨房里进了人。这个人我们大家都认识，是巷子东头的阿更。阿更的爷爷和外祖父从小儿一起长大，后来两人一起进了马步芳的军队，1948年又一起从兰州逃了回来。阿更的爷爷去世得早，这让外祖父的人生寂寥了下来。阿更的父亲曾是东湾村学堂的先生，因言语莽撞进了监狱，在那里一病而逝。阿更的母亲在探监的路上失踪，从此杳无音讯，丢下十来岁的阿更和他的妹妹无依无靠。兄妹俩有时候在邻村舅舅家生活，有时候在伯父家过几天。时间一长，倒养成了阿更自由任性的脾气，谁也约束不了他了。有一次，东山舅舅无意中称阿更为贼娃子，外祖父恰巧听到，他当即动了怒，骂舅舅说话不养德。外祖父一直管十四岁的阿更叫更娃子。据说有一次，为了阿更，外祖父还和阿更的伯父红过一次脸。

外祖父一进厨房就看见阿更坐在灶前一堆草里吃一块玉米饼。他见到外祖父后站了起来，嘴里依旧吃着东西。外祖父没有生气，而是让他慢慢吃。阿更也很坦然，安心吃完了手中的饼子，又喝完了外祖父倒的一碗茶。他俩甚至在灶门前说了一会儿话。阿更走的时候，外祖父又给他拿了一些食物。

早晨，吃早饭的时候，梅兰姨妈将饭粒洒在了桌上而没有立即捡起来，外祖父发了火。

梅兰姨妈气性很大，她干脆不吃了，说："阿爹，自家孩子吃不饱你不管，你倒欢喜管那个阿更。听说，他爹爹那时候没少和你吵架哩。"

梅兰姨妈没有等外祖父拍桌子叫她滚，她自己先滚了出去。外祖父的怒火将他身上固有的善良都激发了出来。他当即命令东山舅舅拿半袋面粉给阿更家送去。舅舅满心委屈，磨蹭了一小会儿，最后还是依从了外祖父。

早饭后，村子里喇叭响了起来。外祖父和舅舅一起去小庙里开会去了。外祖母开始在后院下种子。

几个月前，我的母亲曾给我买了一本小人书，名字很奇怪，叫《刨花姑娘》。书里面讲一个外国小女孩用爷爷的刨花做成了很多小玩偶陪伴自己玩的故事。后来她的邻居一个小男孩病了，小女孩做梦梦见仙女对她说，如果用刨花铺一条路到小男孩的家，小男孩的病就会好起来。小女孩的爷爷已不再做板凳了，家里没有了刨花。小女孩想了很久，最后把自己所有的玩偶都拆了，将所有的刨花都洒在了通往小男孩家的路上。小男孩的病果然好了。他和小女孩成了最好的朋友，天天在一起玩。小女孩也不再心疼她的那些玩偶了。我每天都要将这本小人书看上一遍。书已经被我翻得所有的角都卷了起来。外祖母干活的当儿，我便守着我的天气预报继续看我的《刨花姑娘》。我想象着我拥有很多的玩偶，和她们一起在后院中玩耍。

"外奶奶，咱们家做凳子吗？"

"不做。"

"那怎样才能有刨花呢？"

这个问题一时难住了我的外祖母，她想了想才说："得先有木头才能有刨花。"

我又问："那什么时候才能有木头呢？"

外祖母说："只有盖房子的时候，家里才会有木头。"

"那我们家里盖房子吗？"

"不盖。"

"为什么不盖？"

"傻孩子，肚子都刚刚吃饱，哪有钱盖房子哩。"

"那钱是从哪里来的？"

外祖母又想了想说："钱是用泥巴捏的。"

我的外祖母天生有这样的智慧：她认为凡天地之物都是从泥土里来的。她喜欢一切从土地里直接生长出来的事物。比如粮食、蔬菜、鲜花；又比如鸡、猪，她也认为是从土里长出来的。就连人，外祖母坚信也来源于土地。

我问她，那天上的星星呢？

她说，星星是天上的神仙用泥巴做的。

我又问，那神仙呢？

外祖母沉思了一会儿，说，神仙也是泥巴捏的，我们每个人都有个神仙在天上哩。

外祖父和舅舅快到中午的时候才回来。外祖父走在前面，舅舅落后了一大截。除了带着我的时候，外祖父走路一向跟一阵风儿似的，谁也赶不上他。外祖父为此很自豪，也为此瞧不起其他人。今天开会他们都没有拿小板凳。据说人太多了，全部站在庙后场地上。

外祖母倒了一碗酽酽的麦茶给外祖父。外祖父一气喝完，将碗放桌上。外祖母又倒了一碗，等着外祖父发话。外祖父又一气喝完，依旧不言语。

过了半晌，外祖母问舅舅："东山，会上怎么说？"外祖母和自己的儿子说话也是一副赔小心的样子。

外祖父咳了一声，说："女人家，就是装不下个事儿，成不了气候，快端饭去。"

饭很简单，外祖母早就做好了，是烤得发焦的土豆。外祖父就着酸菜，吃了好几个，这才开始说："这叫什么饭，糊弄人哩，家里得吃上像样的饭才行。"他的眼睛里闪过一抹严肃的光芒，似在怜悯如此简陋的午餐，又似在怜惜上天的淡薄。他又闷头喝了几口茶，才说："这次错不了，明天大队里就要丈量地了，老天爷可不等人。"

外祖母将所有的欢喜都写在了脸上。她头上随便搭了一块蓝布帕，悠悠然纳着一只鞋底子。那是外祖父的鞋子。外祖父走路快，很费鞋子。

"咱们队就数小庙后面那一带的地最好。"外祖母说。

外祖父已经点燃了他的旱烟。他抽了几口。

"东岭一带的地太薄了，又远。"过了一会儿，外祖母又说。

外祖父不言语，他的烟嘴子上火星一闪一闪，恍若微妙的希望时暗时明。

"阴山堂的地只能种燕麦，分来也没多大用处。"外祖母说。

"地不在远近。"外祖父终于说了一句。外祖父傲视一切，唯独不傲视土地。他相信自己有足够的能耐掌握土地的命脉。

3

连着好几天，天没亮，外祖父和东山舅舅就去小庙了，量地、造册，村里喇叭不停地喊话。很多人干脆把饭都端到小庙里去吃。意见不统一，小庙里总是吵吵闹闹。外祖父尽管看不起吵闹，也在他着实看不明朗的地方，照例拍了几遍桌子，骂了几回孙子。每次都是天擦黑时气昂昂回家来，把个东山舅舅撂下一大截，进门后都不敢言语。有一天半夜里，外祖父不知想到什么，他将正睡得迷迷瞪瞪的舅舅硬生生从床上拉起来，然后点了火把，到村外地头转了一大圈，天快亮时才回到了家里。外祖母一直坐在炕上叹气，眼巴巴瞅着他们回来，才眯了一会儿。

外祖父的脸色很不好看。他骂村里的一个干部不是个东西。外祖父的怒火并不是针对自己的利益，而是两个生产队之间的不均等。东山舅舅的怨气来自外祖父竟从来不替自己说话，从不为自己家拍一回桌子。外祖父替自己的生产队当了回出头鸟，又替阿更骂了一回人，最后分到了几块让舅舅怨气冲天的地。东山舅舅在外祖父面前从来发不出火来，他只会闷闷地出一阵子怨气，然后去干活，或者去修他的自行车。很多次，舅舅在外祖母面前抱怨外祖父，说他是窝里凶，嫌外祖父到了外面不争不抢。

怨气归怨气，地已经印在了小红本子上，外祖父没事时，很喜欢拿出小红本子仔细看看，仿佛他看一看便能对地产生影响力似的。早年外祖父曾在合作社里得过一张奖状，上面称贺宜泰同志为劳动模范。外祖父对这张奖状也颇为爱惜。奖状如今还在墙上镜框里挂着。外祖父的小红本子便放在镜框的后面。对已成定局的事情，人们似乎慢慢也就安之若素了。因分地而产生的不痛快随着时间的流逝一天天弱了下去。播种的时间已经来到了，人们已没有太多精力去争吵。而且，显而易见，争吵没有任何意义。争吵只会让自己显得更渺小。

东湾村通电时间不长，电压总是不稳定，几乎每天都会出现几次断电。每次断电，外祖父就要表达一番他对电的鄙视情怀。同样，分拣粮食原本是外祖父看不起的事情之一。在他的理念里，这种活儿，只适合女人和小孩子干。男人嘛，在他看来，就应该骑在马上，立在天地之间，或者是拿着铁锨，臣服脚下的大地。而现在，外祖父对外祖母不放心起来。他嫌外祖母分拣小麦种子速度太慢。梅兰姨妈又死活指望不上，东山舅舅还要去地头守水。万不得已，外祖父只得暂且放下男人的架子，也陪着外祖母在西厢房炕上分拣起粮食来。种子是生产队分下来的，外祖父已到王家庄舅爷爷家兑换了一回。他想精益求精，想让每一粒种子下地后都能长出苗壮的苗来。他和外祖母坐在炕上，在一盏时明时灭的荷叶灯下快速地将里面不成器的秕粮食分离出来。

这一次电停的时间长些，以至于外祖父失去了等待的耐心。他骂梅兰姨妈不成材，都十六岁了，还什么事儿也担不起来。

外祖母觉得心虚，不敢言语，假装她有夜视眼，依旧干着手里的活儿。

"如果那丫头再去城里，我一准儿敲断她的腿。"外祖父对着虚空中的梅兰姨妈发着诅咒。

我的眼前已是梅兰姨妈天不怕地不怕，只想冲出家门的样子。今天早晨，我帮外祖母去供销社买盐，偶然发现了梅兰姨妈的秘密。

我买完盐往家走时，听到村边林子里一片鸟鸣声，我便走过去看看。我那十六岁的姨妈正站在一排树外和东村的一个小伙子说说笑笑。她看见了我，然后走过来，给我买了一支大头娃娃雪糕，叮嘱我回家告诉外祖母，说她和王家大姐姐去菜园子了。说完，便坐上那小伙子的自行车后座，向城市的方向而去。大头娃娃雪糕极为甜润，抿上一小口，我感觉我的身体都能甜润起来。除了梅兰姨妈，从来没有人给我买过大头娃娃。

我听见那小伙说："这小丫头靠得住吗，万一她说漏了嘴咋办？"

梅兰姨妈说："这是我外甥女儿，小丫头不爱乱说话，放心吧。"

小伙子又说："万一你阿爹知道了，打你怎么办呢？"

梅兰姨妈说："我才不怕，我连天王老子都不怕，他知道了又怎么样，他再敢打我，我便永远到城里去，再不回来。"

我记着大头娃娃雪糕的好处，回家照梅兰姨妈的话跟外祖母说了一遍。而现在天都黑尽了，我的姨妈还没有回来，我不由有点儿害怕起来。

"都是你惯的。"外祖父总结道。

外祖母说："明天我一定让她到菜地里干活。"

外祖父说："去菜地里，太便宜她了，让她跟着东山守水去。"

外祖母说："那不是女娃娃干的活。"

外祖父说："那丫头也算个女娃娃？是个女娃娃就该在家待着才对。"

好在电来了，外祖父的怒气很快化进了劳动的节奏里。

我想，如果我有足够的刨花，我一定做出许多许多的人儿来，让他们帮外祖父母干活，省得他们发火。梅兰姨妈总给我买好吃的东西，我不愿意外祖父打断她的腿。

4

两个生产队分地不公的矛盾终于在引水灌溉时再次爆发出来。外祖父这个队的地整体位于水渠的上游。那一段时间，队里家家户户都派出了青壮年劳力，整日整夜守在水渠入村处，将全部的水都引到了自己队的田地里。这样，在分地上占了优势的二队就不干了，他们也派出了最强壮的劳动力。这边堵那边挖，这边挖那边堵。两个生产队都是血气方刚的青壮年，挖来堵去没几个回合，便打成了一片。

东山舅舅回来时，全身伤痕累累。不过，他的气色倒一点儿也不郁闷。他几乎是带着凯旋的神气走进了家门。这一群殴事件仿佛把他二十年来的不如意全部打了出去。据他说，所有守水的人都滚在了泥土地里，人人心中都埋着深深的怨气，所以大家伙儿都使出了上乘的拳脚功夫。东山舅舅自己练过几年江湖少林拳，没事干就爱打沙袋。这次总算派上了用场。

"二队的人只是嘴上功夫好，心里头算计多，真打起架来，全是软蛋。"东山舅舅平日里话不多，今天坝上的事件助长了他的威风，他不由发表了一些对村中人事的看法。

在外祖母忧心忡忡的絮叨下，舅舅换下了涂满泥巴的衣裤，嘴里"嗞嗞"吸着气，站在台地上洗着脸。他不甘心，又讲述了一番坝上的情景。外祖父抽着烟锅子，独自陷入了沉思。后来，他对着天空说："老天爷啊，你就好好下几场透雨吧。"他既没有对东山舅舅表示关心，也没有像往常那样挑毛病。

打架仿佛打通了东山舅舅的任督二脉，他身上的寂寞情绪一扫而光。他迅速扒了几口饭说："爹爹，等这茬水浇完，我就和四柱去牧区。今天回来的路上，我俩已经说定了。"我的父亲母亲都在牧区，舅舅对草原心仪已久，只等外祖父点头。

外祖父猛抽了几口旱烟，将烟锅子在地上磕了磕。他望着远处的影壁墙说："娃娃，你连个种地的苦都吃不了，你还能出去干什么？我像你这个年岁的时候，哪样活儿不会干？走到城里能干城里的活，走到地里就是个庄稼好把式。房子倒了能自己盖，拿起枪就能去打仗。你不过就在坝上和别人滚了一身的泥，充什么好汉哩。"

东山舅舅没有接外祖父的话茬子。他转而对外祖母说："阿爹就知道管住我，怎么梅兰成天在外面晃，他就不管。"

这下子外祖父生了气，他用鄙夷的眼神看了舅舅一眼说："那是个女娃娃，地里的活儿指不上。再说她还小哩。"

舅舅不再言语。

外祖父说："想飞也得等翅膀硬些，啥都不会，到哪里都是白混。"

舅舅说："上回姐夫来，姐夫都同意了。"

外祖父拿拳头使劲捶了捶自己的腿说："他不是你爹。"

这天，梅兰姨妈回来后，果然和外祖父吵了一架，第二天一早便赌气去了王家庄舅爷爷家。外祖父让她永远都不要回来。

外祖母哀怨叹气，很是伤了一番心。我开始日日夜夜期盼父亲母亲回来。有一天，外祖母在院子里干活时，不小心弄坏了我埋伏的天气预报。为此事，外祖父又骂了外祖母几句。可我生他赶走梅兰姨妈的气，怎么也不肯原谅他。没有雪糕吃的日子里，我的嘴唇都干裂了。现在连刨花姑娘也勾不起我丝毫的兴趣。

王家庄的舅爷爷来过一次，带来了梅兰姨妈去城里找活干的一些消息。梅兰姨妈在城里的一家玩具厂找到了一份工作，一时半会儿回不了家。

"叫她永远别回来。"外祖父理所当然这样说。

舅爷爷情绪并不坏，明明白白地说："那丫头可不想回来哩，她说除非你去请她。"

这句话几乎让外祖父敲断烟杆子。

我一面想着父亲母亲，一面想着梅兰姨妈。我猜想她是不是也用刨花做玩具。我已经决定了，我长大了也要去玩具厂工作。

就在这天傍晚，我看见外祖父极为难得地露出了笑脸。他和舅爷爷吃完饭坐在庭院台地上聊天。后来外祖父想起什么，忽然去了一趟后院，归来时手里多了一个陶罐。

外祖父说："这东西藏在窖里都三十年了，还是东山爷爷那年放到窖里去的。这多少年了，只敢看一看，如今不管它了，咱们弟兄俩喝了。"

外祖父盛酒时，我看见他的脸在夕阳晚籁里露出了笑容。他的鼻梁很高，平日里两只眼睛从不旁视。而这一时刻，他的两只眼睛眯在一起，笑微微看着酒一点点注满盏子。

外祖父和舅爷爷一边说话一边喝酒，时间不长，那坛酒便完了。后来，外祖父和舅爷爷唱起了小曲儿。

这一时刻大约是壬戌那年外祖父最开心也最舒畅的微弱时光。

5

村子里撤了大喇叭，在每家每户的屋檐下装了一只木匣子。每天早晨六点半，木匣子里就开始播送新闻和报纸摘要，然后是天气预报。村子里有什么事儿，也会通过木匣子喊话。外祖父只要在家，便会关注木匣子里的一切声响。他最关心天气预报。有几次，他按照木匣子里的天气预报来安排出行，结果该下雨的时候没雨，该出太阳时也没有太阳。他便鄙视起天气预报来了。

他说："连个天气预报都准不了，那些干部还能干出个啥名堂。"

他将鄙视扩大到了广播电台，村委会，甚至播音员身上。

新闻和报纸摘要里说：北京市春季蔬菜喜获丰收，已陆续进入北京市民的菜篮子。

外祖父在堂屋前的庭院里帮外祖母移栽一丛竹子。对于外祖父来说，这是一件新鲜的活儿。太不男人了，他心里一定这样想。

"说话倒轻松，好像蔬菜瓜果不是地里长出来的，而是商店里长出来的似的。"木匣子里的那条新闻冒犯了外祖父。他生了气，一锹一锹猛劲儿铲着土。

外祖母已将一丛紫竹摆正放好。她直起腰，扶着竹子，这才顾得上抹一下额头的汗水。"那意思是不是说，咱们没日没夜地种地，就是为了让城里人吃口好饭呢？"

外祖父挥起锹，只几下就在竹子周围培好了土。他脸色有些沉重，嘴里哼了一声，说了一句："不管它。"

木匣子又说，苏联发射的"金星13号"行星自动站到达金星，它的下降装置在金星表面软着陆成功。全国人大决定设立"国家体改委"，将发展全民体育运动。外祖父听到"运动"二字，又哼了一声。

"种皇田哪有个不苦的。"外祖母的心依旧沉浸在北京市民的菜篮子里。她倒有心替木匣子开脱。分田到户的喜悦一日日淡了下去，繁重的劳作使人们的脸很快蒙上了新的尘土。因分地不公而产生的一些小仇恨倒滋生蔓延了下来。两个生产队的人走在巷道里都要摆出你低我高的身段来。

现在，木匣子又开始说另外几件事，国务院确定将每年3月12日定为植树节，在全国开展义务植树运动。"运动"两个字让外祖父心生烦躁。他将锹插在地上，喘了一口气，说："植树就植树，咋还扯上了运动呢。"

外祖母也停了下来，将一缕头发掖进头帕里，说："这意思是不是说，如果谁将树栽错了就要挨批斗？"

外祖父没有接这个话茬子，他忽然想起了什么，问外祖母上次拿出来的种子是不是全种上了。

外祖母说："都种上了，种子又放不住，明年再说明年的话。"

外祖父又问："你连那把从来没见过的种子也种上了？"

这回，外祖母想了想才说："都种了，不知是什么，在西墙边长着呢。"

"竟然生根发芽了？"

"就是呀，我想总不过是蔬菜啥的。不过，现在听广播里的话，要是这个种子种错了，是不是也要搞什么运动呢？不行的话，把它拔了吧？"外祖母不免有些忧心起来。

外祖父远远扫了一眼后院，说："算啦，就让它长着吧。我看看谁为这个来运动我。"

当木匣子里说到国家将计划生育定为一项基本国策的时候，外祖父彻底不耐烦起来。他对计划生育毫无兴趣。他望着脚下干燥的土地说："水呢？哪天不是排着队抢水？哪个庄子不为抢水在打仗？这些事你们咋就不提。"

地里要过第二遍水，东山舅舅又带着铺盖去了坝上，已有两天没有回家了。我跟着外祖母送过一回饭。坝上人很多，似乎在赶一场盛会；或者说那情境如同在布置军事防御。我的东山舅舅里外全是土，帽子里扎了许多干草，就像刚刚从土地里长出来一般。他见到外祖母，连叫"妈"的力气都没有。他神情冷漠，拿看陌生人的眼光淡淡地扫了一眼外祖母和我，然后便拼命吃起了饭。自打上次两个生产队为了抢水对垒后，无形中形成了新的默契，所以这次两个队之间没有再起冲突，所有的人都失去了公开叫嚣的气焰。再说啦，木匣子让大家很快明白了一个道理：天下之大，新鲜事儿太多了，大家犯不上为了水长久地动肝火。人们明显感到了脚下土地的苍凉。两个队的人从刻意互不理睬转成了懒得搭理。人们看天看地，再看看彼此，只觉得天地高远，人是那么渺小。因了这份看破的渺小，人们也就原谅了过去的是非成败。

东山舅舅吃饱后，用手背抹了一下嘴，对外祖母说："妈，这次水过完，今年也不再过水了，我就走，阿爹打断腿我也不管。"

外祖母说："你走了家里活儿怕是干不过来。"

舅舅从地上捡起一棵干草放在嘴里嚼了嚼，又吐掉："这庄稼活儿哪还有干完的时候。"

"等你阿爹心情好的时候再提吧。"外祖母也很心疼舅舅。

"他还有心情好的时候？我打生下来就没见他笑过。"舅舅扫了一眼坝上，又说，"我看他倒喜欢那个阿更。"我看见阿更正在不远处的地上坐着。

外祖母说："那是个苦娃娃，谁都让着哩。人总得吃上饭才行。你阿爹是大苦难中过来的人，他有他的道理。"

这天吃晚饭的时候，外祖父忽然对外祖母说："这次水过完，你让东山拿床被子给梅兰送去，那么大了老住在亲戚家也不知道顾顾脸。"

后来，他又提到了我的母亲。他说："大姐儿他们也该回来了吧，不行的话，让东山去看看。"

6

雨终于来了，这是真正的春雨，淅淅沥沥下了一晚上。第二天雨过天晴，似乎世界真的变了个模样。河湾一带，整个绿了起来，河边杨柳吐出了新芽，带出一片雾蒙蒙的气象。天空白云朵朵，仿佛连阳光都带着一团团新颖的水汽。人们的气色明显舒朗，村庄里相遇，大家又恢复了往昔打招呼的旧礼俗。谁都喜欢问问彼此家里的新情况。

外祖父已经劳作了很长时间，现在他连自己瞧不起的除草的活儿也承担了起来。他头上戴一顶旧草帽，干活速度很快。几个回合之后，他和外祖母已经拉开了距离。阳光打在田地上，所有的麦苗都闪着金色的光芒。外祖父和外祖母的脸色也是一片金黄。隔壁田地里几个年轻的姑娘在除草。不知是哪一位带来的半导体收音机，一直在唱歌。

外祖父对这些歌曲没有表现出往昔的厌烦。有时候梅兰姨妈在家里唱歌，外祖父准保生气。梅兰姨妈喜欢的歌是《年轻的朋友来相会》，而这几个姑娘放的歌曲，无一例外都跟田野有关，不是希望的田野，就是美丽的田野。这样的歌断乎打动不了外祖父，但也绝对不会让他生莫名的气。

"外爷爷，希望是什么意思？"平日里外祖父并不喜欢我问东问西，今天我问的这个问题可能太难了，连外祖父都不由思考了起来。

"希望是个啥东西呢？"外祖父习惯性地看了看天空，好像答案会在天空中飘过。连我也不由得抬起了头。我看见天空的颜色已变成了一种很深的蓝色，白云不再清淡如絮，而是一团一团，带着沉甸甸的分量。我心里面有些想念起母亲来。我很想知道她的头顶是不是也一样有这样的一片蓝天。

"一切总归会变好吧？吃不饱饭的时代永远不会再来了吧？"外祖

父自言自语。过了一会儿，他才想起我的话来，说："希望大约就是心里头有些念想儿。"

外祖父又埋头干起了活。他将除下的草，全部收集起来。这些草是要带回家喂鸡的。外祖母养了七八只鸡，成天在后院里找吃的。如果吃不饱，有两只鸡就会飞过短墙，跑到前院来，甚至自己跑去厨房找吃的，弄得家里很脏。外祖父几次发狠话要宰了他们，可至今没有动手的打算。

所以我的望想儿一直游离于母亲回家和吃鸡之间。

就在这天，外祖父突然决定，他要在后院里起一间大粮仓。

这一想法把外祖母吓了一跳。

"万一犯错误呢？"外祖母小心地问，声音很低，唯恐被人听去了似的。外祖母的父亲是大地主，前些年很是遭了些罪。

外祖父眼睛里闪着光说："杀头都不怕。"

"有粮仓了，日子才叫有希望。"过了一会儿外祖父又说了一句。我的眼前闪现出这么一幅景象：外祖父坐在粮仓前抽着旱烟，后院菜畦地里，各色蔬菜蓬勃葳蕤。他身后的粮仓里，五谷粮食堆成了小山，一向不苟言笑的外祖父，含笑望着前方。

计划第二天就开始实施。外祖父家的后院紧靠着一段小山坡，取土极为便利。外祖父的希望便从这段小山坡开始滋长起来。每日早起，他便和东山舅舅在山坡下用借来的两套模子倒制土砖。不长时日，外祖父家的后院靠山一带，已立起了一排排土砖阵。黄昏时分，外祖父必去后院巡视一番，为了这些土制方砖，外祖父还特意编了几领草席子盖在上方。

天气很干爽，连着好多时日雨水稀薄，因此外祖父的土砖得以成功定型，风干，他像个颇谙土木营造的匠人一样，在几张日历纸的后面画出了图样，又在地上用木棍画了几条线。有一天早晨，他说是黄道吉日，这才开始破土营造。夯实地基，砌墙，收拾木料，他都一一亲力亲为。

外祖父的粮仓建造得非常慢，他容不得丝毫马虎。结果有一天他气走了东山舅舅。外祖母便偶尔给他打下手。

"现在的年轻人就是不行。"外祖父带着下断语的口气说，"心气都浮在外面，哪里是做事的样子。"

外祖母没有理会行与不行，而是说："东山又去四柱家了，要不让他先去牧区看看吧，倘或不行他也就回来了。"

外祖父说："你一个解放脚，你能干什么，和个泥你都和不动，东山走了，家里转不开，我看出来了，今年准是个好年景，得好好收一场才行，等将粮仓建起来，仓里满了粮食，这日子才叫有个念想儿。"估计失去了音乐的陪衬，外祖父已将"希望"两个字忘了。对于外祖父而言，希望是个渺茫而又高冷的事物，歌里唱唱可以，生活里是不能提的，念想儿可就实在多了。

"等粮仓建好了，去趟王家庄，把小河舅爷爷请过来，就在这后院里喝顿酒。"外祖父眼睛望着王家庄的方向，仿佛王家庄有他的希望之焰。这时候的外祖父神情是柔和的。

我从地上捡起日历纸，问外祖父壬戌是什么意思。我出生的村庄里有一条小河，母亲很喜欢这条小河，所以就给我取名叫小河。那么年呢？那时候，我成天陷入想问题的苦恼之中。

外祖父说："这个嘛，这个是老皇历了，年也不能白白叫哩，就跟你叫小河一样，这个年必定有个名字才行啊，所以这是年的名字。"

但他终究没有告诉我这两个字儿怎么念，是什么意思。

7

丁香花盛开的时候，梅兰姨妈回来了一次。外祖母仔细问她玩具厂的事情。梅兰姨妈说了一遍。外祖父在一边气呼呼听着，只顾抽旱烟。他和梅兰姨妈一句话也没有说。

过了许久，梅兰姨妈才想起来，她从网袋里的几件衣服中翻出了一只小布娃娃给我。这个布娃娃一下子将我从没有雪糕的失望情绪中解救了出来。

"这是你做的吗？"外祖母问。

"人还没吃饱肚子哩，咋就开始糟践起东西来了？"外祖父扫了一眼我手里的东西，说道。

"妈，以后经济要发展起来呢，人都得富起来，光种地可不行。"梅兰姨妈嘴里叫着外祖母，而话语却是针对外祖父的。

外祖母说："在家里让你做什么针线活儿，你不干，看不起，倒跑到外头去做活，那岂不是成了用人了？"

梅兰姨妈说："妈，那可叫工作，哪里能和用人比？"因为外祖母轻贱了她的工作，梅兰姨妈有一点点生气。

布娃娃很奇特，大鼻子，圆耳朵，通体是我喜欢的天空的颜色，穿一件粉色小衣裙。我问姨妈："这是不是刨花姑娘？"

姨妈说："刨花姑娘，刨花姑娘是什么？没听说过呀，这是个蓝妹妹，里面装的可全是太空棉，装刨花可不行。"

蓝妹妹总是一副开心的样子，所以她很快取代了刨花姑娘在我心中的位置。无论是睡觉还是醒着，我几乎成天抱着蓝妹妹。外祖父为此好几次抱怨梅兰姨妈，仿佛是她造了孽一般。东山舅舅有一次恶作剧，藏起了我的蓝妹妹，很快使我伤心欲绝。这之后，连外祖父都替我操心起了蓝妹妹，绝不容许任何人碰她。

大地上的一切都显出丰收在望的迹象，菜园子里各色蔬菜在拼命成长，有两株苹果树，上面已结满了果子。这种光景让外祖父在修建粮仓的闲暇里唱了好几次"紫气东来，香风扑满怀"。

有一天，有一位村中爷爷到家里来。他和外祖父坐在廊檐下，探讨粮仓问题。

"贺老哥，自己家盖粮仓真的不犯错吗？"这位爷爷一向谨慎惯了，凡事都不爱出头，曾经在饲养院里负责喂生产队的牛。

这个问题让外祖父有些忧郁。他将旱烟杆子在地上磕了磕，想了想说："犯就犯吧，等犯了再说。一家老小先得吃饭呀。"

墙上木匣子里一直在播送新闻，这时候正好说到，我国深圳建设拉开了帷幕，国家鼓励一部分人先富起来。

外祖父和爷爷都耐心地听完了这条新闻。这条新闻似乎很深奥，超出了外祖父的理解范畴。

"这是个什么情况？不叫大家都富起来，却叫一部分人先富起来？"

爷爷说："就是不大好懂哩，所以我才来问问，也不敢和别人讲，从前也只有地主家里才有粮仓，可听听眼下新闻里说的话，这先富起来是不是咱们家里都能建粮仓呢？"

"那天，我家梅兰回来说国家要发展经济，光种地不行，可不种地，经济咋发展呢？"外祖父又想起梅兰姨妈的另一件好处：上次姨妈回来曾当着外祖父的面，给了外祖母十元钱。现在外祖父的整个粮仓计划使用的就是这十元钱。

"贺老哥，咱们学问浅，总弄不明白，但我想，眼下自家建自家的粮仓总没有错。"

外祖父说："没有错。"

这天发生的另外一件事是：吃晚饭时，东山舅舅宣告了他的计划，他和四柱也要去一家厂里做工，是木工活儿。

外祖父什么话都没有说，只是深深呼了一口气。

外祖母则说："你们都不爱在家里做活，都欢喜去当用人，那你们去吧。"

显然，"用人"一词非舅舅所能喜欢。他像外祖父一样，对外祖母的话表现出了一些不屑。

"妈，听你说的，你怎么还在旧社会里想问题？"

8

小庙里的会越来越少了。有几个晚上，外祖父带着我在小庙后面的场地上看过几场电影。全是战争片，乱糟糟的，我也没看出什么名堂。唯一让我开心的是，外祖父曾在场地外路灯下捉了几只萤火虫，装在一只细草编就的小笼子里，让我玩。

当木匣子里说中国人口突破十亿的时候，外祖父的粮仓终于建成了。相当讲究，里面不光用木头分了区间，还分为上下两层。外祖父又特意请了村里的一位匠人，打了一只小梯子，方便他上下。粮仓里空空如也，庄稼还在地里迎风招展。丰收在望，连空气中都透着美好，舅爷爷如约而至。那晚，外祖父和舅爷爷干脆住在了粮仓里面。

壬戌年应该是个好年，我想。

因为人分为好人坏人，菜分为好菜坏菜，我想年也应该分为好年坏年才对，不然年多没意思呀。

每天晚上，我都会紧紧抱着蓝妹妹睡觉，醒来时蓝妹妹依然在我手中。这让我心里很安稳。

而这天早上醒来时，我的手里一无所有。我想哭的时候，才发现自己不在炕上。我坐在一堆被子上，被子的旁边，外祖母在拼命哭泣。很快，我明白了她哭泣的原因：我们的房子着火啦。阵阵火焰中，我的外祖父、舅爷爷，还有村子里的很多人都在救火。厨房已经烧没了，火苗已蹿到了厢房顶上。

外祖父站在院中大声喊："别救火了，来不及了，快拆房子！"

人们停止了打水泼水。大家迅速爬上屋顶，从堂屋开始拆卸。很快，整排屋子一分为二，右边是熊熊火焰，左边是残垣断壁。天放亮的时候，火终于败了下去，整个院子里狼藉一片。

外祖父手里提着一根木棍走过来，对依旧在哭泣的外祖母说："哭什么哭，还不赶紧整理东西。"说完，他用棍子使劲打了几下外祖母身边的被子。

"都给我搬到粮仓里去，以后你就在粮仓里睡觉，着火的时候竟然连个娃娃都不管，就知道跑到院子里哭，要不是我闻着味不对跑来，这娃娃早就没命了。"外祖父发完火，又转身离去。院子里人很多，大家已开始商量盖房子的事。

就在外祖母整理被子的当儿，我看见了一样东西从被子里掉了下来。

没错，是我的小布娃娃，她已经被我抱得很脏了，但完好无损。

现在所有的家当都搬到了粮仓里，似乎这间大仓房是专门为这场大火而准备的。

很多年之后，我依然对这场大火记忆犹新。似乎大火刚刚过去，我和外祖母坐在院子里一堆铺盖间哭泣不已，外祖父则在院中高声大喊，指挥众人救火拆房，最后全家人都住进了粮仓里面。

我的记忆里，尤为深刻的一件事是：房屋再建非常快，好像就在那天中午，整幢房子就修建起来了。

这件事情让我迷惑了很多年，后来有一次，我问梅兰姨妈："火把房子都烧没了，为什么当天就会盖起来呢？"

梅兰姨妈说："没有啊，光木料就准备了一个多月呢。幸亏那时候刚离开生产队时间不长，大家依然心很齐，都知道有个难处相互帮衬帮衬。那天救火的有很多是二队的人，所以灾难倒很容易就扛过去了。若是换到现在，一场大火，那可是啥都没有了。"

"姨妈，是谁把我从炕上抱出去的？"

"你外爷爷呀，还能有谁，把你抱到外头，你还睡不醒。你外奶奶那天早上吓坏了，她发现厨房着了火，就一个人跑到院子里大喊，她本来想到后院喊你外爷爷，结果腿软了，一步也走不动了，就瘫在地上哭了起来，你和你舅舅都是你外爷爷扛出去的。"

"那个年代生活多艰难呀。"我说。

"话也不能这么说，那个年月，大家都活得差不多，有个苦啊难的，大家都相互帮忙，人的心倒也不怎么苦。"梅兰姨妈叹了口气说。

我的梅兰姨妈在那场大火后的第二天便回来了，她不再有事没事老哼歌，更不再往外跑了，而是和外祖父一样，她抡起了锨，干起了各种力气活。

外祖父的话很少，而且并不怎么发脾气，也不再骂人。他每日和外祖母起早贪黑，收拾房屋和庭院。活很多。整幢房屋在大家不计报酬的帮助下，主体工程很快重建起来，后来大家也就各回各家，忙自己的事儿去了，剩下很多细活，全得靠自己一日日完成。外祖父几乎置办齐全了木工、瓦工、水泥工一应活计的工具，诸如刨子、锯子、錾子、泥刀、泥铋子等，他都使得得心应手。

外祖父已完全从灾难造成的失败情绪中走了出来。火灾早就化成了一缕青烟，随风而去。外祖父现在已完全进入了再铸辉煌的心境中。毕竟火灾在从前那个年月比较常见，并不是我家里才遇见。

"把人放在脊梁上都能站起来哩。"多年后的外祖父回忆起壬戌年来，通常都要发这样一句感慨。他瞧不起人被苦难压垮，因此外祖父从来没有被压垮过。

9

外祖父和阿更一起做起了木工活儿。新修的房子需要一些新的家当，外祖父打算打几样家具。自打火灾后，阿更一直在给外祖父帮忙。

我见到了很多很多的刨花，它们像雪片一样在外祖父手底下飞舞。我的《刨花姑娘》再也找不到了，我看着满地松软的刨花，不由想起了她。

"抓紧一些，再抓紧一些。"外祖父朝木板另一头的阿更说。

东山舅舅和外祖父一起干活时，我总觉得他们身边的空气也会紧张起来。外祖父一向神情肃穆，东山舅舅则表情寡然，似乎两个人都是迫不得已而为之。而阿更在外祖父身边就不一样了，他们之间通常会生出一些和气的气息。

"爷爷，你看，这样行吗？"阿更弓着身子，眼睛直视着墨盒，声调里全是坦然。

外祖父眯起左眼，拿右眼快速看了一眼绳子说："不错。"然后"砰"一下，墨绳在木板上打出了一道细弱的墨线。

外祖父和阿更一人拿着锯子一头锯了起来。

"当年，你爷爷那才是一顶一的好木匠，我的手艺全都是他教的。"外祖父回忆往事，目光柔和。

"我没见过爷爷。"阿更说。

"是啊，都是那时候闹饥荒闹的，好端端的一个人就那么走了。"

东山舅舅推着他的自行车进来了。他的自行车明显又坏了，车链子掉了下来，"嚓嚓"地响。

他看了一眼阿更，将自行车靠墙放好，没有修理，而是走过来打算帮外祖父的忙。他想换下阿更。

阿更说："叔，你忙你的吧。"

外祖父没有表态，舅舅只好讪讪地站在一边。

"阿爹，我才到四柱家去，他家亲戚刚从快尔玛回来，说我姐姐姐夫这个月底就要回来了。"

外祖父停下了手中的活，将锯子交给舅舅，拉起我的手，向后院走去。

我的外祖母和梅兰姨妈正在那里收拾蔬菜，多余的豆角得摘下来，串成串儿，晒干。这样冬天也有蔬菜吃了。

外祖父走得很慢。他一路活动着筋骨，又从衣兜里慢慢摸出旱烟点上。

我的外祖母和梅兰姨妈各自手里端着一只盘子，站在西墙根看着什么。

我跑过去，大声喊："外奶奶，我妈妈要回来了呢。"

外祖母仿佛吃了一惊，回过身，说："回来就好，早该回来了。"

自打房子着火后，梅兰姨妈早就和外祖父冰释前嫌了："阿爹，你来看看，这是什么？"

就在几片大叶子下面，我看见一只小葫芦孤零零挂在架上。我在画报上见过葫芦，可我没想到葫芦会生得这样小。我又是欣喜又是失望。

外祖父也认得，他望了望天说："这家里怎么会长出葫芦来？咱们这个地方地气太寒，原本长不了这些东西呀。"

外祖母说："对啦，这就是那把小种子，四川人抓错的，我全埋在这儿了，怎么就长出了这么一棵。"

这个地方曾经是我埋伏天气预报的地方。我为了让天气预报渗出水来，经常拿一只小桶给这里的土地浇水。不过，我将这个秘密一直埋在心里，跟谁都没有说。

这日晚间，外祖母用刨花给我缝了一只小沙包，让我踢着玩儿。梅兰姨妈看出了我的心思，说："人家小河想要的是布娃娃哩。"我的布娃娃在火灾中被外祖父救了下来，可后来让我自己给弄丢了。

外祖母说："我缝不来那种洋玩意儿，你爹爹见了，又该说我糟蹋东西了。"我的外祖母永远就是这样实际，让我很多次生出失望情绪来。

梅兰姨妈又对我说："用刨花做不来布娃娃的，刨花太硬了，做出来不好看呢，得用软东西才行。"

我说："刨花姑娘做了好多呢。"

姨妈说："那都是写出来骗你们小娃娃的。"

我泪流满面说："连外爷爷都说了，只要人肯做，啥都能做出来。房子也能盖出来。葫芦也能种出来。"

这是壬戌那年，我唯一一次发脾气。

梅兰姨妈如今经营着一家玩具商店，我非常喜欢去她的店里说话。

她望着橱柜上各色玩具说："那晚上你闹得可真厉害呀，你一直哭，谁也劝不住，你外爷爷外奶奶都害怕了，以为你中了邪，你外奶奶还跑到院中为你请神去了，家里又停电，你外爷爷也没法子，点了一支火把将前院后院都翻了个遍，也没有找到你的那个布娃娃。"

她说的这些我都不记得了，我只记得那枚小葫芦孤零零挂在架上的样子。

"姨妈，为什么外爷爷后来再也没有种过葫芦呢？"

"没有种子，不过那葫芦可是给了你外爷爷很多念想儿呢。后来，你外爷爷在后院里种出了西红柿、辣子、茄子，这些蔬菜以前咱们这儿都不长呢，没想到都长了出来，后来家家户户都种，现在蔬菜大棚里，可是啥都能种了。"

我想起了外祖父经常说的那句话："把人放在脊梁上也能站起来哩。"我想意思也该差不多吧。

后来我的父亲母亲从牧区回来，带我离开了东湾外祖父家。每年母亲都要带我回去几趟。我发现外祖父家后院中花草树木日益繁茂，苹果树上挂满了果子。外祖父的性子慢慢变舒缓了，走路不再那么快，话多了些，倒能经常和大家拉拉家常。他有几个曲艺界的朋友，闲暇的时间，他们总在院中苹果树下弹唱一些曲子。外祖父最喜欢的曲子依然是"紫气东来，香风扑满怀"。

在这段平静的岁月里，东山舅舅和梅兰姨妈都去了城里，他们各自成了家。

再后来，城市飞速扩张。在外祖父还没有想明白的时候，东湾村整个归入了城市版图。外祖父一家过了几年暗无天日的城中村生活，最后搬进了楼房里。东湾村整个消失了，连地名都变了，如今叫海湖新区。外祖父和外祖母都患有腿疾，极少下楼。他们整日坐在阳台上，默默地守着夕阳下的家园。他们时常回忆往事，说得最多的便是壬戌那年的事儿。

外祖父在阳台上种了好几盆菜，其中有一盆便是葫芦。这盆葫芦长势颇为喜人，藤蔓整个伸到了阳台上方，上面挂了十几枚葫芦。

现在，外祖父最喜欢唱的词是：我正在城楼观山景，耳听得城外乱纷纷。

柳　喻　本名柳小霞，青海省湟中县人，经济学学士，文学期刊编辑，中国作家协会会员，西宁市作家协会副主席，现居青海省西宁市。小说散文作品见于《人民日报》《文学港》《天津文学》《当代小说》《黄河文学》《时代文学》等。出版有散文随笔集《风声霞影》，小说集《雪花来敲门》。小说作品曾获"青海湖文学奖"。

撞 香

◎弋　铧

　　车拐进一条狭道，路陡然窄削下去，两旁零星的小店也不再看见，郁郁葱葱的树林，野兽般地扑面呼啸而来。车弹了几弹，从纵坡跳到浅洼，又从低处猛攀到高处，挂在后视镜上的那条长链叮叮咚咚地摇摆不停，链子中间嵌着的那张相片，里面玫瑰色孩子的脸蛋冲着我饱含天真地笑。我下意识地紧紧攥住副驾驶位后的椅套，抽空斜睨了老孟一眼，发现她的脸也早已煞白。

　　司机在一座小院前猛然刹车，把胆战心惊如重获新生的我们扔到一片开阔地。卸下简单的行李，我和老孟直面冲着我们谄媚地微笑着的店家。

　　这是一对夫妻，腰身习惯性地佝偻，脸盘略黑，但不脏相，周身干净。他们简单地介绍每日的费用，包三餐，价格低得吓人。我掀帘看一眼客房。院子左侧一溜砖砌的平房，房间满满地挤了五张铺，全是雪白得耀眼的床单枕套。我问："就这一间客房？还有旁的没有？"我冲老孟小声地嘀咕一句："我不想和陌生人合住。"

　　男店主听懂我的普通话，上前一步，还是那讨好人的笑容："没有另外人。"老孟赶紧冲我解释一番："这是真正的深山，一般闲客都不往这里厢进，路况不好，也远。刚才两小时车程前的热闹山庄，才是游客所往，真正的盈门共垒。”

确实，车刚进山时，迎面絮絮叨叨地挂着几副相同的大广告牌：好运谷。俗得不能再俗的名儿。老孟和司机一同解释给我听，原来叫作“转运谷”的，据说还挺灵验，在官场商场跌了跤，小小地在此地住一段，回去后真有再次飞黄腾达的。后来美谈传得久了远了，很多高官显贵也过来住一段，吸点负离子是真，讨点运气倒有些作秀——运气本就好着呢！这下也稍微犯了心忌，好运的人是不乐意再转运的，随即改了名儿，变成“好运谷”，便落下这俗套——反而大雅，现在流行这个。我低头遐思。那会儿车还在安静安全地行驶，供我有闲心野性驰骋我的心机。转过几道山梁，颠上一座人工垒起的壁堡，出来几个保安打扮的山民，制服穿得歪领斜肩，煞有介事地让我们做登记，连带司机，收每人十五元的入山费，才放我们进入这更深处的山里人家。登记时，老孟龙飞凤舞的字体开在我扭扭捏捏的胡乱草书后，她意味深长地看我一眼，把嘴边的话咽了下去。

明明是有另外人的！那小院往里走去的右侧有一道狭缝，再往里，能依稀在浓密的林间辨认出有一处掩映的平房。那不是“另外的人”又是什么？我咬着嘴唇往那边厢瞧，半天也没见人烟。老孟已经收拾好行李出得房来了。

早过了午饭时间。店家重又点灶，开炉火。夫妻俩一小时后给我们端上三菜一汤：两盘不同名字的野菜，说是房前屋后现掐的，挺清香，却都略带着涩苦，还有一盘红焖带皮野猪肉，用辣子蒜瓣胡椒烧的。

老孟问：“你们应该是培训过的？我听说山头前的那些农家小院，全进县城学习过，领了证，才让开店的。”她说给我听。这是她的领地，有土豪的霸气，从村里考进师专，留在城里，有了身份的变迁，用略变的乡音，颐指气使地诘问她的乡亲。

我又张皇地四下里研究，还是茫然地对着屋后的那一片密密的森林。隐隐显露出的那只房檐的角，带着我从那里纵下去，掩里去，深进去，拽着我的魂魄，高蹈而去。

我闻到一股带着辛气的香，从深掩的丛林中穿出来，直抵我的鼻腔。它慢悠悠地在我身边萦绕许久，缓缓地不肯散开。我迷荡一下，空蒙着眼睛，有点晕天晕地起来。我痉挛一下，抖擞一阵，不顾老孟和那对店家，直冲着那边过去了。

两家没什么分界，只除去那道狭缝，探过去，狭缝似乎深不见底，我犹疑一下，想捡块石子丢下去，测下深处，然而，从我背后传来"咯咯咯"的声音，我的整副身板激灵起来，当我的紧张从背脊处传到脚心里时，从我面前经过的却是一只骄傲的花公鸡，昂着脑袋，眼睛轻蔑地扫我一眼，复又慢条斯理地踱着步子离去。我松一口气，却见脚下正穿过一条硕大的红头蜈蚣，扬起脑袋，再往远看，一条黑花斑纹的蛇在房梁上吐着信子。

我骇得退缩到老孟和店家这边来。

老孟朝我上下看着，像研究一本书。"急什么？有得逛呢，这日子，在这里就像石头一样静止了，由着你消磨。"她淡淡地说。

山里真是寂静和落寞，基本没人，与世事隔绝。路况不很好，敷衍地用水泥铺就，有些地面可能因雨水而洇了，露出斑驳的石子来，走一阵硌一阵脚。

男店家跟着我们，手里拎个袋，告诉我们这整条山路都是村里人自己修的："村长说了，每家一公里半，材料自己买。"他遥遥地指着远山的一处楼房，"喏，他出山了，发了财，修路却照样不得含糊，便雇了人，买下料，也干完他的一公里半。"他啐一口唾沫，不知是觉得公平还是不平，抑或只是一口唾沫，脸色始终是安详的，如死海里的水，一点涟漪都不起。

我们走进一片洼地，又见到一户人家，五六十岁的一妇人，在门前的山溪里捣着衣服，下巴上突起一枚硕大的瘤，不堪重负地驮着，捣一下衣服，搬一下垂到胸襟处的瘤球，捣一下衣服，再搬一下那肉瘤，眼神睃着我们，没有一丝内容。

老孟笔直地跟着店家，趾高气扬。岩壁处悬着棵结满桑葚的树，她孩子气地大叫起来，店家停下步子，帮我们打下许多猩红的桑葚。沾了些尘土，吹拍掉，细细地嚼起来，味道甜美极了。我吃了几粒，把手心里剩下的拨给老孟。她很高兴地吃着，又和那店家闲扯一通，略听清几句，店家有两个出嫁的女儿和一个在县里上学的儿子，女儿都嫁到山外头，店家很满意女儿的"嫁到山外"，说到这条时，声调有点炫地高扬一些，似乎在享受他的"好运"。

穿过路面，移动着一条黑色的节肢虫，旁若无人大摇大摆地横行而过，它的身体粗大，整个身躯像一环环套着的螺旋，要多恶心有多恶心。老孟指给我看它："叫马陆。"她停下脚，看着那恶心的虫钻到对过的草丛中，顺手拉我一把，我闭了眼，抿抿嘴唇，喘一喘气，平抑着衣下匍匐的鸡皮疙瘩，跟着她再往前行。

路不再是我挑着走了。现在店家打头，择一条下坡的土路，把我们往大道旁的山林中带去，回头叮嘱我们，说路上有他布的卡子，小心别踩到。我问："捉什么的？"他笑笑，不经意地说："獾，还有，野狼。"

我的头发根一下子竖起来，背脊后陡然冒出一茬冷汗：好嘛，真是选对地方了，真正的深山老林！

老孟也愣住，操起她的乡音疾速地诘问："这地儿还有野狼？怎么可能？那么，"她眼突然亮一下，露出一点惊恐的慌乱，"我们吃的野猪肉，也是这里的？还真有野猪？"

店家慢下脚步，有点嗫嚅地笑："野狼野猪都有的，不过也难得碰上，碰上了，倒真是幸运。"他嘿嘿一笑，眼朝深里望去，那边有茂密的林，不知年岁和名目的树木，眼一直朝那边勾过去，似乎有点儿神往他的幸运。

空气明显地越来越新鲜，浓郁的芳草气，古森森的原始气，让人有点儿晕晕乎乎。店家寻到一条山溪，拣一处开阔的水流，放下他随身一直带着的布袋，掏出几粒土炸药来，嗖嗖嗖地扔进水里。我有点儿怕，那沉闷的巨响，好似末日一般地汹涌而来，凌乱、恐慌、杀气十足。店家兴奋地摸进水里，捞起几条手指粗细的死鱼，还有一堆趴在石岩边的小螃蟹，放进他袋中装的一只篾篓里，他讨好地对我说："你是南边大地方来的，爱吃河鲜吧？尝尝我们山里的味儿。"我咽一口唾沫，憋出一腔笑来回应他。

仍旧往前走，往深里去。太阳悬在我们头上，距离近，热度却不够大，被身边挤挤搡搡的树林吸去了热气。我跟在老孟后头，我们都穿的平底鞋，然而她还是比我利索得多，走几步，总回头搀我一下，还有心思告诉我各种她知道的植物名称，我虚伪地应付着她，眼睛始终睖视着周遭被我们踩得沙沙作响的枯枝败草，很惶惑什么时候会冷不丁地钻出一条响尾蛇来。

我咬咬牙，带着无所谓的自暴自弃："去他的，死在这里，怕也太值了！"

店家有电话进来，他停下步子，让我们等他。老孟随即倚在一处突出的石块上，抽抽鼻子："你身上什么味儿？这么香？"

我敷衍地笑一笑："还说你有鼻炎的，我身上的香水味你也能闻出来？"

老孟撇下嘴："你还是有兴致的，就这深山老林里，也把自己收拾得花儿一样。"

我面无表情："回去我给你试试吧？听说这香水是带好运的。"

她讥嘲地咧一下嘴角："你还真挺信这玩意儿的？你不知么，我一直给你说的，我们现在便是在好运谷里了。风水轮流转，穷算命，富烧香。你这种日子，该给老天磕头了！"我没搭理她。

老孟嘘出一口长气，夸张地打个呵欠："嘿，这地儿不错吧？"她看我一眼，"据说很久以前，有个倒霉蛋犯了事，万念俱灰，寻到这处地方，可能因了'好运谷'的名声，想借此住一阵子，在这深山里，涤荡一身气，出山后，能遇山有路、遇水有桥，从此洗心革面，再来走一遭。可惜不知为什么，待久了，就不出去了，也许是，出不去了……谁知道呢……"

我斜倚在一块石岩上，眯着眼睛，扯一根干草，放进嘴里嚼起来。

老孟放下那个"传说"，又开始絮絮地给我讲她单位里的事情，人事啊，工作啊，上面的头下面的兵啊，我空洞地听着，脑袋里开始急速复盘自己一路的行程。从深圳坐长途车走的江西，再从江西坐火车来的中原，又换了长途车来到老孟家，选了这最僻静的地方。一路上，没人查我的身份证，三十多岁的单身女性，略施脂粉，一身考究但简单的装束，小小的行李箱，我看起来能像什么？略略地近前，会闻到我身上那股优雅的玫瑰的芬香，走哪儿我也得带在身边的香奈儿COCO香水，据说这款是能给选择它的女人带来最好的运气的。我从来不用传统的涂抹香水的方法，我总是悬出半个手臂，把瓶子放在平行于鼻尖的方向，轻轻地摁一下按钮，那香氛美艳的气雾在空中如魅影般地升腾开来，我急速地旋进去，让周身氤满了它的精华。

我打断她："他为什么没出去呢？不是说，进到这山里，会给人带来好运的？"

老孟愣愣，咬着嘴唇："可能他不敢验证吧？怕出去了，什么运气都完了。"

我沉思起来，小声地说："传说终究是传说。如果真有好运来临的话，犯下什么事情，也会给他有转折的时机吧？他不敢冒这个险⋯⋯万一呢？万——出山，什么都没了呢？"我看着这浓密的森林，真正的原始、荒凉，无人造访，如果在此过余下的一生，生或者死，和现代的文明再无联系或瓜葛，和所有的亲朋好友再无往来，那这种隐居，用苟且的余生来换取，值得吗？

老孟脊背挺直，端着肩膀，胳膊很大派地垂下来，两手放在膝盖处，严肃地看我一眼："万一能有转折呢？该值当的责任去承担，该来的命运去面对，错误必须纠正，说不定会有好运等待着呢？万一以后的每一步会越来越好呢？"

我不想再和她做这种交流，大场面上的话，谁不知道？而且，我也厌倦了她每次装腔作势、诲人不倦、居高临下的态度。我硬生生地把话题扭转，用嘴角努努一直在小声讲着电话的店家，问她："你说这么半天了，他在讲什么呢？"

她侧一侧身，摇摇头："听不大清。"

那种恐惧和紧张又在阳光下慢慢地侵袭着我来了。不会吧？谁也不会查到这深山老林里来吧？他们总不会在我身上安了追踪器吧？走的时候，我是连手机都没拿的呢！他们已经打探到店家这里了，让他稳住我，给他们的到来争取时间？

"你说他在讲什么？老婆在家里，有什么要紧事回去讲不就得了？听他的口气，外面也没什么业务或者亲戚的，现在话费是不是忒便宜？山民也煲电话粥了。"我故作轻松地说。

老孟偏偏头，斜睨我一眼，冷笑一下："放心，没什么大不了的。他不会差人把我们卖掉的！"她看我一眼，"你还值两个钱，我人老珠黄的，最多两百块，卖到鸟不拉屎的地儿，给人家当煮饭婆。"她自己扑哧一下就笑开了，她捂着嘴，凑到我跟前："他可能给他的情人打电话呢！你别不信，现在是个人，都在玩这个，山民怎么了？山民也有七情六欲的。"

我附和着她笑起来，竖着耳朵，还在勉力辨听着店家那让我一头雾水的当地口音。

回来的时候已经日薄西山，天气变得很凉，山风还不时地凑点热闹。老孟又逮着一些野果子吃起来，店家帮着她，一路给我们打些牙祭，嘴里碎碎的，有些土话听不明白，老孟仍旧不厌其烦地充当我的翻译。刚才的电话是嫁到山外的女儿打来的，和女婿有些不对付，打闹一场，想回娘家来，店家劝住了。

咚，咚，咚，那个捣衣的妇人还在溪流边，山的阴影罩住她，周遭是一种黑沉沉压下来的深蓝。山溪流淌得很快，水声潺潺，寂寞而又空清。她背后的家门仍旧半掩着，虚开的角度，和我们过来时一样，不曾有人出来，不曾有人进去，似乎一百年了。她仍旧视我们如无物，甲状腺肿引起的那肉瘤挂在脖子那里，像钟摆一样，被她规律性地甩来甩去。

那股迷香又这样飘了过来，幽灵般的，蛊惑般的，像伸着纤纤玉指的女妖，含媚带娇地冲着我的鼻腔而来。

我吸着鼻子："你们闻到了吗？你们闻到了吗？"

老孟和店家迷惑地看着我，摇了摇头。我这回坚决了，循着香味过去。

老旧的灰白的水泥墙，梁上是红瓦，院落里是铺就的水泥地，黑乎乎地在地上的是一层新摘的黑木耳，窗纱也有些年月了，乌沉沉的灰垢积压在上面，往里看不清任何的东西。但凝住神，听，却见里面幽幽地传出一段声响来，铿锵铿锵的，明显的是电视剧的声音。

我支了脑袋往里面张望。有人在里面小小地叫了一声："谁？"

我深吸一口，老着气地应声："我。"

"'我'是谁？"

"隔壁的房客。"我大声地回应一句。这么几天，这人家不会不知道我们的存在，我们不认识这座山，但整座山早认识了我们。那店家在非旅游季节非周末时节迎来了两位女客，两位时尚的、远道来的、与此地格格不入的单身女人。

再没声音应答我，只剩电视机里的小小的噪音。我扫了兴，径直仍旧朝里走去。水泥地在房沿处就没了，伸下去，是一小片泥土地，连绵的，还是铜墙铁壁般的崇山峻岭。

就是在那片小小的泥土地，孤单地，挺拔地，有一株紫红的花儿，绝望地怒放着。

我循着那味儿，笔直地朝它过去。一点儿也没错，这么多天幽香地、寂寞地、女神般绽放而妖精般魅惑我的，就是它的味道。

"这是我的花儿。"一个男人从地里冒出来一般地显现在我眼前。

我看着他，普通的一套棉布衫，一双千层底布鞋，头发有些长，密密的一层胡碴，毛发都掺着白，眼神淡得如这深山里流淌过的溪水——崇山峻岭都经过了，却吞噬了沧海巫山的见识。

"你也是这儿的游客么？这些天没见过你，也没听人说起过你。"我遥遥地指一下我住的那处宅子，隐隐地看见那对店家和老孟，他们依旧拉扯着闲话，似乎根本没在意我，也根本没注意到我和一个男人，从来没见过，至少从来没给我介绍过的一个男人在说着话。

"我不是这儿的游客。我在这儿待了很久了。一个人，好多年了。"他蹲下来，守着他说是他自己的那朵花儿。

"很好，没人说起过我。我已经是这儿的人了。"他淡淡地说，口气里是满腔的自暴自弃，如我一般，对什么都灰了心，然而我，比他或许还多存着一丝侥幸，不然我那么在意我的香水干什么？像我告诉老孟的一样，那么郑重地告知她，那是一款能够带来好运的香水。

地里的那股香气浓郁地蹿上来，骄横地涌入我的鼻腔，带着新鲜的生命才有的腥气，它盘旋而上，像蛇一样地绕着我的周身，纠缠着我身上的味道，死死地攥住那股外来的美丽的弱不禁风的香氛。

"这是转运的灵气。知道吗？这是整个转运谷的魂魄。"他似是而非地笑了一下，"那些外面的，热闹得翻天覆地，打躬作揖三拜九叩的，不知道精华精气精神全在这儿呢！"

"会吗？"我双臂交叉放驻胸前，带着一丝戏谑的口气。

"不会吗？"他仍旧淡淡的，"只是转运，不是好运。"他的手上下翻弄了一下，"很多人不明白这理儿。"

我开始习惯于这僻静的山间了。照店家的说法，远远的那些孤零零矗立在山间的房子，所有者与他非亲即故。舅家的，姑家的，叔家的，姨家的，好像一山里都是他的亲戚。"互相之间我们看着隔得远，但现在有了路，骑着电驴一晃眼就到了。原来没有路的时候也常串门的，谁家出山要去带点货进来，山前山后都会吆喝一声的。"这是店家的原话。

"那边的那个男人呢？和你是什么亲戚关系？"我打断店家，直直地问。

店家哼哈地支吾一下，朝老孟看一眼。老孟抱着胳膊，一向爱发表言论的她，这次倒静默起来。店家的女人在一旁小声地说："不算特别近，说到底也是亲戚，怕还没出五服哩。"

我追问起来："不会吧？听他的口音，完全不是你们北方的呢。"

老孟插嘴道："怎么了？你感觉啥地方不对劲？"老孟斜睨着我，抱着双臂，饶有兴趣地问。

我感觉她像我瞒着她一样，她也有地方瞒着我。并不像她想交换的一样，她把什么都告诉我，而指望我也能把什么都告诉给她。她有什么秘密还在隐藏着呢？她表现出来的兴致超出了好奇的初衷，我有时候觉得她适合生活在二十世纪六十年代，非常热衷"斗争"的感觉，潜意识里也有"阶级论"，平淡的生活在她的眼里，理应搅得天昏地暗。

店家早换了话头，絮絮地跟老孟唠叨，"希望小学"的情况了，分配的山林了，上头发的扶贫款了，唉，村长这个人啊……老孟认真地听着，很仔细地帮他出谋划策，说到什么激愤的地方，竟然一径站起来，声音一下子雄厚了，要店家带着她去找村长理论："我告诉你，你别怕他。什么人我没见过，他那几刷子，你看我怎么整治他！天下再大，也容不下他这种霸道！他以为他是这座山头的王？座山雕最后也得被人端了啊！"我在旁嘿嘿地笑起来，天上地下的，太平洋大西洋的，她真能扯成一块儿。

"你这是咱们会面后，第一次这样开心地笑。"老孟盯着我，认真地说。我不自然地敛住笑容。

我们每天吃罢早饭和午饭，就往山里溜达。

大路旁偶见一岔道，我们就拣着路进去，往深里走。很多年头的老树，枝繁叶茂地遮蔽了太阳，头顶是凉飕飕的，周遭是阴森森的。老孟爱说话，一直咕咕囔囔不停，几天下来，越讲越私密：与父母的分歧，与老公的不睦，对儿子的些许自暴自弃。我从没听过她这么多隐私的事情，只能扬着头，特别选择了带点儿理解的木木的表情去看她，如她自己说的，我和她离得远，又没什么共同社会关系上的交集，所以这些话对我说了，她也觉着放心。讲到刚参加工作的时候，父母对她金钱上的过分要求，当着她现在丈夫当时男友的面，死活让她出一笔什么钱，然后她就泪流满面，涕泗滂沱。我小心地从随身小包里取出一张面巾纸，看着她胡乱地涂抹一把，恨恨地把那团纸扔进山涧里。

老孟咻咻鼻子，问我："你有什么事？"她的眼睛在一番泪光的滋润后显得咄咄逼人。

我看她一眼，笑道："我能有什么事？不就是专程过来找你玩儿的？"

"你的脸上身上都是事儿！"她很固执地下结论道，眼睛一眨不眨地看着我，似乎真要把我脸上身上的事儿揎出来翻出来倒腾出来，"没事的，"她突然温柔起来，轻轻地抚着我的胳膊，"什么都能解决的，你看哦，到了这地儿……人都说，菩萨得往远处求，来到这好运谷，说不定运气就真走好了……至少，你心静了，可以想想下一步怎么办。"

我涩涩地干笑一下："嘀，哪有这么迷信的？真这么灵验，天下人还不把这地儿挤爆了？还什么野狼，野猪，马陆的？"

她直直地盯住我，慢慢地把眼神收回。

我不想给她讲我的心思，我唯恐任何人知道的事情。不，她休想从我嘴里掏出什么，这可不是她以为的某种交易，以为推心置腹地和我分享了她的私密，她就有权利了解我的秘密？那怎么可能？！

我把她对我"坦诚相待"的情谊熟视无睹地忽略。我们不再说话，移到悬壁处，看山谷里陈年的老树铺就浓浓的绿荫云海。

昏黑的柴房处，我拉了灯绳，在那简陋的莲蓬浴头下冲凉。灯的瓦数很小，枯黄的光像苟延残喘的临死之人的气，水流非常小，经过七八个莲蓬芯，最终溅在身上几如春天里的毛毛雨。我大声地唤老孟，老孟跑到院口，守在柴房门处，听我胆战心惊地告诉她，有人影吱溜地蹿过。

五张铺的客房，老孟靠门，我靠窗，又在门口堆了两把房内的靠凳，窗栓拉得紧紧的，那天夜里，老孟还是恐怖地唤醒我："你醒醒，外头有人！"

我一直醒着，从没睡好过。我听过她夜里的呓语，喘着重重的粗气，偶有一辆摩托车打我们门前经过，灯光和马达声由远及近，又由近而远了。我一直在黑夜里睁着眼睛，想这种日子，我能不能日复一日、月复一月、年复一年坚持地熬下去？把自己隐蔽起来，偷生般地，胆战心惊过着余下的每一秒每一分……

我当然知道外头有人。每天夜里，他都会长久地踟蹰在这山谷里，久久地徘徊，像幽灵一样地逡巡。

我和他是一类人！我的味道和他的味道，我的香气和他的香气，香水的芬芳，玫瑰的绽放，在这幽谧的静夜里，撞在一处，寻找出口，能不能脱身而升华？

我了解他在深夜里的无法入眠，白日里的紧张，那置身于世外，却无处安放的灵魂，拖着他的肉身在无助地度日如年。我要不要也这样过一生？

"你还是不愿意跟我说。"老孟对着山谷，期期艾艾发出一句怨声。我装作没听见，不搭这个茬。

早晨仍旧醒得早。店家已把早餐备好，很香的小米粥，配两个炒得永不重样的野菜，辣子和蒜爆的锅，很好的口味。

我终于对老孟开了口："我胃口寡得很，今天让他们宰只鸡吧？"

她笑起来："你怎么不早说？看你还是蛮有食欲的，以为真只吃清淡的东西呢！"她马上吩咐店家，选只鸡过目，店家还讨好地拿出一包火腿来："我女儿在浙江打工的厂子里拿回的，一门儿的亲戚都不会弄。看你们见多识广的，知道怎么下锅吗？给你们吃了，也不冤枉那东西。"女儿就是那天在电话里给他絮叨家事的女儿，看来小日子过得还不错，出外打工，每年仍旧回来，大包小包地往娘家塞东西，挺稀罕的东西。

我忙让他开炉灶，取只砂锅，把火腿切成片，搁了清水在里面。"三个小时后，再放点儿冬瓜和一点儿鲜笋，什么都别搁，起锅的时候撒点儿细细的葱末就成。"绝想不到这北方的深山里还有火腿吃。

那股异香，在这时候又出现了，遥远的，好像鬼魅一般。我的香水味，店家的烹饪味，鲜的火腿，香的葱，还有这深山老林久蕴积成的陈年山水的味道，合欢树，狼尾草，都敌不过他的玫瑰。

那店家两口子在灶房内，仍旧和老孟套着话头，一低一高的音，一远一近的声，空空地响着。

我朝右边走去。

他的白头发中夹有几根黑丝，简直像硕果仅存的一线生机，暗示我他还不至于老到已近天长地久。他的眼睛深邃地盯着我，我挑衅的目光败下阵来。他比我沉得住气。

"她太妖冶了，香气太霸道！"我低首，俯身向那枝玫瑰，对他说。

"再霸道，也无人可欺。"他温和地笑笑，"独孤求败的寂寥，其实是惨境。"

"你说你的花儿是转运的，真有这么好的事情？"我仍旧锲而不舍地追问。运气对我来说太重要了，人世中的某一处错，犯下后才知无法悔改的大错，有时真是寄望于上天对人的眷顾：放过我吧！放过我吧！我不会再有下次了！

"人一生中，总有些幸运之事的，简直让人匪夷所思的运气。"他也俯身蹲下，吸一口气，陶醉于那花朵的芬芳中。

我高中毕业以后就进了银行，那时候商业银行才开始，人手少，钱多，从来没靠着工资过过日子，愁的是每回发的那些物资怎么才能用自行车驮回去。干了半年我就成了银行的主力军，二十岁不到就是储蓄所的主任了，然后就被选拔去了党校深造，再然后就是和处了几年的女朋友结婚，刚拿了结婚证就分到了两室两厅的房子，在市中心，靠边儿的是曾经的法租界，楼下的老梧桐枝繁叶茂，林荫大道笔直得像一把匕首，直插入闹市的心脏——你们现在都不知道什么叫真正的林荫道了。

这在我们那个年代，就是多少人眼馋的幸福。金饭碗，待遇高，福利好，我老婆很漂亮，瘦，高挑，穿什么衣服都出样子，那会儿她在物资局上着班，每天穿裙装，蹬着一辆小坤车出出进进。我和她是高中快毕业时就好上的，那时候偷偷摸摸的，不敢显出来，老师家长同学邻居要是知道了，嘴噘着从鼻子里哼着气地瞧不上这种"早熟"。后来我俩都没考上大学，却拣了个好时节。我爸托关系把我弄进银行，那是他在部队时的老上级，转业到银行当了办公室主任，部队的正团级下到地方上就减了两级，是正科，扎扎实实的正科，说话连行长都听的那种，那时候好多单位都是"老转"的天下，我爸托他的时候他连烟都没要，就一句话，把我塞进去了——你们现在，连亲戚之间走这种路子，也不敢想象不用钱就能打开关系的吧？她叔也这样，拉扯的老乡的关系，听说也只送了两瓶汾酒，走的路子让她去的机关。我们全都进了好单位。我们是初恋，也打过也闹过，但关系一公开，就是正正经经的恋人，奔着婚姻去的认真相处的那种恋爱关系。

婚礼挺热闹，她穿的大红的西装，妆化得有些不像她，愣怔怔的，但喜相，一众女孩子拥着她，都打扮得非常漂亮，但只有她最招眼。你也知道，任哪个再漂亮的女郎，在婚礼上的风头也绝盖不过当天的新娘。

我已经被提拔为业务部的副科长了，拿了文凭，转了干，正忙着再给我的老婆安排转干的事情——我们毕竟不是大学生，转个干部身份还是非常麻烦的。这个你们听着有点儿晕，但我们那会儿，人事局，劳动局，调出来的档案还是完全两种不同身份的人。

我以为这辈子人生的大事差不多都完结了，剩下的事情就是持续这种惯性，小心地一步一步地走好，没什么梦想，没什么挑战，没一点儿变化，也没有选择或想选择的事情。

婚后第三个年头，我们才怀上孩子。那时候我是高兴的，结婚的人，如果没有孩子的动静，压力其实挺大的。然而到第四个月，做了B超，结果让人吓一跳：葡萄胎。我们脑袋都懵了。没有任何余地，只能做掉。手术那天，我陪老婆去的医院，她那个撕心裂肺的叫唤啊，我到现在都记忆犹新，心存余悸，出来的时候，她的脸白得像一张纸，完全一副死人的脸。

再四年后，我们又怀上了。这次非常小心，我们不知道命运对我们究竟是怎样的，我们也不知道遗传和病理上的激变是如何形成的，反正我们是非常在意非常小心地怀上了这一胎，一直到孩子出生，我和老婆都忧心忡忡的，虽然我们早做了检测，说是个健康的宝宝，但我们总怕哪个环节又出了错，直到生下她。

是个女孩。我从没见过世上有哪个女孩像她那么漂亮！明亮的眼睛，小巧的鼻子，红红的嘴，粉嘟嘟的脸，还有一出世就有的浓密的黑发。她一直健康地遵循书本按照老人的说法茁壮成长着，三个月会翻身，四个月会坐立，六个月就会爬，七个月出牙，十个月就会叫"爸爸"，她最先发出的就是"爸爸"的音，十一个月就能歪歪扭扭地走路了。

我从不知道我的生活会如此幸福，每天的阳光打在身上都像金子般的感觉。高中同学会我去过几次，大学生怎么样？研究生又怎么样？比我晚了好几年进的单位，曾经的傲气在社会上一钱不值，你还得从零开始干起，没有关系，还得受人的挤兑。结婚也艰难，没有房子，有兄弟的，还得妯娌在一道和老父老母生活在一个屋檐下，什么豪情什么壮志什么文绉绉酸溜溜的抱负，全都泡在了小家庭的鸡零狗碎之中。而我，什么都有了。提了正科以后，房子又换了更大的三房两厅，一支笔一挥，动不动就是几百万上千万的款，拿了驾照，单位里的一部进口凌志就是我的私家车，多少人人托人地找门路走关系访到我门上，连中学时最不待见我的班主任也过来了，希望我能帮他堂弟把一笔贷款批下来：那真是小事，私人贷款在我们眼里根本不算钱，才多少钱啊？我没拿腔作势，点头应了我老师——我知道我这辈子最多能爬到这位置了，我也没多大野心，只想好好地过上自己的好日子，在人世上，绝对不能装，小心驶得万年船。老婆也还混得可以，反正她也没多大能耐，机关里一个不痛不痒部门的一个不痛不痒的副职，不得罪人，但也有自己的小圈子，女人嘛，有了圈子就好混，区里一个税务所副所长的老婆，一个派出所教导员的老婆，还有一个重点中学校长的老婆，这是她的麻将搭子，也是她的逛街聊天的闺蜜。她在这一众女人中还是显得最年轻，最漂亮。她瘦，而且时髦，晓得扬长避短，但绝不显山露水，我这老婆真还不错，从来没招摇过，衣服虽然贵，但颜色不打眼，在人群中很中庸。她也知道，我们的底子并不硬实，不要眼瞅着过得有些好，就得了意。

有一天中午，很闷很热的中午，那天我喝多了酒，回来准备小睡一下再去上班。脱了衣服，就穿条裤头，敞着门窗歪在沙发上。女儿当时有一岁多了，也在房里和保姆午休，我看了她一眼，我还记得她睡得很香，脸颊那里肉嘟嘟的，仰脸躺在凉席上，枕头那里洇出一片汗渍。我们住六楼，前面没什么遮拦，风吹得还挺舒服，而且我老婆一向不赞同让小孩子睡空调房，只挂在墙壁上的一座风扇在摇着脑袋缓缓地送着风。那个小可人儿穿着一条很薄很薄的小黄裙，嘴巴时不时地咕嘟咕嘟地咂吧一下。我在想，我生活的意义其实全部是为着她。如果当时我们结婚后很顺利地生一个孩子，没有过那七年的波折和恐惧，对孩子可能就像那些马上当爹妈的年轻父母一样，永远不会发觉那种根深蒂固的生命的关联，永远不会发觉一个孩子对父母的绝对意义吧？

很久，我在睡梦里听到喧杂的闹音，越来越清晰，越来越张扬，直冲着我耳膜。我揉一揉眼，很艰难地撑开眼皮子，这几年，我的酒量是越练越大了，中午的那一顿，我都不记得是和哪个客户喝的了，只记得是好酒，真是好酒啊，香气到现在还能在鼻腔里回荡。

声音越来越杂，有脚步声直接往我房里跑过来了，那么仓促，那么惊慌，那么失措。我看到几个男人女人直冲到我面前，大叫大嚷，还有个女人，直接推搡着我，我看到她眼泪都快下来了。

我脑袋嗡地一下，忙趴到窗台上往下看，楼下黑压压地聚满了人，我差点就那样跳下去了。我被人拉住了，我有点儿醒过来，跌跌撞撞地推开众人，我都不知道我怎么可以这样下楼梯，飞一样地冲下楼去。

围着的人群散开一条道让给我，我看见那小黄裙在地上蠕动，她头仰着，冲着我叫了声："爸爸！"那是世界上最美妙的声音，那也是世界上对我来说最绝望的声音，我扑向她，有人猛地把我拦住了："叫救护车啊！别碰她，不知伤成什么样呢！散了骨头就完了！"

我没等救护车，我疯子一样地抱起她，我声嘶力竭地叫辆的士，疯子般地让司机往医院开去。她一直在我怀里，开心地叫唤："爸爸，爸爸！"她开心地笑，嘻嘻的，摸着我汗淋淋的胸膛，她笑得我直想死掉。

送急诊，送全身扫描，挂号，交钱，什么我都不记得了，我记得的只是医院里有个相熟的朋友，帮了我全部的忙。全身检测初步结果出来的时候，我才从浑浑沌沌的状态中清醒过来，才感觉我是一个医院的中心，每个见着我的人都无法不好奇地再看我一眼——不是我女儿的事，而是我竟然只穿了条裤头。

我给我老婆打电话，拿到结果的时候我才感到已经没有任何力气了。我偎在医院雪白的墙壁旁，身子歪下去歪下去，听那边电话通了的嘟——嘟——声，我对接电话的人报了我老婆的名字，我听到我老婆笑嘻嘻地走过来的声音，清脆而不张扬的高跟鞋的声音，人家调笑我们夫妻的声音，她拖长音调："喂——"

"我们家小宝，中午午休的时候……我不知怎么回事，谁都说不清怎么回事，保姆珍珍出去买冰水去了……小宝，从六楼窗台，我们家窗台，掉下去了……"我老婆那边没有任何应答的声音，我又"喂"了一下，那边话筒里突然比医院还要嘈杂，我听着那边的人大声地叫唤"啊！""怎么了！""她晕过去了！""救命啊！""来人啊！"……

我问他："你老婆没事吧？"

"是，没事。"他淡淡地说，"就是晕过去了。"

我静一下，再问："孩子一点儿没事吧？"

他笑起来："一点儿没事。"他在裤兜里掏摸一下，我以为他要把女儿的相片给我看，他只是掏出一条手帕，丝制的，现在已经非常罕见的那种手帕了。"我女儿在杭州玩的时候给我带的这个，那会儿她十六了，刚晓得给她爸买礼物。"

"不错。"我做结论道。

"我很多年没见过她了。"他淡淡的。

我没吭气，很长时间我们彼此沉默着，只有那股血腥般的香气肃杀地萦绕在我们的周围，好像要把我们一起吞噬进去。

很久以后，我轻轻地指指那朵玫瑰："为什么说是你的？你种的？"

他点点头："不是我种的，但当然是我的。"他看看我，"拥有这样香味的玫瑰，只有我去维护。日复一日，月复一月，年复一年。"他仍旧看着我："你身上的香味不是这块山里的，很温暖，很丰富。你们一来我就闻到了这股香味。好香水十天半个月都持续留香的，就是洗澡淋雨也浇不灭那股香气。"

我有点尴尬，不太想跟一个男人谈论香水的话题，我转向他的女儿："这真得很奇特啊，从六楼掉下来的，一点儿事都没有？！怎么发生的呢？"

他笑起来："我也不知道，谁都说不清。她呢，那么小，一点儿表达能力都没有，后来大了，我们问起她这件事来，她都觉得我们骗她，她一点儿印象也没有的。可能，只是我们这样分析吧，她午休后醒过来，一路爬，爬到窗台上，跌下去，落到某个晒衣竿，缓冲了一下，又落到那些枝蔓茂密的梧桐树上，再然后，才跌到泥土地里，所以连一点儿擦伤都没有吧。"

我友好地冲着他："真不错。我听过某个人，从二楼摔下都死掉了，后脑勺着地。"

他小心地用手拍拍玫瑰边上的泥土，然后又小心地掸掉手上的泥土，站起来："是啊，这是我这辈子最幸运的事了。夫复何求？所以，我也想通了，日复一日，月复一月，年复一年，这样过下去对我来说也是可以的。"

我看着他："再没想过出这山了？你还有女儿，还有那么，你钟情的妻子！"

他看我一眼，眼神又缓缓地递开："我如果真出山去了，可就真再也见不着她们了。"他警觉地对着我，过会儿，又下意识地说，"我们应该是一路人，我一看见你，什么都明白了。我太了解我们这类人了。你应该懂我的意思的。"

我点点头，只有同类才了解同类。他一眼就看穿了我，他并不知道我犯下的事，但笃定我和他一样，因为有犯下的事做铺垫，所以招致现在的不敢回去，不能回去，无法回到曾经，无法回到日常，无法再回到和老孟还有那两口子店家一样的寻常日子里去。我们没有能力和勇气去面对。

我低着音调说："我懂，所以，我怕。"

我低头，叹一口气："我这辈子，还没有遇到过那么幸运的事。"我埋首，抚弄着地上的尘土，猛力吸吮着那野玫瑰怒放的味道，辛，辣，决绝，遗世独立，然而，却寂寞得让人窒息过去，"我是说，你女儿的那种奇遇，如此幸运的事！这世界对你有那么奢侈的宠幸。"我慢慢地闭着眼，那香味充盈着我的全身，几乎把我埋葬进去，"我不敢赌这一把。大错已经酿成，我还有机会再改过重来一次吗？我能有这种运气吗？苍天会给我这个机会吗？"

他轻轻地说："那你就去碰一碰吧。"

还是那个司机过来接的我们，仍旧一路不管道路的曲折艰险，把我们的心都提到嗓子眼里载着我们在山谷里一气乱窜。到了出山口，仍旧是那几个穿着歪歪斜斜保安制服的山民，假模假式地看一下我们当时入山时的登记证，又回到值班的那个小碉堡一样的房里做些什么记录，拉开两根粗木拼成的道闸给我们放行。

老孟终于小心地对我说："你怎么了？连登记的名字都是用的假名？"

我看她一眼，没吭气。

她又说："进山的时候我就看到了，没敢问你，你脸色一直不好。现在出山了，看你愉快多了，才敢问的。你别怪我多嘴，你那样子，没人不担心！"

我没吭气，仍旧朝着车窗外汹涌而来的风景。

"那男人，就是我曾给你提过的传说中的男人，那个'倒霉蛋'。"她慢慢地说，一反往常她快人快语的基调。我的心扯得好紧。老孟，她也一眼看穿了我，怀疑我出了什么事，所以把我带到这里，她的地盘，让我在她的地盘上能警醒，好好琢磨下一步的出路。好运谷，倒霉的男人，全是她给我反思的机会？"在外头出过事，银行还是证券什么单位的，牵涉到好大数额的一笔巨款，跑到这边躲一阵子……可是，你看，一待就是多少年了。这种日子，未必是当时他想要过的。"在这颠簸的车里，她的话竟然悠悠的。

"嗬，这里的山民，真不错，也没谁去告发他呢。"我仍旧朝着车窗外，心思随着出山而趋渐紧张。我清楚地记得那男人的脸，确定自己过完了余生的绝望，因为曾经经历过女儿的那种幸运，他坚信再也不会有好事临头的运气。他绝不敢赌命运还会对他有一次临幸，让他在承担过错后，能重新再有一遭生活下去的勇气。

"哼哼，真去告发他，对他莫不是件好事。这里待下去的磨折，未必不是一所囚笼，囹圄之处，心里若没有根基，哪里都谈不上逃脱和自由。"老孟抓着车顶上的扶手，保持着身体的重心，眼朝着她的那个方向，"其实没什么大不了的，什么好运转运的，你自己把握住一切才是真的。"

我真诚地朝她笑起来，不管不顾那司机的惊心动魄的疾驰，拉住她的手，用一点儿力，轻轻地拥抱了她一下。

我在烦恼的尘世中那么多的不如意，最不开心最绝望的时候只是想到了她，只是想在她这里理清我的思路，做出一番艰难的抉择，她是我心底里最值得交付一切的密友吧？我小声地说："出山后，我会告诉你一切的。"

她认真地看着我："不管怎么样，不管你到了哪个地方，我都会来看你的！"然后笑笑地说，"你的香水味儿，挺好闻的啊！"

司机在后视镜里扫了我们一眼，他挂在上面的那条叮叮咚咚的长链，嵌着的那个小男孩的相片，在玫瑰色的背景里冲着我乐呵呵地微笑。

弋 铧　现居深圳市，中国作家协会会员，已发表作品一百多万字，获首届"鲁彦周文学奖"，首届广东省"大沥杯"小说奖，第七届"深圳青年文学奖"，第一届第二届"全国青年产业工人文学大奖"，第二届"《飞天》十年文学奖"，第三届"深圳原创网络文学拉力赛铜奖"等。出版有长篇小说《琥珀》《云彩下的天空》和中短篇小说集《千言万语》《铺喜床的女人》，作品散见于《当代》《中国作家》《花城》《天涯》等刊物，部分作品被《新华文摘》《小说选刊》《中华文学选刊》《小说月报》《北京文学·中篇小说选刊》《海外文摘》《长江文艺·好小说》《小说精选》《作家天地》等杂志选载。

非虚构

森林一直很美

◎傅　菲

森林的面容

南风来了，轻轻扑打着古朴的庙宇。酥雨抖筛一样，抖到树林和草甸里。南风的消息，带来枯黄的松针、老死的柳杉、幼芽吐白的落叶黄檗、羸弱的深谷溪流。南风轻轻，从抚弄三弦的指间弹出，草木灰一样蒙向森林。龙泉山是武夷山山脉北部余脉最高的山峰。南风从东海来，骑着飞鲸，掠起的水花卷出一叠一叠的山峦。山峦像蘑菇，龙泉山像蘑菇山。隆起的山脊呈斜弧形，幽凉的晚雾一层层往下没，钟声般浸透每一个站在树下的人。庙宇居住着菇神，赭漆脱落的墙面吹出低音口哨，嘘嘘嘘。木窗轻拍。晚雨沙啦沙啦，山梁再也不见了。

上午十点，我已来到海拔一千九百余米的黄茅尖。太阳如野柿，风吹摇晃，光泽橘黄。分叉的山梁，一个转一个。阳光也看不出从哪儿照射进来，树梢有一撮撮米黄的粉屑撒落。林中的小路，铺满了厚厚的松针。我抬头看看，松树上团着一片绿云。松针尖细，焦枯，积在黄泥路上。与其说是林中小路，倒不如说是落叶的眠床。人走在落叶上，松软，发出扑哧扑哧的声响。小路沿着山腰往上弯来弯去，像一根缠绕在山体的藤条。路边长了许多矮小的灌木、多年生草本和藤本植物。黄水枝从石缝里奋拉下来，一根细藤往下垂，叶青叶紫。寒莓结了一串串透红的莓果。润楠长了两节，一节四片叶子，叶子油绿。蜂斗完全抽干了水浆，风吹叶子，簌簌索索，纷落，花已结了白细细的绒毛，风的尽头，就是花绒的故乡。紫菀由浅紫色的花瓣，被白霜催化为纯白色，青黄的花蕊也霜化为焦黄色——深秋的颜色，似乎可以让我们听见咳嗽声。紫菀是菊科植物，和野菊是山中姊妹。野菊在低海拔地带，开得夭饶，一丛丛一片片。在阴湿的悬崖下，溪边的芭茅地，废弃的断墙上，我们看见野菊，会突然停下脚步，暗暗对自己说："荒芜的秋天山野，绚烂如斯。"紫菀却在高山低摇，独独的一枝，像个独守空房的人——山太深，适合等待和顾盼，也适合寂寞和暗自凋谢。荒地上的花楸树，只有几片黄叶在飘。阳光透过黄叶，变得花白，干硬的枝杈卷着黑叶，似乎在说：写给大地的书信，必须蘸着霜露去写，寄出的每一页信纸，都是相同的飘零。被虫噬死的松树，松叶却有了膛火的熏黄，黄蒸糕一样。路上落叶一层铺一层。松针上铺着苦槠叶、冬青叶、山胡椒叶、桂花叶，阔叶上还有一层纤白的茅草。落叶在脚下，清脆地碎。叶茎碎断的时候，咔呲咔呲响。落叶上，留不下脚印——山风刮过来，草叶翻转，吹到树根下，吹到草丛里，吹到谷中涧水里，吹到无人可去的丛林里。它们在冬雨来临时，饱吸水分，霉变，在谷雨之后腐烂，长出菌类和地衣。

在小路沿着山地看，到处都是树干。厚树皮，青白色，像稻田龟裂，这是梓树。直条，均匀，高得看不见树梢，卷起来的晒席一样圆直，到了树顶才分枝，树皮一圈一圈纤细缠绕，树叶欲黄欲红欲白，稀稀疏疏，仰头望一眼树梢，眼花发晕，不由得叹声："南酸枝的树梢上，居住着山神。"大果核果茶满身裹着青黝色的苔藓，蚂蚁匆忙地上上下下，唱着劳动者的谣曲，没有裹着苔藓的地方，开裂，露出石灰浆一样的木质，裂缝深黑，成了昆虫的避难所。在崖石边，树皮像贴了大块青黑膏药一样，渗出白斑，树枝干硬突兀，苍茫地举向天空，树叶一片不剩——钩锥在霜降之前，便已落叶。钩锥也叫钩栲，别名大叶锥栗、硬叶栎、钩栗、栲槠、猴栗、木栗、猴板栗，高达三十余米，生长在高海拔地带，木质僵硬，坚果也硬如碎石。秋风摇着它，一日比一日摇得猛烈，它便浑身无力了，再也承受不了。黄皮竖列，一条条的树皮之间，有了深壑，雨水从树梢沿着深壑流，哗哗哗，树上有了河流，河流纷披，像瀑布，树皮发胀，日晒几天，树皮收缩，沟壑变宽变深，成了储水器，树枝披散着郁葱的鬃发，遮住了成片的阳光。这是柳杉。柳杉遮盖之处，寸草不生。但生地衣，地衣像金缕衣，裹住了柳杉的树根。在干燥的地边，树根盘结，像老农赤脚盘腿，树皮粗糙，暗灰褐色，浅纵裂，枝细瘦，灰棕色，无毛，柔软，富有弹性。这是雷公鹅耳枥。

每一根树干，支撑起了高大的树木。在这里，我见到密密麻麻的树干。有的粗壮，有的硬瘦；有的直条，有的弯曲；有的斜出，有的直顶。也有这样的：一根树干直捅往上，十几米高，树皮没有了，白白的木心裸露，像悬崖竖出来的峰石，嶙峋锋利。一颗死亡的树，让我们敬畏——死亡以一种骨骼的形象留存在大地之上。死亡不是消失，而是以另一种形式，进入时间的循环。每一根树干，给我们无穷想象——树冠的形状、大小，何时开花结果，何时落叶，叶怎样渐变色彩，鸟窝在哪个树丫，是什么鸟的鸟窝，雨落在树叶上的声音怎么样——这一切，或许只有鸟和风知道吧。对一棵树的完整想象，可能也只有种子可完成。秋阳斜照在树干上，斑驳绰绰，光线使树林显得更幽深。地面上厚厚的枯黄落叶，偶尔露出地面的野莉，会加深内心的静谧。

龙泉山是凤阳山的主体，黄茅尖是龙泉山的主峰，是江浙第一高峰，瓯江源起于此龙渊峡。峡中流泉飞泻，乔木高耸，岩石乌黑壁立。峡谷狭长，幽深陡峭。远远地，可以听见轰轰的奔泻声。树木覆盖了峡谷，郁郁葱葱。不多的几棵高大枫香树，从绿野中喷涌而出，红叶飘飞。山谷有了苍老岁月的色彩。铁索吊桥在涧谷上，像一架秋千等人摇荡。摇荡秋千的人，都是我喜爱的人。在秋千下来来回回走的人，都是我相怜的人。或许，我们都有相同的恩爱，也有相同的疾病。秋千上的人，和秋千下的人，用眼睛说话，用手表达内心，相视一笑，兰草幽生。峡谷太深，许是只有龙可探渊，树可填谷。在谷边，我看见了海桐。这是我第一次在森林里看见海桐。海桐是常见的绿化植物，有灌木也有乔木，花白色，有芳香，后变黄色；蒴果圆球形，有棱或呈三角形；花期三至五月，果熟期九至十月。此时正是果熟后期，深枣红的浆果，鲜艳欲啜。涧水跳溅，水珠倒射。水声漫上了山谷，幽合的丛绿浮了上来。峡谷是高山的隐秘部分，流泉湍泻，森林像一条长筒裙。

进入森林与以往所不同的是，在这里，我并没看到鸟。我去过很多森林，如湘江源森林公园、武陵山森林公园、梵净山森林公园、大茅山森林公园、黄山森林公园、铜钹山森林公园等，鸟非常多，树丫上，竹林里，鸟常有栖息。尤其我在荣华山森林公园生活期间，我每日去林中，鸟鸣不绝于耳，鸟影不绝于眼。我收集了很多鸟飞落下来的羽毛。在龙泉山，我没看到鸟，鸟鸣却十分热烈，以至于觉得山林喧哗。在一片柳杉林，呱呱嘎，鸟叫得我心慌意乱。我听得出，路另一边的乔木林里，有一群喜鹊在叫。喜鹊拍打翅膀的声音和扇动树枝的声音，格外震耳。喜鹊叫起来，有长长的尾音，清脆且共鸣，喳——喳——喳。我站在林中，仰起头看，只见葱茏苍郁的树冠。在瓯江源，有草甸，时值深秋，茅草哀黄，但并没倒伏。一根根茅花摇曳，迎着秋风，却无鸟雀来啄食草籽。或许是海拔太高了，一般的鸟雀上不来，但大山雀和高山莺莺正是肥身囤食的时候，也没看到。这让我诧异。甚至鸟巢，我也没看到。

在杜鹃、白姜子、羊角拗、沙棘、白辛、红果树等树身上，我却看到了不同的鸟粪。鸟粪风干在树皮上，灰白色或灰黑色，坚硬结痂，像树皮上的颗粒树瘤。七星潭边，有翠鸟啾啾啾叫。翠鸟叫得急促、激烈。听它的叫声，就会知道它是一种十分敏捷的鸟，机灵，智趣。潭涧多泉螺、昆虫、蜗牛、树蛙，这些都是翠鸟喜爱的食物。我在涧边走了几十米，也没看到一只鸟。在猎户山庄后边的树林里，可以听见大鸟飞翔时，树枝摇晃的声音，沙沙沙。大鸟像哑了嗓子一般嘎——嘎——嘎，似乎是一种雁类鸟。问山中做事的乡人，他们说，这是白鹇。我不敢确定。行止闲暇，曰鹇。鹇是优雅的鸟，食昆虫、植物茎叶、果实和种子等，雉科，鹇属，有羽美之貌。白鹇黑鹇的叫声，如锦雉，咯咯咯，有抱窝的喜悦感。鹇鸟一般踱步，很少惊飞。秋雁南渡，中途留宿高山丛林。虽不见大鸟，我仍觉得是大雁。

凤阳湖也没看到鸟。秋天，湖泊是鸟常聚之所。秋杀之后，蝶蛾虫蝗漂浮于湖面，草籽沉淀于水浅的洼地，鸟漂于湖上，啄食蝶蛾虫蝗，也啄食小鱼。小鱼吃虫蛾，也吃草籽，吸翕着扁圆的嘴巴，悠游觅食，游着游着，被鸟叼进了尖尖的嘴巴。白鹭，翠鸟，野鸭，大白鸥，矮鸥，是湖泊的常客。尤其是深秋时，矮鸥在湖泊上空盘旋，一圈一圈，阴鸷的眼始终不离水面，鱼露出水面，矮鸥俯冲而下，长喙插入鱼鳃，掠起水花，落在树上吃鱼。凤阳湖有鱼。鱼是花斑锦鲤，是人工放养的。我没看到野生鱼——秋深水冷，野生鱼一般沉在水底的淤泥里，进入冬眠。草籽却多，湖泊的上游是草甸，秋雨的涤荡，草籽被水流冲刷进了水沟里，流进了湖泊。

湖水澄碧，薄薄的波纹被风掀起，像一张浮在水面的纹纱。凤阳湖是龙泉山唯一的高原湖泊。湖依峡谷而生，狭长。涧水出山，湿地茅草遍野，成了茅花浮荡的草甸。涧边山毛榉树高大，叶落遍地。乌桕树和枫香树兀立在山边，霜染的树叶把整个山峦分出了色别。湖，是大地的眼睛，望着天空，也望着我们。

晌午开始，风轻轻呜咽。呜——呜——呜，低低地，从树梢间发出。树枝和树枝，在风中，相互磕碰，哒——哒——哒。树叶索索地响。我在树林里，并没感觉到风，风声却在耳际萦绕。也不知什么时间，阳光没有了。天空白茫茫，四野白茫茫。我眺望远山，白茫茫。山势像几个堆在水面的葫芦，正被水翻着浪头，推着走。松针无声无息地落下来，落在我头发上，落在涧水里，落在冬青树上。窄窄的山涧，巨大的涧石一个叠一个，地衣和苔藓爬满了石头。树叶积在水里，发黑，手搓一下，成了叶粉泥。简易的石拱桥或三两块厚木板搭建的小木桥，横跨山涧。几棵巨大的松木，倒在涧上，木质开始腐烂。涧石凹处的淤泥里，长出了兰草。兰是蕙兰，叶线形，叶边有粗锯齿，叶脉透亮，正开花，浅黄绿色。一只松鼠在跳来跳去，沉迷于个体的游戏。几个做工的人，坐在石拱桥下的石头上，吸烟，闲聊。他们的脸，木然、从容、洁净。涧水落下凹凸不平的石头，嘟嘟嘟，悦耳，如鸟啄毛竹。水花泛起，白白的，像一朵即将凋谢的木槿花。

南风提前吹来白雾，也吹来了寒凉的黄昏。山不见了，树不见了——白雾织出了我们的"白内障"。我退回到屋檐下。我看着雾气，漫过来，漫进空空的厅堂。稀稀的雨，滴下来，轻轻地，没有雨声也没有檐水声，长寿菊的花瓣也没落一片。山中一日如四季——我知道，稍候片刻，雨水哗啦哗啦，清洗秋燥的山林。斑螯加速死去，落叶加速腐熟，黄叶加速飘零，野花加速凋谢，坚果加速霉变，浆果加速溃烂——为了来年的蓬勃生长，唯有腐朽的生物体加速死去。

在猎户山庄厅堂里吃晚饭。火炉里的木柴，噼噼啪啪地烧。火苗红丝绸一样裹着木柴。灼燃的红炭，让我的眼睛幻化出森林的剪影。我用陶碗，喝着热热的茶。柴的油脂，燃出黑黑的烟尘，而木香一阵阵，被煦暖的热气流送过来。雨终于到来，就像一个千里赴约的人，有热热的眼神，有缠绵的耳语。台阶上，扑洒了游动的雨声。豆爆热锅般的雨声。看着炉火，一直坐到夜深，像雨滴塌在凤阳湖上。不见山，不见我，只等炉火慢慢熄灭。

荒木寂然腐熟

　　去深山之前，不会料想到自己会看见什么，是什么使自己产生额外的惊喜。深山，给人许多意料之外的喜悦。譬如，巨大的蜂窝吊在三十米高的乌桕树上，松鼠在林间嬉戏，一个无人的寺庙荒废在峡谷里，一具动物的遗骸半露半埋在草丛间，一支野花开在冬天的山崖上，一棵被雷劈了半边的树新发青蔼的树枝，壁立的岩石流出汩汩清泉，松鸦抱窝了一群叽叽喳喳的小鸟——这让我迷恋。枯寂的山林里，永远不会让人乏味，它是那么丰富，有无穷无尽的意趣和野野活泼的情调。

　　我收集了很多来自深山的东西，如树叶花朵，如动物粪便，如羽毛，如植物种子，如泥土。用薄膜把收集的东西包起来，分类放在木架上。木架上摆放最多的，是荒木的腐片。腐片有浆白色，有褐黄色，有深黑色，有铅灰色；有坚硬如铁，有烂如齑粉，有蓬松如面包。

　　之前，我并没想过收集腐片，去了几次荣华山北部的峡谷，每次都有看见巨大的树，倒在涧水边，静静地腐烂，有一种说不出的东西，撞击着我。我见过很多荒木，倒塌在山林里。并没什么特别的感觉，觉得无非是一棵树死了，死了就死了，有什么值得奇怪的呢？有树生，就有树死。生，是接近死亡的开始。有一次，我和街上扎祭品卖的曹师傅，去找八月瓜，找了两个山坳，也没找到。曹师傅说，去南浦溪边的北山看看，那边峡谷深，可能会有。我们绑着腰篮，渡江去了。

　　立冬之后，幽深的峡谷里，藏着许多完全糖化了的野果。猕猴桃，八月瓜，薜荔，地稔，寒莓，山楂，野栗，山柿，苦槠子，这些野果，在小雪之后，便凋谢腐烂了。茂密的灌木里，有一种落叶木质藤本植物，叫三叶木通，掌状复叶互生或在短枝上的簇生，总状花序自短枝上簇生叶中抽出，淡紫色，阔椭圆形或椭圆形，花丝极短，心皮圆柱形，橙黄色。初夏开花，晚夏结果，叫八月瓜。果熟，会自行炸裂，叫"八月炸"。熟果期长，可延至立冬之后，果皮浅紫色，肉内有指甲大的麻黑色果核。八月瓜生吃，制酱，酿糯米甜酒，都是极佳的用材。我和曹师傅沿着峡谷走，四眼瞭着两边的树林。"这么粗的树，怎么倒在这里？"曹师傅指着深潭说。我拨开灌木，看见一棵巨大的树，斜倒在潭边的黑色岩石上。

这是一棵柳杉，树径足足可两人环抱。穗状针叶枯萎，粗纤维的树皮开裂，有部分树皮脱落下来。棕色的树身，长了蜘蛛网一样的油绿苔藓。柳杉也叫长叶孔雀松，是我国特有的树种，可存活八百年之上。这棵柳杉，估计也活了五百年。它还没活够，怎么就倒下了呢？它连根而起，顺着涧溪，倒在岩石上。在深深的峡谷，它不可能是被风吹倒的。我查勘它的树根。树根盘结了厚厚的地衣，地衣裹着黄白色沙土。树根大部分爆断。我又查勘它的树梢。树梢直条而上，翻盖而下，叶垂如帘。我对曹师傅说："柳杉长在沙地，沙下是岩石，根深不下去，吃不了力，树冠重达几吨，就这样倒了。它的死，因为身体负荷超出了承重。"柳杉倒下不足半年，它棕色的树身还没变黑，它还没经历漫长的雨季。

雨季来临，树身会饱吸雨水，树皮逐渐褪色，转色，发黑，脱落。再过一个秋季，木质里的空气抽干水分，树开始腐烂。我从腰篮里拿出柴刀，劈木片，边劈边说："倒在涧边，柳杉成了天然的独木桥，可以走二十几年呢。"

木片，是柳杉死亡的活体。

有很多荒木，倒塌在荒林野地。荒木，是自然死亡的老木，有上百年的，有几十年的。长得越慢的树，寿龄越长。檵木山茶这样的灌木，几十年也长不了五厘米树径。寿龄越长，荒木烂得越慢。

有一条叫野鱼鳍的山谷，我去过很多次，要翻两个山头。山谷里树木茂密，大多是阔叶林。谷底溪水潺潺，野鸟映趣。林里有很多荒木，倒在溪边，倒在芭茅地，倒在路边。荒木大多直条，二十余厘米粗，树皮发白。用手撕扯一下树皮，整片拉扯下来，露出焦黑的裸木质。木质上爬满蚂蚁和米白色的虫螯。这是一些钢栎乌饭等硬木。在芭茅地，还发现过粗大的苦槠树，木心完全空了，踩在树身上，用脚踩，踩几脚，木齑粉扑簌簌落下来，黄白色。慵蜷的蝉蛹一样的胖白虫，也被踩下来。白蚁米粒一样落下来。

树倒下来，是整棵的，慢慢斜，而后轰然倒下，压倒一片芭茅草或灌木。有的树，是因为烂根死，根被腐蚀，烂了细须，再烂细根，树叶慢慢枯黄，树皮变成了浅色，被风吹倒。有的树被虫蛀空了木心，暴雨来临，雨水往树心里灌，树从里往外烂，烂两年，树便倒了。白杨，梧桐，野柚，都是虫爱蛀的树。树从蛀空的地方拦腰截断倒下去。有的树，是被雷劈倒的，闪电落下电锯一样的幽蓝色火球，落在树冠上，往下劈，树倒了半边，另半边却坚强地活了下来。雷劈的树，都是高大树。

倒在溪里的树，最先烂。树吸水，水成了腐蚀剂，再坚硬的树也成了木灰，树脂溶解，纤维腐化，用手抓一把，全是粗纤维。

树叶烂一年，成了肥泥。树枝开始一节节断，最后剩下粗壮的树干。这又是另一个漫长的消亡过程。假如不是烂在水里，烂不了三两年，树身会长出小蘑菇，或小木耳。苔藓和地衣，以包围的形式，占领了树的全身。我看过这样的腐木，厚厚的苔藓包裹着，长出兔耳朵一样的蕨类植物，络石长长的藤芽翘起来，似乎这不是腐木，而是裸石。

我运过腐木回自己的院子里。腐木烂光了，剩下一截树蔸。树蔸有八仙桌大，根须交错纵横。我雇了四个工人，开手扶拖拉机去拉。开拖拉机的老四师傅说："拉一个烂树蔸干什么用呢？做不了根雕，又做不了茶桌，浪费力气又浪费柴油。"我说："为什么一定要做根雕和茶桌呢？每天看一眼烂树蔸，也是有开悟的。"

老四师傅五十来岁，是个乡村酿酒师，平时用手扶拖拉机拉高粱，拉稻谷，拉木柴，拉煤石片，拉酒桶。抖着山羊胡子，他低声说："有酒喝，有床睡，有女人烧饭，要那么多启悟干什么，我们有寺庙的住持，为我们开悟。"我说："万事万物，都给人开悟，人在日常生活中修行，为什么一定要住持给我们开悟呢？"

树蔸拉回来了，搁在一个巨石上。过半年，春天来了，树蔸的中间空心部分，长出了一棵榕叶冬青，筷子长，一根独苗，开出八片幼叶。我也不知道这是什么树的树蔸，木质还是硬硬的，还没腐化。树蔸太大，有三个树根交错出来的凹洼，我堆上肥泥，种了几株指甲花。在巨石侧边，又种了三株忍冬。五月，忍冬覆盖了巨石和树蔸，整个院子，弥散了花香。冬青长得特别顺溜，蹿着身子高上去，像个郎当少年。我每天早上，喝足了温水，便去看看这个胖墩一样的树蔸，心里说不出的舒服。

原本是想看树蔸怎么腐化成泥的。看它一日一日地烂，一月一月地腐，哪承想，又冒出了一株冬青，还是榕叶的。我便请老四师傅来喝酒，喝完了，还带一壶给他，说："天成的，是最好的。"

啄木鸟在腐木里筑窝，也是天成的。腐木的木心，很容易被鸟喙啄空，嘟嘟嘟嘟，木粉被风吹出来。中空的树洞，是鸟最佳栖身之所。很多鸟，都喜欢在腐木的洞里筑窝，如啄木鸟、犀鸟、摇鹊鸲、白腿小隼等。树洞是躲雨最好的地方，避风避雪。腐木也是鸟类食物非常丰足的地方，有蜗牛、蚂蚁、蛾、蛹、山鼠、蜥蜴、壁虎、蜈蚣、百足虫……腐木，似乎是安徒生的王国，树洞是王国里最奢华的宫殿，住在里面的鸟，几乎可以被称作公主或王子。

公主和王子也会有噩梦。噩梦里，蛇是难以战胜的恶魔。蛇缠缠绕绕爬，悄无声息，爬进了树洞，张开地狱一样的嘴巴，把小鸟吞进去，也可能吞一窝小鸟，或一窝鸟蛋。鸟再也不敢来了，树洞空着，成了山鼠的乐园。黄鼬来了，一夜吃完山鼠。黑蜘蛛在洞口结网，听着夜露的嘀嗒声。哦，这是人无可享受的天籁。

荒木要烂多少年，才会变成腐殖层呢？我不知道。泡桐腐化五年，肌骨不存。山茶木腐化二十年仍如新木。檵木腐化五十年仅仅脱了一层皮。碾盘粗的枫香树，只需要十年化为泥土。木越香，越易腐化——白蚁和细菌，不需要一年，噬进了木心，无限制地繁殖和吞噬。白蚁和细菌是自然界内循环的消化器。千年枫香树，锯成木板，可以是一栋大房子的楼板，最终成了最小生物体的果腹之物。

最好的树，都是老死山中的，寿寝南山。

倒下去，是一种酣睡的状态，横在峡谷，横在灌木林，横在芭茅地，静悄悄，不需要翻动身子，不需要开枝长叶。它再也不需要呼吸了。它赤裸地张开了四肢，等待昆虫、鸟、苔藓。树死了，但并不意味着消亡。死不是消失，而是一种割裂。割裂过去，也割裂将来。死是一种停顿。荒木以雨水和阳光作为催化剂，进入漫长的腐熟期。这是一个更加惊心动魄的历程，每一个季节，都震动人心。

对于腐木来说，这个世界无比荒凉，只剩下分解与被掠夺。对于自然来说，这是生命循环的重要一环。

这一切，都让我敬畏。如同身后的世界。

傅 菲 本名傅斐，1970年生，江西广信人，乡村研究者。散文常见于《人民文学》《中国作家》《钟山》《花城》《天涯》。著有《河边生起炊烟》《我们忧伤的身体》《木与刀》等十余部散文作品。获第二届"三毛散文奖"散文集大奖。

一棵树的离开

◎葛小明

高出大地的事物，总有一天还会低下去。

一

那棵树在冬天被杀了，不像日常的凶杀案，这里没有警车，没有围成一圈假哭或者真哭之人。曾经在树上筑巢的鸟儿，此时也没有表现出明显的悲伤，它们只是在不远处的电线上立着，立在天与地的缝隙之中，毫无表情。

相反，树倒下的时候，砸坏了旁边的石墙，有几块石头落了下来，简单滚动几下，触地，留痕，陷入泥土之中。石头该是不乐意的，无缘无故被破坏原先的行列，从石墙的重要组成部分到地上毫无用处的乱石，真是一落千丈，命运逆转。石头是恨那棵树的。地面的草也不乐意，好不容易快熬过冬天了，谁承想被石头狠狠地压在了身下，明年春天怎么见人，能不能爬出来都是问题。并且平日这树就以大欺小，抢尽了土里的养料，争水，争土，争阳光，到死还得波及一下，真是不该。草是恨那棵树的。最麻烦的是树根里藏着的蚂蚁，大冬天的，家被毁了，子子孙孙暴露在腊月，这么冷的天，搬家都难，它们顾不上怨恨，只在露土那一瞬间，便开始乔迁，去哪都行，总之不要再靠近大树，在有人参与的世界里，树是无法长久的。那些没有被波及的事物，他们对此漠不关心，就跟前面院子里走了一个人，丢了一只鸡一样，事不关己，爱咋地咋地。

大地之上，这种微妙的变化随处可见。而这棵树的死却只有一次，它在我的记忆里经历了一生。二十一岁之前，我叫它软枣，因为祖上都是这么叫，但凡长它这模样的树都叫软枣。这树是自己从土里长出来的，父亲这么告诉我。

对于它的降生，母亲和父亲的说法不太一样，她说最早是家里的牛误食了软枣的果实，然后又在这儿排便，便把种子留下了，不多日，它便生根发芽了。我无法考证此事，因为从我记事起，这树就在这儿了，且从头到尾比我高大，尤其在童年记忆里，这棵树是充满威严的。春天捉蜂，夏天乘凉，秋天收果，一年的多数时光都与它有关，跟小伙伴讨论日常的时候，总是无法回避这棵树，它太大了，几乎充满了我整个童年。

后来我知道，它叫君迁子，《本草纲目拾遗》载："君迁之名，始见于左思《吴都赋》，而着其状于刘欣期《交州记》，名义莫详。㮕枣，其形似枣而软也。"藏器曰："君迁子生海南，树高丈余，子中有汁，如乳汁甜美。"崔豹《古今注》云："牛奶柿即软枣，叶如柿，子亦如柿而小。唐宋诸家，不知君迁、㮕枣、牛奶柿皆一物，故详证之。君迁，其木类柿而叶长，但结实小而长，状如牛奶，干熟则紫黑色。一种小圆如指头大者，名丁香柿，味尤美。"能查到的关于此树的记载并不少，可见它曾经走入过历朝历代的人群中间，做过食物，做过药物，做过互赠的礼品，也做过诗词中的意象。

君迁子枝干脆而光滑，细小的树枝不能承载重物，所以上树的时候，我们都是抓粗壮的枝干，因为比较光滑，并不会划伤皮肤或者衣服，这样尤其夏天的时候，我和妹妹便经常爬上去，一人一个树枝，一待就是半天。我们谈天说地，聊聊种的花活了几棵，聊聊幼儿园的老师什么时候最凶，聊聊树叶上爬动的虫子咬不咬人，聊聊头顶的太阳照在谁的身上更多一点。有时候我们晃动树枝，把童年最快乐的时光摇下来，落到我们身上；有时候我们大胆再往上爬几步，在细小的树枝上颤颤悠悠，就像树梢的蝉，一阵风来就把我们吓得不轻。

树和我们一起经历风雨，一起在风雨中长高，我们的皮肤渐渐粗糙，纹理深刻，记住了不同的太阳和温暖。果实成熟的时候，我们同时走进秋天，我们采摘树上的果实，果实也在采摘树下的我们。它们告诉我们，秋风多么甘甜，露水多么珍贵，黄昏的太阳多么容易失去。

二

有一年夏天，一窝小鸟把家搬到了树上，以树为中心的世界渐渐变了。靠近鸟窝的树枝格外茂密，好像在掩饰什么，又好像在炫耀什么。习惯了上树的我们，变得小心翼翼起来。住在乡下的人都知道，鸟怕人，如果被人发现它的窝，它们就会搬家，更有甚者，有的鸟妈妈会放弃自己的孩子。在大树下长大的我们，对大自然的每一个事物都很敬畏，经过深思熟虑，我们决定暂时不上那棵树了。我们还是会在树下乘凉，会围着树干打转，把一些懵懂的心事埋在树下，不用脚踩，只需阳光透过稀稀疏疏的枝叶落下来，那些心事就能发芽，开花，慢慢长大。

鸟只能掌管自己的世界，它们在自己认领的君迁子树上筑巢，生蛋，育儿，休息，也在自己的世界里编织梦想，躲避危险，获得幸福。君迁子树并不适合筑巢，因为树的叶子干净，枝叶之间分得很清，很难有隐蔽之处。并且这树通常长不太高，容易攀爬，这对防御人类，其实很不利。但是这一家子就是认定了这里，它们好像不怕我们，抑或者那是一位去年降生的母亲，没有太多的经验。无论怎样，我们都会尊重这位鸟妈妈的决定。

我们会在路人经过的时候格外紧张，生怕被人发现树上的鸟窝，生怕被发现后，他们趁我们不注意来掏鸟。如果有人要到树下乘凉，我们便故意在树边晃来晃去，惹他们烦，直到他们离去，离开我们创建的世界。被人注意的时候，我们比鸟妈妈更紧张，那时突然感觉那棵树太大了，为什么不长得小一点，矮一点，旮旯一点，这样就不会被人发现。

偷，在乡下并不稀奇，也算不上十恶不赦之罪，饿了摘几个路边的苹果算不得偷。如果有买卖人经过村子，上门讨水喝，主人不在，但门没锁，买卖人自行打点水喝，也算不得偷。掏鸟窝就更算不得了，山里的孩子多数都有掏鸟窝的经历，它们不觉得残忍，反而能从中获得乐趣。但是，我和妹妹是坚决鄙视这种行为的，因为我们自己养过鸟，养死了鸟。树上这窝鸟，坚决不能被人偷走，它们是我们的心爱之物。

君迁子倒是不在乎这些。它兀自在夏日的阳光里酝酿，酝酿满枝的小米花，酝酿秋天的果实。对于鸟的到来，这些无足轻重，鸟窝就像一片大一点的落叶覆盖在了枝头之上，稳稳当当的，还挺有意思。鸟不会吃掉一片叶子，也不会啃食树皮，每天飞来飞去倒是热闹一些。

大约半个月后，鸟妈妈习惯了树下的我们，喂食的时候再不躲避，无论我们在不在树下，它都很自然地接近鸟窝，有时嘴里是半只蚂蚱，有时是一整只虫子，有时也会不走运，空空如也。距鸟窝还有一段距离的时候，就能听到窝里的雏鸟开始叽叽地叫个不停，那种声音微弱，却又连接有序，声声之中，自有一番韵味。也许在它们一家眼里，我和妹妹就是喜欢行走的树枝，有时候离大树根近一点，有时又远一些，只要影子还在地上，便不会构成威胁。

经过长时间的接触，我们终于形成默契。大鸟出去觅食的时候，我们会轻轻地爬上树，看一看里面的小鸟，我们什么也不说，什么也不碰，就远远看着。小鸟翅膀渐渐硬朗起来，毛色也跟着变深，在天地之间，那个鸟巢显得格外庞大，好像整个世界只有我们。有时候大鸟回来，正好撞见我们，它也没有第一次时的慌张，它象征性地低喊几嗓子，便不了了之。我们也很知趣，看到大鸟，便滑下树，远远地躲着，直到喂食结束。大鸟知道我们的存在，就像我们知道大鸟的存在一样，我们互相默不作声。那时候，大鸟和小鸟都是我们的孩子，我们是鸟儿的大树，一朝一夕，日子长了。

鸟，树，人，在某个特定的日子，结为一体。彼此活在对方的视线里，偶尔挂牵，却总也相安无事。有风来，树便摇一摇梢上的叶子，地面的影子跟着晃动，有时深，有时浅，有时和爬来爬去的蚂蚁交错，吓得蚂蚁赶紧找块石子避一避。有风来，雏鸟便紧紧抓住窝棚，头凑在一起，低下去，蜷缩一阵，既暖和又安全；大鸟则抓住树枝，尾巴翘起来又落下去，它不用担心窝里的孩子，那是自己亲手搭建的工程，放心。大鸟会向远方深深地望去，它的担心在风里，不在树上。有风来，树下的人撩一撩头发，如果风大，就用手捂住眼睛，沙子进不来，童年的小秘密却钻了进来。风大的时候，我能看到妹妹有一个关于糖果的梦，还有一颗渐渐长大的少女心。

不幸的是，妹妹最后还是从树上掉了下来，那天没有风。

三

跟《本草纲目拾遗》的编者赵学敏一样，我无从得知君迁子名字的确切来源，可是它仍然有这么一个美丽动人的名字，活在植物志里，活在我旺盛的童年里。大地上的事物本没有名字，人参与进来后，给它们进行了不同的标识，或许给君迁子命名的人是一位风度翩翩之人，或许起名字那一刻他正春风得意心怀自然，总之君迁子得到了一个恰到好处的名字，生活在它周围的人，一定可以共享这份美丽。

妹妹从树上掉下来后，再没有上过那棵树，她的额头上也深深印上了一个小小的记号，就像石头从石墙上掉落，摁进土里，留有痕迹。我想，那时候的土地和石头，都应该感受到了疼痛。树或许也会心疼吧，毕竟我们都是它的孩子。

像一位君子，它立于天地之间，秋天准时结出果实，慰藉一个季节，告诉世人它以这种方式存在。结果的时候，鸟儿早已长大，飞出窝棚，注视着这动人的时刻。其实在夏末，树上就能看见青青的圆果，它不同于青枣早早成熟，它的成熟需要经历更多。从夏末到深秋，从深秋到隆冬，如果没有遇到采食的人或者鸟，它们将一直挂在枝头，有些性格倔强的果实甚至在第二年春天仍然能够看见。秋天的时候，君迁子由青绿色转为橙黄色，叶子渐渐落去，枝头上剩下满满的果实，在一尘不染的秋天，格外耀眼。这时的果实仍然不可食用，君迁子彻底成熟是在深秋之后。霜降一过，北方的世界开始着霜，可能你只是在梦中睡了一小会儿，外面的世界已然不同，那些羸弱的植物——枯萎，昨日的青葱不再，收成被带走，大地只剩下一片空茫。君迁子变了，它不再是谦谦君子，变成天地之间独有的神明，供奉那些缺衣少食的鸟儿，供奉空荡荡的大地。秋风再冷，吹到这里，也会放慢脚步。在一片收成面前，谁也不敢妄自尊大。

鸟儿不用偷食，它们有计划地吃着深秋的果实，累了便在果实旁边小憩，会梦见硕果累累的秋天，会梦见金灿灿的天空，会梦见曾经温馨无比的巢棚。吃剩下的种子会自然落地，某一场雨雪里，种子借助水的力量，陷进泥土，新的一轮生命就此开始了。

几场秋霜过后，君迁子开始变色，橙黄色退去，浅灰到深黑，没有人知道这背后经历了什么。对于人类来说，只有着霜后的君迁子才能吃。在乡下，人们懂得播种和收获，懂得取与舍。通常在隆冬之时，人们才会采摘果实，那时候果实的水分退去，果肉盈实，着过霜的君迁子，已经完全失去早期的涩麻，成为一种冬天特有的干果。它们懂得生存之道，冬风无论怎么呼啸，都摇落不了枝头的果实，因为如果果实提前落地，果肉里多余的水分掺和着泥土的潮湿，会把里面的种子烂掉。

我家这棵君迁子，跟别处的亦有不同。在鲁东南一带的山岭上，野生的君迁子很常见，通常每个果实有七八粒种子，吃起来多有不便。但是这棵只有一粒种子，说也奇怪，这棵树结的果实都只有一粒种子。它不贪多，能还给大地多少，便只索取多少，一粒种子就足够传宗接代了，多了，孩子们反而会因为争抢阳光和雨露长不好，它比人更懂得节制。因为只有一粒种子，吃起来便方便很多，加上果肉柔软，味道甘甜，便格外受关注。

嫂子就是在君迁子成熟的时候来的。家里贫穷，哥哥不知道鼓足了多少勇气才把她带进山里。只记得那时候天开始冷了，菜园里的菜基本绝迹，拿不出多少食物招待这位重要的客人。气氛有些尴尬，除了桌子上没得吃，话题也很难转到一个点上，在那个阳光不算温暖的冬日，桌上的君迁子异常明亮。终于有了一个可以谈论的话题，终于有了能够拿得出手的事物，渐渐地，从君迁子到大山的风物，到父亲母亲的旧事，到树上出现的鸟窝，到一辈人朴实无华又勤勤恳恳的品性。那个下午，空气中弥散着一种山果的味道，它久久地回荡在那个只有五十三户人家的小山村，经过每一片瓦，每一块砖，每一个似曾相识的梦里。

以后的深秋，嫂子都会和哥哥去那棵树下，一个篮子，两颗心，还有高高在上的巨大的天空，便构成整个世界。那时候的君迁子结满果实，那时候的君迁子高大无比，摘也摘不完。爬不到顶的，我们都知道，那个高度里藏着隐忍，接受，朴实和人间的幸福。

四

从老屋搬出的时候，院子瞬间就荒芜了。石墙不再坚硬，稀稀散散地落了一些，草的欲望从院子蔓延到外面，很快便到了那棵树上。没有任何外伤，君迁子的种子就在那个深秋一下子多了起来，本来每个果实里只有一粒种子，现在变成了七八粒，密密麻麻的，充满了内心。种子多了，果肉就会相对减少，对人而言，它变得不再那么讨人喜欢。父亲说，可能是蜜蜂采蜜时把其他树上的花粉带了过来，杂交了。

听到这句话时，我仿佛看到满世界都是花粉，它们源源不断地在村庄上空穿梭，有的落到石墙上，摔得粉碎。有的沾到路人的头发上，洗也洗不掉。那是欲望，是阴谋，是异变！我有些难过，更多的是困惑，为什么不能始终如一呢？一生保持一种姿态不好吗？

后来我才知道，君迁子经历的就是我所经历的。2013年父亲大病，肤色黝黑黝黑如君迁子的脸，终于躺下了。父亲在我心中的形象一直是高大的，无论日子多么艰难，他总能想办法度过去。学费凑不齐的时候，过年没钱买新衣服的时候，病了离诊所几十里山路的时候，在学校被人欺负了的时候。手术台上，没有完全麻醉，我守在外面，似乎看见父亲握紧的拳头。那双手纹理深刻，黑而粗糙，几乎没有生命的颜色，可是那双手是那么有力，一下子就握住了整个世界。那个人像树，一直立在我们的世界之中，他悄悄结出果实，自己经历风雨。

父亲病好后的第一件事就是端详家里的风水，鸡窝砸了，床挪了位置，大门刷了新漆，总之一切可能带来霉运的东西都要去掉。在经过两个多月的折腾后，他的身体基本好了，家里也变化了很多，不能说变好，只能说有些东西没了，有些东西变了。终于他盯上了老屋旁边那棵树，那棵谦谦如君子的树，他好像知道这棵树跟别的不太一样，在杀死它之前，他进行了好几轮铺垫。他首先在饭桌上提到今年不顺利的原因在于风水，然后他又一一分析了家里那些毁掉或者挪掉的事物是多么不祥，他所做的都是应该的，顺应天命的。中间他又举了村里好几个因风水生大病的例子，还提到几十年前有个算命先生曾经预言过的一些事情。那些话，母亲听得很认真，可以说百分百相信，几十年的感情产生的绝对信任，是任何语言任何人都无法破坏的。我是不信，可是在父亲母亲面前，我的不信被置于极其次要的地位。

"不行。怎么能随便就砍了那棵树！砍了，嫂子回老家时吃什么？"

"山上多的是，可以去山上摘，摘好了，晒干，让他们吃现成的。"

"山上的不如这棵结的果好吃，嫂子是城里人，人家什么样的都能买到，吃的就是个稀罕……"

有十多秒的时间，他俩都没有说话，好像我说到重点了，好像我说得很有道理。这么多年，嫂子"下嫁"到我家，对我家可谓"不离不弃"，这一点，父母是很感激的。每次她回来，没有什么稀罕物给她带回去，君迁子便是冬季最重要的礼物。即使嫂子不喜欢吃，或者吃腻了，她也会表示出很喜欢，因为这能保持一种关系的平衡，老人有所赠予，儿媳有所接受。在乡下，在鲁东南，父辈对于儿媳的爱，往往直接体现在对其赠送的土特产上。

"是啊，先别砍了，他嫂子就稀罕那点儿东西。"母亲接了话。

父亲没有再说什么，我们都知道他在心里默许了。我则如释重负，保住了一棵树，有时候比考一百分更让人欣慰。一百分只是一天或者两天的喜悦，很快便没人再提，而一棵树能带给人的，实在太多，太多。

2016年冬天，摘完最后一批果实后，它还是倒下了，像一位风烛残年的老人，它倒下的时候，没有力量，它的呻吟，也没人听见。凶手是樱桃。2015年以来，鲁东南的樱桃突然在网上大卖，一时间火了起来，各家各户都在种樱桃。

　　樱桃开始像花粉一样占据世界，麦地，菜地，口粮地，山地，它们会变成孩子的学费，会换来新衣服，心底的踏实，皱纹里的安稳，庄稼人厚葬的本钱。不能否认，有些时候，没有什么比物质的满足更能获得幸福了。樱桃给这里的大山带来希望，那希望很近，触手可见。基本上栽种三年后就开始见果，四年后便能有收入，在这样的大背景下，我们家也投身种樱桃的大队伍中。能种的土地都种满了，后来就轮到了君迁子。

　　那块空地很小，但由于靠近老屋，取水方便，便成了种樱桃的不二之选。那棵树那么多年了，根系早已经蔓延到周围十几米的地方，要么是樱桃，要么是它。在大多数人眼里，它已经成了众矢之的，注定的事情，都不需要多言。唯一能做的就是拖延几天，我不止一次跟父亲说，现在，天有点儿冷不太适合种树，他知道我的用意，没有正面回答我，他只说明年这里要变样了。或许父亲是有愧疚的，说这话时，他并没有直视我的眼睛，空气在微弱地流动，但是我能看到，那些空气里掺杂着很多东西。

　　君迁子倒下那天，哥哥也在，地面上的事物一一变低。微弱的阳光里，我们的影子矮了几分，和那些荒乱的树枝挤在一起，有点儿分不清哪个是哪个的影子。有些风从四面八方而来，它们匆匆赶路，看都没看这世界一眼。

葛小明　山东五莲人，1990年3月出生，植物爱好者。在《诗刊》《人民文学》《天涯》《钟山》等发表近百万字，第五届"人民文学·紫金之星"散文奖获得者。

人间的蝉声

◎刘　炜

　　久不听蝉声，总觉得夏日不温不火，没有达到高潮。这样的日子，有点像春天，我天天站在一棵桃树旁，想看看桃树是怎么开花的，可左等右等也不见动静，于是，便有点不耐烦，看桃花开的心情便不再迫切，有点倦怠，可桃树似乎瞅准了我的倦怠，就在第二天，桃花一下子就开了，粉嘟嘟的，像一群灿烂的少女。有三只小蜜蜂，不知怎么得到的消息，比我起得还早，正把头埋在桃花里采蜜呢！

　　可这个夏天，我左等右等，耐着性子等，却并没有等来夏日的蝉声，这让我不由得想起了老家的蝉声，此起彼伏的——知了知了……扰得人想睡个午觉都不成。好在我那时还小，趁大人们午睡，约几个小伙伴，各自提溜根竹竿，抓一把小麦一边嚼一边在河水里淘洗，直到嚼出一团粘知了的麦精来，把竹竿从枝叶间探过去，往蝉翅上一摁，就捉住了。当然，也有粘住了又飞走的，那是因为日头太大，麦精缺了水分，粘力不够了。

　　一时间，不知为何耳朵里就蝉声大作，想停也停不下来。我知道又幻听了，前些年也曾幻听过蟋蟀的声音，妻子劝我去医院看一下，我说不用看，只要不想它，转移下注意力，它就会自己停下了。

　　事实上，也正是如此。也许这蝉声，与蟋蟀声，都是老天的恩赐。

有时连我自己都有点恍惚，不知究竟是不是幻听？

十多日前曾去洪湖公园，看荷花。有风，满湖的荷在摇动，莲花还未全部开透，花萼看起来像宝莲灯似的，如果是普通的灯也许早被风吹灭了。有风，满湖的荷都有点兴奋，时不时露出的莲蓬，让我想起了向日葵，每一粒种子，或者说果实吧，都有自己单独的房间。接着又想起了蜂巢，它与向日葵、莲蓬的建筑很是相似，我不知道它们是谁模仿的谁，又是谁的专利，但这对于它们来说似乎一点都不重要，它们在大自然里和平相处，安于各自的阳光与风雨，悠然而自得的状态，令我钦羡。

在伟大的自然界，所有的生命都是高贵的。

赏荷的人多，拍照的人与赏荷的人一样多。荷都很配合，展示出自己的美。

农历五月，若在苏北平原，正是割麦的季节。我禁不住就想起了天边的一轮月牙，池塘的水码头，和满河的蛙鸣，父亲蹲在水码头上磨镰，不停地用手往镰刀上浇水……母亲说，磨磨就好了。父亲并不看岸上的母亲，只是说了句磨刀不误砍柴工。

天还未亮透，天空连着大地、树木都是一种说不太明白的青色，有点像一口新锅的颜色。我在供销社卖过十年锅，对锅的青灰色很敏感，有时候我甚至会觉得整个世界都是在一口锅里的。

布谷鸟的叫声，并不密，它总是不慌不忙地把尾音拉得很长，麦，割——麦，割——，有点像大广播里村长半苏北半普通话的通知，拿腔拿调的，我们反正已经习惯了，我们总不能因为他苏北话不准，普通话更不准而罢了他的官吧。何况在农村，官越小，似乎官瘾越大，惹他没意思。

阳光照亮麦地时，麦子被我们割倒了一大片，我们好像在突破麦子的重围，又好像围着我们的麦浪正在退潮……

一天麦子割下来，晒脱一层皮。

　　中午，正是蝉声最密处。知了，知了，知了……像一个犯了错，挨着父母揍的孩子，在画招认错。或者，先生问读书的孩子，先生讲的孩子们都懂了吗？不懂下课时找先生问。于是，肚子早就饿得叽里呱啦叫的孩子们齐声说，知了，知了，知了……不知也知了。

　　割麦的日子，最怕下雨，一下雨，麦子就收不上来，就会烂在地里，父母便会急得心疼，姥姥的药钱，我和妹妹的书钱，还有一家人的生活都指望着这一场麦子呢！好在在我的记忆里，我家的麦子一次也没烂到过地里。父亲好像能掐会算似的，总能抢在雨季之前，把麦子抢收到家。而麦子烂在地里的大多是些平时就靠吃救济的懒汉二流子，父亲习惯暗地里这样叫他们。

　　我从小就没少挨父母的骂，早上天还蒙蒙亮，母亲就一边做早饭一边嚷嚷着起床了，太阳就要晒屁股了……我起床一看，屋子还点着灯呢！太阳还在东海里呢！没办法，只好一边揉着眼睛，一边切猪草喂猪，父母一去地里，我就通知在河边割羊草的妹妹：蔡扒皮去地里了。蔡扒皮是我根据半夜鸡叫里周扒皮的故事给母亲取的绰号。父亲对我们总是一脸严肃，很少会笑，也很少骂我们，只有在干活时，我们上茅坑的次数多了，他才会咕哝一声，懒牛上场屎尿多。

　　我们不敢给父亲取绰号，而敢给母亲取绰号，还有一个原因，是母亲力气小，想打我们也追不上，追上了打了也不疼。不像父亲一巴掌下去，屁股上立马就是五道杠。在学校弄不到五道杠，在父亲那儿，你只要想要，随时都能给你。

　　割完麦子，我们便会去农场捡麦穗，母亲说收割机割麦子不干净，说隔壁的小花一天能捡好几十斤麦穗呢。收割机割麦子确实不干净，但能捡到的不是青的，就是陷在车辙里不怎么饱满的，反正都不是什么好麦子。好麦子也有，就是播种时太靠树林边的，收割机割不到的。等我发现了这个秘密，我就尽往树林边捡。每天捡得比小花多，不但得到了母亲的多次表扬，还得到一块钱的奖励。

那时候的一块钱可了不得了，可买二十个烧饼，还都是带馅的。可我买了小人书，惹得好几个女同学围着我转，我说等我看完了就借给你们看，她们又问，先借给谁？我说，石头剪子布决定。

乡下的孩子早熟，什么事几乎都有自己的小算盘，歪主意。

那时候，我们不赏荷。因为荷太平常了，在我们老家几乎每家的池塘里都种有荷，都有朱自清笔下的荷塘月色。荷在乡下不叫荷，叫藕。每家池塘里的藕不是赏花使的，而是到了八月半挖出来，过节吃的。藕有好多吃法，我只会做两种。煮糖藕就是把藕的两端切开，在藕孔里塞满糯米，放冰糖大火烧开，再小火焖烂就好了。糖醋藕片就更简单了，把藕切成片，起油锅，放藕片，加糖醋，随便翻炒几下就成。不必讲究火候，因为藕生吃也好吃。

我不知道洪湖公园的荷与苏北的藕，是不是一个品种，荷花败时，藕会不会也被挖出来煮糖藕吃？或是就留在荷塘，明年再赏荷？

这个世界的变化太大，连蝉都不敢随便知了知了地乱叫了。我当然也不敢妄加揣测。

刚进六月，在深圳人们就嚷嚷着去洪湖公园看荷花了，我来深圳七年，只看过两次荷花，总觉得今年的荷花没去年的好。在城里过的好像大多是阳历里的日子，而在老家过的是农历里的日子，我时常会把它们搞混了。以前，农历的节日多，也隆重。现在阳历里的节，想想出一个，再想想又出一个，早已超出了农历节日的好几倍。

为了表示抗议，我只过农历的生日，我只记得农历的生日。

夏夜，除了捉萤火虫，就是坐在一盏马灯下一边剥棒头（玉米）一边听故事。牛郎和织女的故事，虽然听得似懂非懂，但还是记住了老槐树，土地公公，会说话的牛，董永和织女。董永的家在大丰的南面东台，说明织女和董永就在东台过过你种田来我织布的小日子。土地公公是从老槐树里出来的，所以，从大丰到东台槐树特别多，说不定土地公公会从哪一棵槐树里出来，就给我们一个美丽的织女呢。五月，槐花盛开的季节，黄海公路两旁的槐花都开了，从斗龙港一直开到了裕华，从海丰农场开到了四岔河，金墩，再加防风林里的，海圩子上的，加到一起，不要说百里槐花香了，就是说千里槐花香，也没有人会怀疑的。

我一直都把槐花当作是仙女，她白色的裙裾散发的清香和甘甜是独一无二的，槐花酿的蜜又甜又香，回味绵长，也是独一无二的。我喜欢独一无二的槐花，长大了要娶一朵槐花一般独一无二的新娘，有一树的白裙子，穿都穿不完。

若干年后，有人写了一首歌《百里槐花香》，终未得流传。我想最重要的原因，就是槐树都被挖了，几乎一棵不剩，哪来的槐花香呢？人们慕名而来，在五月竟然一朵槐花未见，便觉写歌者是骗人的。而写歌者也觉得冤，百里槐花是真有的，就是现在，此时此刻还在我心里飘着香呢。可别人看不见呵，我们对所有的美好已习惯眼见为实。

据说挖槐树的原因，是因为槐树刺太多，材质不好，硬，却又容易惹虫蛀，树的结巴亦多。做不了家具，只能做做栅栏，围围羊圈什么的。至于百里槐花香，也就那么一会儿，不值得。

不知土地公公会怎样想，那些挖槐树的人，就不怕土地公公一生气，把他们从这片土地上抹了，就像他们挖槐树一样？也许那些人切准了土地公公是神仙，有天规管束，是不敢报复他们的？

久不听蝉声，是因为蝉少了。这些年盛行吃蝉。几乎天一黑，树林里到处都是打着手电，头戴矿灯的捕蝉人。可怜的蝉未及飞上树梢、喊一声知了，就被人吃了。好在还有一些幸运的，侥幸逃脱了捕蝉人的毒手，飞到了树上，知了知了地叫上几声。只不过蝉声一稀，听起来就没有了先前的欢快了，反而显得有些悲怆。好在现在的孩子玩的东西多了，怕晒，已不会拿着麦精和竹竿捕蝉玩了。所以，蝉声虽稀，略带悲怆，毕竟还是为夏日增添了一些夏日的气氛。

只怕再过若干年，就连这稀疏的蝉声也绝迹了。孩子再也不知道这个世界上，有过整天叫着知了知了，好像这世界上的事，它都知道的蝉了。

有的蝉是不叫的，我们叫它哑巴蝉。它叫，或者不叫，对于我好像很重要，又好像一点不重要。其实，我对蝉几乎一无所知。它叫，或者不叫都是蝉，叫的也许是念经的和尚，不叫的是打禅的和尚。捉到不叫的蝉，我们会按一按它的胸脯，试探一下它是真的不会叫，还是装的不会叫，是真哑巴，还是假哑巴，是真哑巴就直接把它放了。

哑巴不会说话，叫春花，长得很漂亮，一笑起来很是迷人。可就因她不会说话，是哑巴，从没上过一天学，十八岁，便嫁给了大她十岁的铁匠。说来也怪，她嫁之前只是与铁匠用手比比画画的，我们都不懂他们在说什么，后来，她就帮铁匠拉起了风箱，再后来全村的人都知道春花的肚子被铁匠搞大了。春花爹和春花哥去铁匠铺把铁匠胖揍了一顿。然后，铁匠给春花买了自行车、手表、缝纫机，外加六百块钱，一家人聚在一起喝了顿酒，春花就算嫁了。

春花爹喝醉了，临了还骂了春花一句，丢人。

春花嫁了铁匠，给铁匠一连生了三个儿子，然后就结扎了。那年铁匠家的榆树上，一连搭了三个鹊巢，铁匠见人就笑，春花见人也笑。

终于，孩子们一个个地大了。

春花老了，铁匠更老了。村里的傻根整天扛着把气枪，在村里转悠着打鸟。一日，在铁匠家的榆树上打下的一只喜鹊，不知何故，一下子从四面八方飞来了许多喜鹊，最起码有好几百只，栖满了榆树、房顶、草垛，喳喳喳地叫着，大约持续了五分钟，才肯散去。我们都不知道这些喜鹊来自哪里，也不知它们又飞回了哪里。这件事，我把它称之为喜鹊事件，对于我来说它真的很神奇，是个难解之谜。

有人说，傻根打死的可能是鹊王。有人附和，也有人不以为然。为了这事，铁匠没收了傻根的气枪，傻根不乐意，两人打到了村长那里。村长问铁匠，你为什么拿了傻根的枪。铁匠说，傻根打死了我家榆树上的喜鹊，断了我们家的喜脉。傻根跺着脚喊，喜鹊又不是你家养的，快还我枪。

村长说，喜鹊虽不是铁匠养的，但确实是铁匠家树上的，你打了，就得给铁匠赔个不是。可傻根也是头犟驴，嘴里只喊着快还我枪，死也不肯道歉。

村长拿过铁匠手里的枪，吼道："这枪谁也甭想了，我带回家填灶膛。"听村长这么一说，傻根喊得更凶了。不是春花及时赶来叫回了铁匠，把村长手里的枪拿给了傻根，这事还真不好收场。

这年夏天，铁匠的大儿子考上了大学。村里人说，那些喜鹊是来报喜的。被傻根这一枪一打，兴许还真如铁匠所说，被打断了喜脉，铁匠另外两个儿子都初中没毕业，就辍学回家种地了。铁匠家榆树上的鹊巢也再没住过喜鹊。

也许对于喜鹊来说，这三个鹊巢，也算是凶宅吧。后来，风刮刮雨下下的，鹊巢也不见了。再后来，那棵榆树也不见了。

所以，这世上的事，又岂是一只蝉"知了"一声就能明白的呢？

对于孩子们来说，夏天能干的事，好玩的事可真是太多了。每年发大水，大人都希望雨快停，不要淹了庄稼。可孩子们则希望河里的水，池塘里的水快点漫到地里来，河里的水太深，鱼不好抓，可鱼一旦到了地里，墒沟里，它们便算是瓮中之鳖，再也跑不掉了。

这时候，芦叶正好，可以摘下来折芦苇船。每年夏天，我们放出去的芦苇船，没有成百，也有上千。它们装着我们的梦与希冀，一入水，就翻着筋斗云似的顺流而下。这么多年了，都是有去无回，没有一点音讯。也许它们早已找到了停泊的港湾，正等着我们认领接货呢！

夏日的花还有很多，苦楝花，泡桐花，它们都是紫色的花。紫得像一团紫色的祥云。

蝉，最喜欢的树是苦楝树，我们捉蝉也喜欢选苦楝树，因为苦楝树枝叶并不繁密，便于竹竿穿梭。

久不听蝉鸣总觉得夏天还未到高潮。到深圳七年，从未听过蝉鸣，就好像自己还未入夏。而深圳的确什么都不缺，更不缺夏天，人入夏而心不入夏，终究孤独。

我一直想蝉与禅是否有相通之处，反正我常会把蝉写成禅，禅写成蝉，并且常常改错也改不出来。

李苦禅的禅，不是蝉的蝉。我提醒自己不要写错。我喜欢李苦禅先生的画，却又说不出个究竟。也许就是喜欢他名字里的禅，画里的禅吧。我喜欢自己这样的回答，喜欢自己知了就知了，不知就不知的态度。

我不说话，心里始终有个禅字。可任我怎么写也不能把禅字写到诗里，但我会努力，我希望还有时间。

久不听蝉声，我以为自己是只哑巴蝉。但只要我的心里有蝉翼扇动的声音，我就又不是一只哑巴蝉。

作为一只热爱写作的蝉，我与这个世界，只是换了一种说话的方式，或者是对话的方式。

知了，知了，知了。我希望我的诗可抵这三声人间的蝉声。

刘　炜　1964年生，江苏省盐城市大丰区人，江苏省作家协会会员。在《少年文艺》《诗刊》《诗选刊》《诗林》《星星》《绿风》《扬子江》《雨花》《上海诗人》等发表诗作。作品入选漓江版《2015中国年度诗歌》《2013—2014中国新诗年鉴》《华语诗歌年鉴（2013—2014卷）》《2008年网络诗歌年选》、诗刊社《2000年度最佳诗歌》、人民文学《2004文学精品诗歌卷》、央视《中外抒情诗歌欣赏》《触动大学生心灵的101首诗》等多种选本。出版诗集《月光下的村庄》，多次在诗刊社组织的诗赛中获奖。

翻 译

【美国】海伦·文德勒　马永波　译＼

海洋、鸟类和学者：

艺术如何帮助我们生活

海洋、鸟类和学者：
艺术如何帮助我们生活

【美国】海伦·文德勒

◎马永波　译

在美国教育界，把不同大学学科组合到"人文学科"名下变得很有用，似乎已经暗中决定了哲学和历史就将被塑造成这个组合的中心，其他学习形式——语言、文学、宗教和艺术的研究——将会被降级为从属地位。哲学，被理解为体现真理，而历史则被理解为包含过去的真实记录，它们应该是西方文化的主要体现，在普通教育项目中占有显著地位。

但是这种对可靠的事实记录的信任，更别说可靠的哲学综合了，业已经受相当程度的侵蚀。历史和哲学观点，从某种层面来看，似乎并不比其他学科的观点争议更少。将文化教育限于西方文化本身的时代已经过去。当然，这里有缺失——学习深度的缺失，条理性的缺失——但是正是这些改变突然打开了问题，应该如何理解当下的人文学科，现在应该如何鼓励人文学科的研究。

我想要提议，人文学科的主要研究目标不应该是历史学家或哲学家的文本，而应是审美创造的产物：艺术、舞蹈、音乐、文学、戏剧、建筑等。毕竟，所有文化都是因其各自的艺术而被记忆的。对于那些读过《柏拉图对话录》的人来说，很可能就有十个见过博物馆里的古希腊大理石雕像；或者，如果不是大理石雕像，至少也是罗马时期的复制品；如果不是罗马复制品，至少也是一张照片。在围绕艺术的轨道上，存在着学者们的艺术评论：音乐学和音乐评论，艺术史和艺术评论，文学和语言学研究。在外围，我们可以建立其他的人文学科——哲学、历史、宗教研究。艺术会证明更广泛的哲学兴趣在于本体论、现象学和伦理学；它们会随之带来更丰富的历史，而之前的历史，在处理大量现象中，可能会忽视个体的独特性——这种特质在艺术家身上尤其被看重，在艺术中最为突出，最有价值。

把人文学科的研究中心放在艺术上有什么优势呢？艺术展现了整个无保留的人——在情感、身体和知性存在中，也在个人与集体形式中——因为没有其他人类成就的分支能做到这点。在艺术中，我们看到人类困境的本质——在约伯、李尔王、伊莎贝尔·阿切尔身上——以及在较长时段中体现出的进化（就像对哥特风格的爱好代替了罗马风格，戏剧创作取代了素歌）。艺术发挥了历史和哲学问题的作用，没有暗示单个体系或普遍措施的盛行。艺术品体现了个性，这种个性在历史的巨大画布上褪色为无足轻重，在哲学上被非个人化观点的欲求所压抑。艺术忠实于我们的现在和过去，我们当下和曾经有过的生活方式——因为我们是作为个人被动机和情感所席卷，而不是作为集体性实体或者社会学范式。个人历史在艺术中的发展有部分怪异之处，但是部分而言，它们可以用类推的方法适用于比它们所描述的单个实体更广大的阶层。哈姆雷特是一个非常具体的人物——一个在德国上过学的丹麦王子——但是当普鲁弗洛克说"我不是哈姆雷特王子"，他是在一定程度上证明了这样的事实，哈姆雷特对每个了解这部戏剧的人都有某种意义。

如果艺术是人类经验如此令人满意的化身，我们为什么还要研究、评论它们？为什么不只是把我们的年轻人带到博物馆、音乐会、图书馆去？当然，没有任何东西能够替代听莫扎特，读迪金森，看约瑟夫·康奈尔的盒子。为什么我们应该支持艺术经纪人？为什么不依赖它们的直接影响？最简单的回答是，艺术在场的提醒始终是需要的。随着艺术的流行和过时，总是有必要让某个学者复活梅尔维尔，或者编辑蒙特威尔第，或者评论简·奥斯丁。评论家和学者是福音传道者，拉着公众的衣袖说"看看这个""听听这个""看看这是怎么奏效的"。也许很难相信，但是曾经一度，几乎没有人重视哥特艺术，或是接近我们自己的时代，《白鲸》和《比利·巴德》。

鼓励对艺术进行学术研究的另一个原因在于，这样的研究给人类建立了一种文化传承的意识。我们在美国是几种文化遗产的继承者：一种世界遗产（我们对此日渐感受深刻），一种西方遗产（我们的公民和审美制度源于此），以及一种特殊的美国遗产（尽管伟大并具有影响力，却令人疑惑不解地需要在我们的学校里牢固地确立）。在欧洲，虽然特定的国家遗产很可能作为杰出之物而受到鼓励——意大利学生学习但丁，法国学生学习拉辛——大多国家感觉有责任让学生了解西方遗产正在延伸到本土产物之外。随着时间的推移，殖民地国家尽管受到殖民者文化的指导，却在创造民族文学和自己的文化中获得巨大能量，不论是跟从还是对抗殖民典范。例如，在十九世纪和二十世纪的爱尔兰，我们就能看到这一点。很长一段时间，从文化角度而言，美国学校教育在向欧洲和英国致敬；但是，我们已逐渐开始摆脱欧洲和英国对于艺术和文学的影响，不幸的是，却没有用我们自己有价值的艺术和文学创作在学校中填补随后留下的文化空白。我们的学生高中毕业时，对美国艺术、音乐、建筑、雕塑几乎一无所知，只对少数几位美国作家有一些肤浅的认识。

我们最终会想要，带着应有的自豪，教授我们国家的艺术和文学遗产——如果我们能通过什么被人们所记忆，那就是这些了——而且我们当然希望，培养年轻的读者和作者，艺术家和博物馆爱好者，作曲家和热衷音乐的人。但是，这些爱国的和文化的目标本身还不足以证明把艺术和艺术研究放在我们人文和教育事业的中心的合理性。那么，什么才能促使我们推荐艺术及其评论作为人文学科的中心呢？华莱士·史蒂文斯说，艺术帮助我们生活。我不太确信我们的生活极大地得益于历史（因为，无论我们是否记得，我们注定要重复它），或者得益于哲学（哲学的安慰从来没有被广泛接受）。史蒂文斯的断言十分大胆，我们有权追问他如何为之辩护。艺术和相应的学术研究如何帮助我们生活呢？

史蒂文斯希望他的经验和对自己经验的反思能普遍适用。对于他来说，和其他艺术家一样，"生活"意味着身体和心灵的同时存在，同时存在于世俗的大地上和天上云端。艺术在于凭借心灵审美创造的作品将我们重新安置在身体中；它们将我们安置在大地上，似乎自相矛盾地，凭借一种经验的心理范式，以象征性的简明，体现在一种物理媒介中。让史蒂文斯沮丧的是，他所见到的大多数人都是茫然地四处行走，几乎看不到自己所生活的大地，他们从实用主义的城市意识中将之过滤掉了。甚至当他还只是二十几岁时，史蒂文斯便对人们栖居于大地的方式的狭隘性感到迷惑：

> 在火车上，我想，我们多么彻底地放弃了地球，把它排除在我们思想之外。只有很少的人考虑到它巨大的体积，它原初的无极。它仍然是一个另类的庞然大物，充满孤独、荒凉和野蛮。它仍然让我们显得渺小，让我们恐惧和毁灭。河流仍然在咆哮，山峦仍然在倾轧，狂风仍然在摧毁。人类属于城市。他的花园、果园和田地不过是碎屑。但是，他还是设法把巨人的脸关在了窗外。但是巨人还是在那里。

艺术及其相应的学科恢复了人类意识，将它释放进感觉世界的氛围里，用新创造的文体赋予语言以居所，给眼睛和耳朵提供卓越的物质世界的消遣，给动物身体以动觉的关节弯曲和艺术媒介的抵抗力。对这种事物没有警觉意识，一个人只是一半活着。史蒂文斯反思艺术的这种功能——反思它缺席的后果——我随后将用三首诗歌作为证据。尽管史蒂文斯特别论述到诗歌，他延伸了诗（poesis）的概念——这个意为"制造"的希腊词，普遍适用于所有创造性工作。

　　和地理和历史一样，艺术赋予自然世界以光泽。当你读到"葛底斯堡"这个标志时，茫茫草原对人类变得重要。在草地上悬挂着延伸开来的意义的华盖——斗争，尸体，眼泪，荣光——被美国词语和著作所荫蔽的华盖，从"葛底斯堡演讲"到"肖纪念馆"。茫茫大海变得具有人性，当它栖息着亚哈和白鲸的幽灵。不起眼的小镇成了"俄亥俄州的温士堡"；一座锈蚀的桥变成了"跨越洪流的粗糙的桥"，在那里，民兵开火"枪声传遍世界"。一个又一个的文化形象，无形地悬浮在美国的上空，当我们远眺时，就像埃尔金大理石雕像，无论收藏在哪里，都会盘旋在万神庙之上，那是它们曾经的家；就像米开朗琪罗的亚当，在西方人的眼里，已经变成了创世纪的亚当。文化的光泽已经闪耀了数百年，因此，在英国的田野，你能找到罗马硬币；在亚洲的挖掘地，你能发现皇帝的兵马俑；在我们西方的沙漠，你能发现筑墩者的符号。在史蒂文斯的巨大地球上，随着它狂暴的运动，飘浮着各种神话、文本、图片、体系，那是创造者们——艺术的、宗教的、哲学的创造者们——赋予它的。德尔斐神谕悬浮在萨福身旁，路德的论纲悬挂在格鲁尼沃尔德的祭坛边，巴赫的B小调弥撒曲和拉伯雷的作品共享一个空间。

　　如果没有悬浮在我们之上的艺术、音乐、宗教、哲学和历史所发明的所有象征，以及学术上努力做出的对它们的解读和阐释，我们将会是什么样的人？史蒂文斯说，我们将会是梦游者，像机器人一样四下走动，对我们当下的生活没有意识：这是史蒂文斯1943年的诗歌《梦游》的含义。这首诗呈现了三种意象，其中第一个是不断变换的大海，粗俗

的水库，通行的文本——语言和艺术的普通交谈——便源自其中。第二
个意象是一只永生之鸟，它的运动代表水的运动，但最终它要被海洋冲
走，鸟的后代也总是被冲走。第三个意象是一个学者，没有他，海洋和
鸟同样会是不完整的。

　　　　古老的岸边，粗俗的海翻滚
　　　　无声，无息，仿佛一只瘦弱的鸟儿，
　　　　准备安家，却从不栖息在鸟巢里。

　　　　翅膀不停地扩展，却从来不是翅膀，
　　　　脚爪不停地刮擦着页岩，浅薄的页岩，
　　　　浅薄的声响，直到被海水冲走。

　　　　鸟儿的世世代代，都被海水
　　　　冲走。它们彼此跟随。
　　　　跟随，跟随，跟随，在水中被冲走。

　　　　没有这只从不栖息的鸟儿，没有
　　　　在宇宙中跟随的它的后代，
　　　　在空洞的岸上，不断地降落又降落的海洋，

　　　　将会是死亡的地理：而不是它们
　　　　可能已经前往的土地，而是它们生活的地方，
　　　　它们缺乏一种普遍渗透的存在，

　　　　那里没有学者，分散在各地，

倾出精美的鱼鳍，笨拙的喙和个性，

那些都属于他，作为一个感知一切的人。

诗人说，没有鸟儿和它的后代，海洋将会是"死亡的地理"——不是去另一个国度的那种死亡，而是情感和智力都在梦游的人类，虽生犹死，缺乏"普遍渗透的存在"。缺乏普遍渗透的存在就是没有充分地生活。普遍渗透的生命就是通过大脑、身体、意识和意志延伸，延伸到每个时刻，这样不仅可以感受到济慈所说的"大地的诗意"，而且能用自己的创造性行动回应它。

和济慈的《夜莺》不同，史蒂文斯的鸟儿并不歌唱；它的主要作用就是繁衍后代，努力扩展翅膀，试图留下一些痛苦的存在的划痕。海水永不停息，有时无声无息，有时发出"浅薄的声响"；鸟儿"从不栖息"。鸟儿努力振翅，却从来不太成功；它努力把自己刻在页岩上，但是它的划痕被冲走。海洋"不断地降落又降落"；终有一死的世世代代不断地跟随又跟随。时间同样忘却了鸟儿和它们的痕迹。

想象在你活过的生命中你的心灵之死。史蒂文斯说，如果没有学者，那就是世世代代人类的命运。史蒂文斯没有把他的学者放置在海洋或者页岩上，那是鸟儿出没的地方；诗人说，学者四处为家。但是他出产丰富：事物不断地从他倾泻而出。他弥补了从来不是翅膀的翅膀，弥补了虚弱无力的脚爪；他出产"精美的鱼鳍"，海洋鱼类的精华；他创造"笨拙的喙"，由雏鸟张开，等待喂养，这样它们将来就能飞升进它们的元素，飞进空中；他为地球再造新的外衣，呼唤不要王权（适合君主政体），而是要"个体"，适合民主政体的成员。学者如何能够如此充沛丰富？他多产，不仅因为他是一个能够"感知一切"的人，而且因为他所感知的一切都体现在创造中。他赋予物质世界（作为它的科学观察者）和不成熟的审美世界（作为对鸟儿未完成的自然之歌的快速回应）以形式和定义。他堪比创世纪的上帝；他观察和感觉鱼鳍，他说"要有精美的鱼鳍"，于是精美的鱼鳍就出现了。

为什么史蒂文斯把这个不可或缺的人物称作"学者"呢？（在某处又称作"拉比"——两者都是代表学识的词汇）。学识和创造有什么关联呢？为什么在现象世界及其审美再现的具体化和系统化当中，研究和学识是不可或缺的呢？正如没有诗行的士兵是贫乏的（史蒂文斯在某处这样说过），没有学者的文化记忆，没有学者的分类法和历史，诗人也是贫乏的。我们的思想体系——法律的、哲学的、科学的和宗教的——都是"学者"发明的，没有他们的帮助，广泛复杂的思想就不能发生和产生争辩，难以理解的文本和总谱就无法被准确地确立和阐释。审美所渴望的无止无休的情感，鸟儿对翅膀的希望和刻痕的向往，没有文化努力的安排和创造性力量就会消失。艺术和艺术研究对史蒂文斯来说是象征性的一对，互为依存。没有人生来就能理解弦乐四重奏，或是能阅读拉丁语，创作诗句；没有学者和他的藏书，就没有文化的不朽和传承。艺术和知识彼此支撑，理想地相互映照和吸取，可以视为人文学科作为艺术密不可分的关联物，被完整地理解、通过教育来传达的范例。

"梦游"是史蒂文斯的格言"诗歌是学者的艺术"的说明。"梦游"提出的问题是，创造性工作必不可少的是什么？情感、欲望、生产能量和博学的发明——诗歌回答说，这些都是艺术家不可缺失的。但是还有另一种思考艺术的方式，多去关注那些构成艺术观众的人群，而不是艺术创造者。成为艺术的观众和忠实信徒，我们能获得什么？史蒂文斯说，让我们想象自己被剥夺了所有美学和人文学科所创造的产物，生活在一个没有音乐、艺术、建筑、书籍、电影、编舞、戏剧、历史、歌唱、祈祷的世界，没有飘浮在地球上空的意象来阻止它成为死亡的地理。史蒂文斯在一首诗里表现了这种剥夺之后的孤寂和荒凉——我的三篇文本的第二篇——题为《巨大的红衣人读书》。这首诗就像马蒂斯的一幅油画，向我们展示了世俗的巨人，拥有太阳的颜色，从天空般巨大的书板上大声阅读，夜幕降临，变暗，从蓝色变成紫色。这首诗也召唤巨人的听众：他们是鬼魂，不再活着，悲哀地居住在遥远的"星辰的荒地"上，更多地期待后世。巨人从他蓝色书板上阅读的时候，他对鬼魂们描述了什么？平淡无奇——只是生活的普通陈设，庸常和美，陈腐，丑陋，甚至痛苦。但是对于鬼魂们来说，这些来自生活的东西熟悉得让人痛苦，他们在世的时候却将之忽视了。现在，这些东西痛苦地失去了，他们活着的时候从来没有珍惜过，他们在陌生星球的虚空里绝望地怀念着它们。

> 有一些幽灵返回大地，倾听他的话语，
> 当他坐着，大声地，读这巨大的蓝色书板。
> 它们来自曾经寄予厚望的群星的荒野。

> 有一些幽灵返回，倾听他朗读生活之诗，
> 有关炉子上的锅，桌子上的壶，以及中间的郁金香。
> 它们将哭泣着赤足走进真实，

> 它们将哭泣并感到幸福，在寒霜中颤抖
> 叫喊着再次感受它，用手指快速抚过树叶
> 迎着锋利盘绕的荆棘，甚至抓住丑陋的东西

> 大声欢笑，当他坐着，从这紫色的书板，
> 朗读存在的轮廓与表达，及其法则的音节：
> 诗，诗，那些字符，预言的句子，

从那些耳朵，那些微弱的，耗尽的心灵中，

获取色彩，获取事物的形状和尺寸

替它们言说感情，它们所缺乏的那种东西。

那些幽灵活着的时候，缺乏情感，因为在他们的记忆中没有记录"存在的轮廓与表达，及其法则的音节"。史蒂文斯在这里做出的是一个三重断言：存在不仅具有轮廓（像所有物体一样）和表达（在所有文字里），而且还具有规则，它比"表达"更加严格。表达本身不能例证存在的规则：只有诗歌——创作者以象征性方式复制生活结构的行为——充分弥漫于存在之中，直觉地领悟和体现它的规则。诗歌不仅再现生活的内容（日常现象），而且为内容找到一种方式（激发的、"预言的"），并以其媒介为手段——这里指的是其语言的文学特点——体现结构规则，按照我们的理解塑造存在。

史蒂文斯的读者奇闻在《巨大的红衣人读书》中暗示出，我们是多么迫切地想要回归，像幽灵一样，为了辨认和品味我们有生时没有充分关注、几乎从不珍惜的生活的部分。但是我们不能——如诗歌所描述的——独自完成：只有当生命存在的尘世巨人开始朗读，用诗歌和预言的音节表达存在的现实和规则，生活经验才能被重组，才可望变成美好和慰藉，帮助我们生活。

如果我们围绕艺术和艺术研究来重组人文学科，我们的生活怎么才能有所不同？当然，过去的文明部分得到回顾，因为它们有自己的哲学和历史，但是对我们大多数人来说，是过去的艺术保存了埃及、希腊、罗马、印度、非洲和日本。艺术家的名字可能被湮没了，艺术本身变成了碎片，卷轴破损，手稿残缺——但是阿努比斯、菩萨、《坎特伯雷故事集》仍然在我们的想象世界中占有一席之地。它们拖曳着有关它们的阐释，那些阐释跟随它们，像水一样被冲走。学者和评论家的阐释或许不会比它们相应的一代人更为长久；就像知识概念的兴盛和衰微，阐释也会被提出和抛弃。但是，如果没有学者源源不断的阐发，我们一代代的人就不可能获得自己对维米尔或贺拉斯的理解。

如果我们准备承认艺术和它们的阐释者是每个过往文化的中心，我们也许应该反思我们美国文化出产了哪些几百年后可以受到珍视的东西？我们将通过哪些绘画、建筑、小说、乐曲、诗歌被记忆？什么样的生活再现会飘浮在美国大地的上空，渲染它的每一个部分，像马林的缅因州、兰斯顿·休斯的哈莱姆、凯瑟的内布拉斯加或林肯的葛底斯堡？美国存在的轮廓、表达和音节如何在我们广大的地理上发光？我们的公民如何意识到他们的文化遗产，为他们的祖传感到自豪？当他们那代人被水流冲走，他们又如何把它传递给自己的孩子？他们的孩子如何能够"感知一切"，获得"普遍渗透的存在"，帮助鸟儿扩展翅膀，帮助鱼儿长出"精美的鱼鳍"，帮助学者倾泻出他们自己的"个性"？

用语言串联起现象和感觉，始终是诗人的目标。华兹华斯在1798年的《〈抒情歌谣集〉序言》中说："诗歌是所有知识的呼吸和纯粹的精神；是所有科学面前的慷慨激昂的表达。"我们的文化忽略不起人类对艺术所提供的生活再现的渴望，以及对那些出现在文化舞台上的艺术进行评论的渴望。回应敏锐性的训练（通常大多通过宗教和艺术完成）不能留给商业电影和电视来负责。在教育和科学训练中，有必要包括情感，有需要通过直接的沉思来补充——通过艺术及其阐释——感觉、间接经验和人们之间的想象。艺术常常可以信赖——它一旦被悄悄地但又无处不在地呈现——就会让人们感受到它的影响。购物中心里的一套伦勃朗自画像，地铁上的一组静物，学校食堂里弹奏的奏鸣曲，从幼儿园开始合唱的圣歌——所有这些东西，不带任何评论地出现，可以作为生活自然的一部分，在社区和学校予以提供。学生可以由老师和书籍来温柔地带领，从被动接受过渡到积极反思。艺术太过厚重和深远，绝不能从我们儿童的传承中遗漏：艺术有权利在我们的学校中，像分子生物学和数学一样，被作为严肃的学习目标。像大脑其他的复杂产品一样，它们需要重新呈现、系统阐述和持续的关注。

一旦呈现，艺术有优势引起人们的好奇，不仅在审美上，而且在历史、哲学和其他文化领域。前哥伦布时期的雕像怎么和罗马雕像看起来那么不同？为什么一些画家专注于肖像画，而另一些主要画风景？为什么戏剧的黄金时代在英国和西班牙兴起又衰落？是谁首先在古典音乐里为爵士乐找到位置，为什么？为什么一些作家成了民族英雄，而其他作家没有？谁来评价艺术，如何评价？我们能相信一件艺术品传达的信息吗？为什么毕加索同时再现了一张完整的脸和一个侧面？艺术可以多么渺小而仍然是艺术？为什么我们需要在每种艺术类别中发明这么多子集——在文学中发明了史诗、戏剧、抒情诗、小说、对话和散文；音乐中也无所不包，从独奏组曲到巴赫的赞美诗？为什么各种文化使用不同的乐器和音阶？谁有权成为艺术家？一个人如何获得那种权利？这样的问题无止无休，答案也是引人入胜；问题和答案都需要，并的确产生了有意义的回应，训练有素的眼睛，良好的鉴赏力，对知识的渴望，我们希望在自己和孩子身上看到所有这些特质。

最佳情况是，所有艺术都具有愉悦性。"愉悦这一伟大的基本原则"（就像华兹华斯所称）可能被更为热切地援引，为了让过去和现在的人文学科，都对美国人具有相关的意义。一旦艺术品位被愉悦所唤醒，儿歌和卡通在某种程度上就会引向史蒂文斯和伊肯斯。一种基于海洋、鸟类、学者、红色巨人及其蓝色书板的课程，会激发人们对艺术和人文科学的热爱，我们目前尚未在普通大众中成功引发这种热情。当以新的角度观看现实，通过艺术家和他们的评论家，生活可感的精华就会发生变化。正如史蒂文斯在我要引用的第三个文本《被乡巴佬围绕的天使》中所写的那样，那时，现实的天使便会瞬间出现在我们门前，说：

> ……我是大地必要的天使，
> 因为，用我的视觉，你再去看大地，
>
> 排除了它的僵硬和固执，人为的设定，
> 用我的听觉，你听到它悲哀的单调
>
> 液体一般在液体中慢慢上升，
> 像水体的词语冲刷；像通过部分意义的重复
>
> 而被说出的意义。我不是，
> 我自己，我只是半个人形，
>
> 一半可见，或只是瞬间可见，一个
> 思想的人，一个穿了衣服的幽灵
>
> 看起来轻松至极的衣服，我只要
> 肩膀一晃，就会很快，太快，消失？

　　那个大地的艺术天使，更新着我们对生活和我们自身的感知。重复一半的意义，因为我们将要提供那另一半的意义。我们中间的学者们把那些剩下一半的意义阐述完整，在他们的个性中给我们换上新装。以他的信使为外表，史蒂文斯回顾着华兹华斯伟大颂歌的诗句：

> 曾几何时，草地、树林和溪流，

　　大地，以及所有常见的景色

　　对我来说仿佛

　　披着天体的光照，

　　一种梦的荣耀和清新。

　　世俗的天使刷新我们对世界的感觉，披着华兹华斯般的光亮，只停留片刻，我们所关注的片刻。但是，那个思想敏锐的片刻呼唤我们进入存在、身体和情感，奇异的是，当我们专注于纯粹的知识或体力工作，我们那么容易把它们搁置一边。正如艺术没有了我们这些观众、分析者和学者，它就只是一半的存在——没有艺术，我们也是一半的存在。在这个国度，我们将成为充分的自己，我们将以不断进步的抽象来衡量我们的伟大成就——在数学和自然科学中——同样也在对艺术的深深沉浸中，在随艺术而产生的规则中予以衡量。艺术，尽管本质上不是进步的，其目的在于永恒，但有时也是进步的。那么，为什么美国没有其他国家那么多不朽的东西？如玛丽安·摩尔（在《英国》中）所说，卓越"从来没有局限于一个地区"。

海伦·文德勒（Helen Vendler）　美国著名诗歌评论家，哈佛大学教授。

马永波　文艺学博士后，出版个人专著《以两种速度播放的夏天》《九叶诗派与西方现代主义》《荒凉的白纸》《树篱上的雪》《词语中的旅行》及译著《1940年后的美国诗歌》《1950年后的美国诗歌》《1970年后的美国诗歌》《英国当代诗选》《约翰·阿什贝利诗选》《诗人与画家》《史蒂文斯诗文录》《肖邦在巴黎》等六十余部。现任教于南京理工大学。

—— 艺 术 ——

永恒的大地生长永恒的草叶

◎远　人

一

不知是巧合还是刻意，1855年7月4日，正值美国第七十九个独立日庆典之日，那天的纽约文坛上出现了一部由十二首无题诗歌组成的单卷本诗集。这部名为《草叶集》的小书只薄薄九十五页，连作者名字也没有，只后面"版权所有者"下方有个沃尔特·惠特曼的署名。文坛上谁也不知惠特曼是什么人，也没有谁对这部诗集报以关注。像所有刚出版第一部著作的作者一样，不无焦虑的惠特曼一边给大洋两岸的著名作家和评论家寄赠诗集，一边等待评论界的反响。令他欣喜若狂的是，诗集出版仅过十八天，他就收到有"美国文艺复兴领袖"之称的爱默生的来信。后者在信中热情洋溢地称赞《草叶集》是"一部结合了才识与智慧的极不寻常的作品"，并罕见地坦承自己将"向你伟大事业的开端致敬"。

爱默生的目光是准确的。受到鼓舞的惠特曼再接再厉，将自己的才华转变成一首又一首诗歌。在创作新的诗歌同时，惠特曼还意识到，诗集若想要引起更多人的注目，以及他想建立自己雄视文坛的地位的话，独辟蹊径是必然的选择。深思熟虑之下，他决定将自己的未来诗歌全部写进《草叶集》中，让第二版覆盖第一版，第三版覆盖第二版，依此类推，诗集的厚度将逐版增加，自己的名字也将与《草叶集》三字永远地联系在一起。

这在当时是大胆的开创性想法，也是富于天才性的想法。惠特曼自己也没料到，这部最终出到第九版的诗集经历了从被嘲笑到被诋毁，从被攻击到被颂扬，从萌芽到生长，从成熟到结满果实的漫长过程。当它的临终版问世时，已是整整三十六年过去。厚逾千页的《草叶集》成为十九世纪贡献给世界文坛的一部皇皇巨著。惠特曼最终完成的，已不仅是作诗人的愿望实现，而是他与《草叶集》携手步入了不朽的文学殿堂。

二

第一版《草叶集》的开篇之作是到1881年第七版才定名为《我自己的歌》的长诗。该诗由五十二节抒情诗组成。在世界诗歌史上，它到今天也依然是一首出类拔萃的罕见长诗。在全诗起笔，惠特曼就以充沛的激情直抒胸臆："我赞美我自己，歌唱我自己，/我承担的你也将承担，/因为属于我的每一个原子也同样属于你。"这是定基调的诗句，也是在布满颓废与伤感主义论调的新大陆诗歌中，第一次出现的雄健之声。在当时的美国诗坛，尽管有朗费罗等人不乏乐观主义的诗歌问世，那些诗歌却始终摆脱不了英国维多利亚时期的风格笼罩。不仅诗歌，连小说、散文等文体也难以从强大的欧洲风格中挣脱。即便惠特曼本人，他初试身手的作品也是十多篇刚一发表就被迅速遗忘的粗俗小说。风格不能独立不是惠特曼的个人问题，当时的整个美国文坛都有无能为力之感。针对这一状况，爱默生曾忧心忡忡地说道："我们会被迫为我们的意见来自他人而感羞赧。"

惠特曼没有让爱默生再感"羞赧"。从初版诗集的第一首长诗开始，惠特曼就信心百倍地将自己的生活与生活过的大地写入诗中。在他眼中，"合众国本身就是一首最了不起的诗"，这一非凡的自信决定了惠特曼的歌唱表面上属于自己，在深处蕴含的，则是对整整一代人在开拓时代的激情唤起。

没有哪个写作者不想表达自己的时代。当时代过于磅礴时，才华不够的人根本找不到落笔之处。惠特曼选择了从自我开始。他笔下的"我"，既是自己，又不仅仅是自己，还辐射到他人与民众，辐射到整片国土，所以他有理由告诉所有读者："我的舌，我血液的每个原子，是在这片土壤，这个空气里形成的。"将"这片土壤"视为自己的出发之地，确认"这片土壤"是哺育自己的大地，说明惠特曼的激情是面向更广阔的生活本身；更能让我们在阅读中体会到的是，惠特曼的诗歌从《我自己的歌》开始，就极为坚定地对这片大地本身的蕴藏进行了持之以恒的开掘。这是美国独立不足百年之时，一种前所未有的自觉文学行为。在任何时候，任何人都没必要将所谓"爱国诗人"的标签赋予惠特曼。当我们今天重新捧读这部诗集，能处处感受惠特曼对生活的全力以赴。他写下属于"这片土壤"的一切，就表明他满怀热情地进入了"这片土壤"的每处角落。这是一个真正诗人的行为，除了自己立足的土壤，没什么再值得歌颂；除了生活在这片土壤上的民众，也没什么再值得表现。所有这些面对，在惠特曼眼中具有如大地草叶般生生不息的意味，所以，《草叶集》三字看似平常，蕴含的内在却无比深远。

三

能表现生活，是因为进入了生活。当惠特曼提笔写下第一首诗歌之时，对生活就已有了非同凡响的认识。今天我们能清晰地看到，有两方面的生活在他内心最终汇聚成汪洋恣肆的诗歌激流。首先是《草叶集》问世前的二十年间，惠特曼不仅接受爱默生的影响，还对远至古希腊和古罗马时期的荷马、卢克莱修，文艺复兴时期的莎士比亚、弥尔顿，法国大革命前的卢梭，近至英国同时代的彭斯、司各特、狄更斯以及本土的库柏、欧文、霍桑、朗费罗等人的作品进行了系统的研读。在使智力得以发展的博览群书之余，惠特曼还对天文学、颅相学报以极大的兴趣；尤其值得一提的是，在1851年前后，惠特曼对意大利歌剧产生了非比寻常的热爱。罗西尼、威尔第等人的歌剧得到惠特曼的极高评价，当贝蒂尼、阿尔伯妮的高音在他亲临现场的耳边响过之后，不仅使他称之为"十全十美的声音"，还使他在若干年后发出"如果没有这些歌剧，我无论如何也写不出《草叶集》来"的由衷之言。

但对《草叶集》的作者来说，艺术的熏陶尚在其次，最重要的是惠特曼永不疲倦地投入了生活。当他在1830年离开学校之后，年仅十一岁的惠特曼首先在詹姆斯·克拉克律师事务所当勤杂工，然后到布鲁克林的印刷厂当学徒。到十七岁时，惠特曼又前往长岛的多处学校教书，并在1838年创办了一份叫《长岛人周刊》的报纸，与此同时，精力过人的惠特曼开始了诗歌和散文的最初练笔。当他二十二岁迁居曼哈顿后，又再次进报社做排字工和做记者，经常去体育馆和博物馆采访，频繁参加晚间的讲演会和进行政治论战。数年后，二十七岁的惠特曼成为布鲁克林《鹰报》的主编，多与政界人物接触。两年后辞职的惠特曼又前往新奥尔良，完成了一生中的首次长途旅行，大地上的千姿百态和蕴藏的无限潜能对惠特曼成为诗人进行了再也没停止过的塑造。丰富的人生阅历打开了惠特曼的视野，增强了他对生活的感受。到开始写作《草叶集》时，惠特曼的身份又成了木匠。他在晚年回忆时说道："我那时正在做木工活赚钱，一只叫《草叶集》的蜜蜂飞来了。我放下手中的活计……"

那时的惠特曼是什么模样？他在《草叶集》中留下了自画像似的勾勒："沃尔特·惠特曼，一个宇宙，曼哈顿的儿子，/狂乱，肥壮，酷好声色，能吃，能喝，又能繁殖，/不是感伤主义者，从不高高站在男子和妇女们的头上，或和他们脱离，/不放肆也不谦虚。"这些诗句让我们看到盛年惠特曼对生活的激情和对个人的自信。往诗句深处细察，我们又有理由说，惠特曼真正想勾勒的，是一幅能代表当时整代人的精神与生活肖像，进一步说，他想刻画的，是被绵延大地哺育的生命形象。在任何时代的任何国度，或迟或早，总会有万众瞩目的代表人物出现。惠特曼当仁不让地挺身而出，最终使自己成为时代的巅峰人物；也可以说，十九世纪的美洲大陆同样选择了惠特曼，原因无他，就在于惠特曼用自己的毕生创作告诉全球，生活在给予人什么，人在生活中又会想些什么、做些什么，承载生活的大地是什么模样，人与大地是什么关系、人的激情能昂扬到什么地步……正是这些主题的和盘托出，造就了《草叶集》的不朽和伟大。

四

说一部诗集伟大，不单纯是指它具有出色的表达技巧。技巧对诗歌固然重要，更重要的是，该部诗集是否揭示了时代与现实生活的全部内涵。在全球文学史上，不少名噪一时的作品最终走向消失，就在于它们本身既没有达到时代与生活的要求，也没有对生活的真理进行强有力的揭示。《草叶集》不然，不论我们何时翻开它，总有浓烈的生活气息扑面而来，总有来自生活的哲理在提供永不陈旧的启示。作为读者，我们能有把握地说，《草叶集》不仅是一部伟大的抒情诗集，还是一部伟大的哲理诗集。惠特曼不是哲学家，也没有建立起自己的学术体系，但不妨碍他从生活中提取令人再三咀嚼的生活哲理。

惠特曼的方式不是枯燥的说教，而是以感性十足的语言唤起读者沉埋内心的思绪，"你以为一千英亩地就算多吗？你以为地球很大吗？/你用功了好久学习读书吗？/你以为自己懂得了诗就特别骄傲吗？"这里的一个个问号不是他真的在提出问题，而是以发人深省的设问让我们看到他极为坚决的回答。这不仅是手法的高超，还是作者在深入大地和生活的内在之后，发现大地是用来赞美的，人的使命是用来完成歌唱的，尤其"其中的诗人要配得上人民……他是国家的平原山川、江河湖泊、自然生命的化身"。

惠特曼敢在踏进《草叶集》的起步之年就这么说，是他发誓要以毕生诗歌来完成这一自我要求。对自己提出要求并不容易，舍我其谁地充当万物的"化身"更不容易，只有走向伟大的诗人才能堪当此任。一个诗人要走向伟大，前提是得走向生活。当生活在每个人面前打开，每个人就必须拥有能进入生活的认识前提。惠特曼的认识在自传性长诗《从巴门诺克开始》的第五节中有异常丰富的体现："……曾经称雄一时的民族，现在衰微了，退却了，零落了，/若不是尊重你们的遗风，我决不敢前进，/我研读了它，承认它是值得钦佩的，（我曾一度在其中走动，）/认为没有比它更伟大、没有比它更值得评价的了，/我久久全神贯注地观察了它，然后把它撇在一边，/我站在我自己的位置上，在这里和自己的时代在一起。"

当我们认真阅读这些诗句，会发现它们不仅是惠特曼面对生活的前提，更是整部《草叶集》的前提。所以我们看到，时代有什么，《草叶集》就有什么。时代的每个领域，没有哪个让我们觉得惠特曼会鞭长莫及。不论是自然的、情感的，还是战斗的、政治的；不论是城市的、乡村的，还是空间的、时间的，无不在惠特曼笔下得到如草叶般的自然生长。能做到这点，是他不仅感到，还以身作则地做到："我是肉体的诗人，我是灵魂的诗人，/天堂的欢乐和我在一起，地狱的痛苦也和我在一起，/我把欢乐根植于我并发扬滋长，我把痛苦转化为一种新的语言。"正是有了"新的语言"，惠特曼才充满信心地告诉时代："你知道，只是为了在大地播撒更加伟大的信仰的种子/我唱出下面各种各样的颂歌。"这就是惠特曼创作《草叶集》的目的。人在大地上、在生活中，最不能缺少的就是信仰。对惠特曼来说，人的信仰只可能从生活中获取。除了将自己的全部投入生活之外，再没有第二种获取方式。

惠特曼对生活的投入令人吃惊，无论对自己经历的事情也好，还是对在身边和远方生活的人也好，没有哪样被惠特曼从视野中舍弃。哪怕他路过一棵橡树，也会触动自己永不停止的思考，"……它的样子，粗壮、刚直、雄健，令我想到我自己；/我惊奇着，它孤独地站立在那里，附近没有它的朋友，如何发出这么多快乐的叶子……"一扇偶然打开的门也会使他瞬间获得随心所欲的表达，"某个很晚的冬天的夜晚，一群工人和车夫在酒吧间里围着火炉，却没有人注意到我坐在一角，/一个爱我而为我所爱的青年默默走过来坐在我身边，以便拉着我的手"，这些普普通通的生活场景无不从诗集中俯拾可得。我们更能体会的是，无论惠特曼的描写对象是天空、宇宙、群星，还是树叶、溪流、石头，他都投入了自己的炽热情感。在诗人眼里，生活的一切没有哪点可以被忽视，它们都是"在太阳下歌唱"的"神圣的平凡"，同时，"我知道它们能够满足属于它们的一切人"。认识到这点，惠特曼的每首诗才能都迅速地进入生活给予的种种感受，获得丰富的表现内涵。

五

有个老生常谈的说法，诗歌是激情的产物。话说得不错，但对一个诗人而言，如何将青年和壮年的激情延续到晚年实是无比艰难之事。令人惊讶的是，惠特曼对生活与写作的激情似乎永不倦怠，当他来到六十二岁高龄的1881年时，其亲手编定的《草叶集》第七版问世。尽管诗人规定，此版内容在他去世前不再更改，还是在给该版出版人奥古斯特的信中说道："到目前为止，这本书还没算真正地出版呢。"这是让人感到震惊的话。也许在惠特曼看来，不管此刻的诗集增加到了多少页码和到了怎样的厚度，他依然记得自己二十六年前说过的话："你超越了其他人吗？你是总统吗？/那不足为奇，他们每个人都会不止于此，还要继续向前。"这就是惠特曼对人类怀抱的坚定信心与认识，人类的生活永远向前，时代的发展也永远向前，所以，他的写作也会永远向前。对惠特曼来说，这不是姿态的表现，而是他曾经发誓"打算就这么唱下去直到死"。

这是在首版《草叶集》中出现的诗句。从那时开始，一直到惠特曼临终之年，他始终履行着自己年轻时的誓言——对生活报以勇敢，对未来报以热情。当他进入生命倒数第二年的1891年时，我们依然读到他惊心动魄的总结诗句："从成熟的青年期开始，坚定不移地追求，/漫游着，注视着，戏弄着一切——战争、和平，白天黑夜地吸收，/从来乃至一个小时也没放弃过自己的事业……"他的事业就是他用全部《草叶集》践行过的那样，"歌颂那些不朽的美好之物"。所以，在整部诗集中，我们从头至尾看不到苦痛和悲伤，作为生活的一部分，即使它们在《草叶集》中出现，也会在磅礴的生活中迅速变成更甘冽、更使人不能抛舍的迷人清泉。在世界诗歌史上，说惠特曼贡献的这部诗集独一无二，不仅是它恢宏的气势一往无前，还在于它永远赋予一代代读者健康与崇高的感受，永远赋予读者对生活的热烈向往。不管什么样的生活，你永远都得生活，永远都得对生活怀抱不熄灭的激情。这不仅是惠特曼的诗歌告诫，还是惠特曼用自己漫长一生所实现的自我承诺完成。当我们在诗人诞辰两百周年的今天再次面对《草叶集》中的一行行诗句，面对"这不是一本书，/谁接触它，就是接触一个人"的不朽宣称，我们的确有理由补充，《草叶集》绝不仅仅是部书，它还是一个已经远去却依然唤起激情的时代，还是如草叶般旺盛的生命与充满无限生机的大地本身。

2019年5月18日至19日初稿

5月22日夜改定

远 人　1970年出生于湖南长沙。迄今有近千篇作品散见于《人民文学》《中国作家》《花城》《天涯》《文艺报》等百余家报刊。出版有长篇小说、散文集、评论集、人物研究、诗集等个人著作十七部。现居深圳。

包法利夫人的烟花

◎李颖超

　　这本书，值得每一个准备走进婚姻的女性阅读，更值得每一个准备走出婚姻的女性阅读。

　　这是一个女人从怨妇变成荡妇，最后自取灭亡的故事。

　　故事发生在十九世纪中期法国的一个小镇。女主人公爱玛是富裕的田庄主鲁奥老爹的独生女。她从小被送到修道院，学习贵族子弟应具备的仪态举止。少女时代的爱玛充满幻想，喜欢看带有浪漫主义色彩的言情小说，那些王子公主的故事塑造了她的爱情观。她最喜欢的描写是："发不完的誓言，剪不断的呜咽，流不尽的泪，亲不完的吻，月下的小船，林中的夜莺，情郎勇敢得像狮子，温柔得像羔羊，人品好得不能再好，衣着总是无懈可击，哭起来却又热泪盈眶。"

　　这就是十五岁的爱玛心中爱情的模样。

　　一个小姑娘借由书中的浪漫故事，生出一颗浪漫的心，在一个又一个的爱情故事中安放着自己的梦想。

她过着三流的日子，却做着一流的美梦

从修道院回到农庄的爱玛整天幻想着，自己能像书里的女人一样，住在一座古老的城堡里，整天在三叶形的屋顶下，胳膊肘支在石桌上，双手托住下巴，引颈企望着一个头盔上有白羽毛的骑士，胯下一匹黑马，从遥远的田野奔驰而来……

终于，那个人来了，他叫夏尔·包法利，一个乡村医生。包法利医生的母亲从小家庭优渥，嫁给不成器的丈夫之后，只能将全部希望寄托在儿子身上，替儿子规划未来，并为他找了一个"多金"的妻子——一个四十五岁的寡妇。虽然她满脸的疙瘩像春天发芽的树枝般，但还是有很多人抢着娶她，因为她一年有一千二百法郎的收入。

这个女人，对包法利医生有着超强的控制欲，包法利医生在摆脱了母亲的束缚之后，又跌落到妻子更为苛刻的束缚之中。

包法利医生第一次给爱玛的父亲看病时，就喜欢上了这个美貌的姑娘，何况她还喜欢看书，弹琴，绘画……包法利医生对爱玛迷恋极了，书中许多描写都直接地表达了他炙热的感情："指甲的白净使夏尔惊讶，亮晶晶的，尖头细细的，剪成杏仁样式，比厄普的象牙还洁净。""她美在眼睛：由于睫毛的缘故，棕颜色仿佛是黑颜色。眼睛朝你望来，毫无顾忌，有一种天真无邪的胆大神情。"

包法利医生心猿意马之际，他的妻子居然在丈夫最渴望她消失的时候，真的病死了。

欣喜若狂的包法利医生去爱玛家求婚。在那个村子里，医生已经是爱玛能够嫁的最好的人了。于是，十九岁的爱玛嫁给了夏尔·包法利医生。

终于抱得美人归，包法利医生对爱玛极尽宠爱。

成为包法利夫人之后，爱玛发现，婚姻生活和她想象中的爱情相差太远。她满怀憧憬地嫁给包法利医生，却发现他"谈吐像人行道一样呆板，见解庸俗，如同来往行人一般，衣着寻常，激不起情绪，也激不起笑或梦想"。

他木讷、平庸、不善言谈、安于现状，并没有什么上进心。他爱她，但不是以她希望的方式在爱。要知道她的生活中除了爱情，就没有其他了。没有工作，没有朋友，没有圈子，她什么都没有。她唯一拥有的就是对爱情的幻想。

她的欲望和悲伤，吞噬着她的心情，她开始郁郁寡欢……

包法利医生为缓解妻子抑郁的心情，举家搬移到一个小镇。新的环境并没有令爱玛振作，因为日子依然照旧。

爱玛希望丈夫脚踏长筒靴，身着燕尾服，头戴尖顶帽，手戴长筒手套；她希望丈夫可以谈吐优雅，一开口就能赢得满堂彩；她希望他是个有心人，会察言观色，眼睛能读懂她的心思。

包法利医生早出晚归忙着挣钱养家，可爱玛却憧憬着浪漫，她并不知道自己理解的浪漫落到日常生活中，是一种什么样子，她只知道不是她现在的样子。生活上越接近，心却渐行渐远……

她做的许多小事都能得到丈夫的欣赏：有时在蜡烛托盘上放一张新花样的剪纸，有时给他的袍子换一道镶边，有时给女仆烧坏的菜取一个好听的名字，包法利医生就津津有味地把它吃光。

她在卢昂看见过一些贵妇，表链上挂了一串小巧玲珑的装饰品，她也买了一串。她在壁炉上摆了两个碧琉璃大花瓶，不久之后，又摆上一个象牙针线盒和一个镀银的顶针。包法利医生越不懂这些名堂，越是觉得雅致。它们使他感官愉快。

但在爱玛的灵魂深处，每一天的日子仿佛都是煎熬。她特别忍受不了的，是吃晚餐的时候。楼下的餐厅那么小。火炉冒烟，门嘎吱响，墙壁渗水，地面潮湿；人生的辛酸仿佛都盛在她的盘子里了。闻到肉汤的气味，她灵魂的深处却泛起了一阵阵的恶心，包法利医生吃的时间太长，她就一点一点地啃榛子，或者支着胳膊肘，用刀尖在漆布上划着一道道条纹。

她想旅行，或者去巴黎。

坏的爱情，总是抽掉女人的脊骨

包法利医生医好了一位侯爵，侯爵邀请医生夫妇参加宴会。这次宴会完全激发了爱玛心底的欲望，尤其与子爵的相遇，使她终生难忘，那颗心，一经高贵的熏染再也不肯褪色。

她也见过几个侯爵夫人，腰身比她粗，举动也比她俗，她只有怨恨上帝太不公道了。想到这些，她头靠着墙哭……她被她的理想，或者说是她的幻梦，深深地折磨着，不得安生。

她只能看书，继续用书中的情节来编织她的梦想。她希望她的爱人能时时刻刻关注她，用温热的嘴唇亲吻她的脸颊，他一定是风度翩翩，举止有礼的，会写热情洋溢的信，会说些俏皮话来逗她开心，他知道她内心的温柔与寂寞，他会和她一起骑马打猎看星星赏雪花，给她读柔情的诗句来宣誓他对她的忠贞……

爱玛将寂寞和愤怒发泄在无穷无尽的物欲上。包法利医生却丝毫没有察觉到妻子的不满。

恰在这时，一个年轻人像彩虹一样照进爱玛心中。那个叫莱昂的少年朝气蓬勃，举手投足都像阳光温暖着爱玛绝望的内心。用现在的话说，莱昂是小鲜肉一枚，也是个文青，多才多艺，会画水彩画，能辨识高音乐谱，星期天会去森林边缘的山坡顶上看书，眺望远处的日落……最重要的是，他对爱玛一见钟情。

这一切太合爱玛的胃口了。

一来二去，爱玛便把小说中的男主人公的职责交给了莱昂，他们一起谈心，一起读小说，互诉衷肠。

文青莱昂也有自己的梦想，世界那么大，他想去看看。

离开永镇前，他鼓起勇气去找爱玛。但见面时，话到嘴边却什么也说不出来，只得黯然离开，去了巴黎读法律……

莱昂走后，爱玛品味着伤感，她又回到了情感苍白的状态里，她的举止衣着都反映着她的空虚寂寞，她成功地引来了虎视眈眈的偷猎者。

爱玛被一个情场老手鲁道尔夫盯上了。鲁道尔夫多情多金，拈花无数，是个情场老江湖。他像一个猎手，一眼就看出爱玛是那种在婚姻中得不到满足的少妇，便暗暗设计勾引她。在她毫无防备之时猝不及防地向她求爱。

对于一个孤寂而不安分的女人，那干柴，只需要一点火星，就可以燃起！

鲁道尔夫深谙女人心思。他满嘴甜言蜜语，哄得爱玛意乱情迷。爱玛觉得，她期盼的生活终于实现了：说不完的情话和难分难舍的亲密，有爱情的温度，有甜言蜜语滋养的生活……鲁道尔夫几乎诠释了爱玛对浪漫的幻想。她不愿再委屈自己去做贞洁、顺从的妻子，她要过她想要的日子。

"她的后颈窝挽了一个螺髻；头发随随便便盘成一团，可以根据翻云覆雨的需要，天天把发髻解开。她的声音现在更加温柔，听来有如微波荡漾，她的腰身看来好似细浪起伏；甚至她裙子的衬裙，她弓形的脚背，也能引人入胜，使人想入非非。"

鲁道尔夫给了她浪漫，她便给鲁道尔夫一个上流社会女人的派头。她向服装店的老板打借条买各种衣服布料，她送鲁道尔夫各种奢侈品，为了情人她不断打借条。她的排场越来越大，需求的物品也越来越多，她像滚雪球一般赊着账。

浪子的好奇心和新鲜感总是有限的，那么快将她征服后，鲁道尔夫失去了挑战的乐趣，倦了，想要离开。

"她像春天的早晨一样来到他的房间。他们的伟大爱情，从前仿佛长江大河，她在里面悠然自得，现在一天干涸似一天，河床少水，她看见了污泥。她不肯相信，加倍温存。鲁道尔夫却越来越不掩饰他的冷漠。"

可爱玛依然有源源不断的情话要诉说，有源源不断的享乐要实现，爱玛决定孤注一掷。她做好了一切准备，打算和鲁道尔夫私奔。这可把鲁道尔夫吓了一跳：这女人整个一个傻白甜呀，鞋底抹油，得赶快溜啊。鲁道尔夫的情感游戏不是这样玩的。

于是，鲁道尔夫写了一封情真意切的告别信，让我们读读福楼拜描写鲁道尔夫打发爱玛的那一段文字：

> "好了，"他自言自语说，"动手写信吧！"
>
> "假如我告诉她我破产了……啊！不行，再说，这也不能叫她不来。那一切又得重新开始，没完没了。怎么能和这种女人讲理呢！"
>
> 他考虑后，又接着写："我不会忘记你的，相信我的话，我会继续对你无限忠诚，不过，或迟或早，总有一天，这种热情（世上的事都是这样），不消说，会减少的！我们会感到厌倦。等到你后悔了，我也会后悔，因为是我使你后悔的，那时，我会多么痛苦呵！只要想到你会痛苦，爱玛，我就好像在受严刑拷打！忘了我吧！为什么我会认识你呢？为什么你是这样美呢？难道这是我的错吗？我的上帝！不是，不是，要怪只能怪命了！"
>
> "这个命字总会起作用的，"他自言自语，"她也许会以为我是舍不得花钱才不出走的……啊！没关系！随她去，反正这事该了结了！"

　　"世界是冷酷无情的，爱玛。无论我们躲到哪里，人家都会追到那里。你会受到不合分寸的盘问，诽谤，蔑视，甚至侮辱。什么！侮辱！……我只想把你捧上宝座呵！我只把你当作护身的法宝呵！我要惩罚我对你犯下的罪过，我要出走。到哪里去？我不知道，我真疯了！祝愿你好！记住失去了你的可怜人。把我的名字告诉你的孩子，让他为我祷告。"

　　两支蜡烛的芯子在摇曳不定。鲁道尔夫起来把窗子关上，又回来坐下。

　　"我看，这也够了。啊！再加两句，免得她再来'纠缠'。"

　　"当你读到这几句伤心话的时候，我已经走远了，因为我想尽快离开你，免得我想去再见你一面。不要软弱！我会回来的。说不定将来我们的心冷下来了之后，我们还会再在一起谈我们的旧情呢。别了！"

　　"可怜的小女人！"他带着怜悯的心情想道，"她要以为我的心肠比石头还硬了。应该在信上留几滴眼泪。但我哭不出来，这能怪我吗？"

　　于是，鲁道尔夫在杯子里倒了一点水，沾湿了他的手指头，让一大滴水从手指头滴到信纸上，使墨水字变得模糊。

　　真是不得不佩服福楼拜，短短的描写就把这个男人的内心世界表达得淋漓尽致。

　　收到信的爱玛几乎崩溃。曾几何时，她挽着鲁道尔夫的臂弯，送给他贵重的礼物，换回一句又一句的甜言蜜语及天长地久的誓言，梦醒时刻，才发现原来所谓爱情的舞台上，竟一直是自己一个人在自导自演！

　　这是爱玛浪漫爱情的第一次终结。她一病不起，一度以为自己要死了。榆木脑袋的包法利医生仍不知道妻子怎么了，只觉得她病得蹊跷，所以让他老妈来看看。老包法利太太阅人无数，一眼便看出儿媳妇的病因——太闲了！她开的药方是：让儿媳忙起来。老太太的办法是接地气的。

可她那脑子进水的儿子为了讨妻子欢心，决定带她去剧院看戏。

一场戏，爱玛邂逅了莱昂。一别三年的莱昂已经脱去稚气，举止言谈像个贵族绅士。在经历了巴黎的灯红酒绿、狂蜂浪蝶之后，对于和爱玛尚有余温的感情，他游刃有余，很快和爱玛你侬我侬、如胶似漆了。

新欢足以抵消旧伤。爱玛再一次义无反顾地沉入爱情。说不尽的甜言蜜语，享不完的肌肤之亲……为了约会，她每个月进城一次，借口去学钢琴。她要住最好的宾馆，她要穿各种漂亮衣服，她要像贵妇人一样用精美而别致的物品。她一如既往地为爱情投入，好爽地支付各种费用。

莱昂回报爱玛的当然是浪漫，且花样别致。他会叫一辆马车，两人坐进去，拉上帘子，马车沿着街一条一条不停歇地跑着，帘子后面时不时露出两只裸露的手……这该叫作"马车震"吧。这一次相遇，和当初谈理想谈人生的柏拉图恋情不同，他们爱得热烈而放荡，爱玛又变回了那个汁液饱满的女人。

他们度过了一段疯狂又美好的时光。

随着对莱昂愈来愈深的迷恋和无法遏制的控制欲，爱玛随时会去莱昂工作的地方，甚至不再顾忌别人会发现。她想他的时候就非要见到他，爱玛的狂热、毫无底线让莱昂感到害怕。他预见到了与爱玛的暧昧关系会损害自己的前程。

于是，莱昂和鲁道尔夫一样，开始后退。

莱昂这种人我们实在太眼熟了。他们常常在最开始时，爱上年纪比自己大很多的"姐姐"，从"姐姐"那里感受温柔、母性、成熟的风韵……甚至得到物质上的帮助，一旦自己翅膀长硬了，就会迷恋"妹子"的娇俏可爱，也越来越明白选择符合世俗规范的人生伴侣，是最正确的路。然后就理性了，决绝了，头也不回地飞走了，并且将自己爱过"姐姐"的事实抹得一干二净。

爱玛不知道，那个在永镇还羞涩腼腆的小男孩，已经不在了。如今的他心中有着同爱玛一样的梦想，他代替了爱玛的梦想飞奔巴黎，接触上流社会，已经是成长中的鲁道尔夫，而这种"凤凰男"的野心永远高于爱情。

爱玛为她的爱情欠下了巨款，走投无路时硬着头皮去找旧情人鲁道尔夫借钱。

摧残爱情的方式很多，不过将其连根拔起的狂风暴雨，却是借钱。

当鲁道尔夫得知爱玛不是来与他欢好，而是来借钱的，他体内立刻翻涌起一股厌恶，他冷面对她，目光里有一种浓浓的嫌弃、鄙视、厌恶。爱玛最后的那一点点尊严也没了，所有的精气也消耗殆尽，她踉踉跄跄地返回，内心的悲凉只有自己知道。

几近疯狂的爱玛去找公证人借钱，公证人垂涎爱玛的美貌，提出以肉体为交换条件，爱玛毫不犹豫地拒绝了。她最后一次证明了自己的单纯。虽然她在情人鲁道尔夫和莱昂面前风情万种，但她认为那是因为爱。

绝望的爱玛选择了服毒。

爱玛死后，包法利医生在考虑她下葬的相关事宜时，福楼拜这么写道："夏尔把自己关在诊室里，拿起笔来，还啜泣了好一阵子，这才写着，'我要她下葬时穿结婚的礼服，白缎鞋，戴花冠，头发披在两肩。要三副棺木：橡木的，桃花心木的，铅的。不要对我讲了，我会挺得住的。她身上要盖一条绿色丝绒毯子。请照办吧。'"

大家都十分惊奇他哪来的这么多浪漫想法，当药剂师劝他不要花那么多开销买丝绒毯子时，他立马喊了起来："不要管我的事！你不爱她！"

可这些，爱玛再也看不到了。

爱玛出殡那天，鲁道尔夫出门打了一天猎，莱昂在与上流阶层的女儿订婚。

与爱玛生离死别之时，这两个她曾深爱过的男人都能够酣然入梦，不为所动，就像她不曾存在过。

万念俱灰的包法利医生无意间打开爱玛的书柜，发现一堆信件后才知道她出轨已久的事实，他被彻底击垮了，孤零零地死在了长椅上。

父母双亡，留下可怜的孤女小白尔特。白尔特这个名字还是爱玛参加侯爵舞会时听到的一个小姐的名字，便给自己的女儿取了这个名字，白尔特后来被姨妈送到了纺纱厂做女工。爱玛带给家庭的巨大创伤远远没有平息，她毁掉的都是爱自己最深的人。

包法利夫人死了，但太阳照常升起，她生命里曾经浓墨重彩或粉墨登场的人们继续着自己的欲望。

公证人的用人在爱玛死后带着她的侍女远走他乡，鲁道尔夫不敢做的事情他做了，爱玛没有离开的地方她的侍女离开了。

人生在世几十年，谁能有一双火眼金睛辨得魑魅魍魉，谁能在出生时洞悉他年葬侬知是谁？

这跌宕起伏，这刻骨铭心，于她是梦一场，于他们是戏一场。

她计较过在乎过孜孜追求过的，都将她弃如敝屣。她唾弃过鄙夷过置若罔闻过的，却为她陪葬地狱。

这个故事看似很简单，一个有夫之妇的偷情史。而我想说的，是那些葬身于爱情的女人们告诉我们的真理。

当浪漫变成虚空的奢欲，女人的一生注定了悲剧

拜伦曾说过，男人的爱情是男人生命的一部分，而女人的爱情是女人生命的全部。

　　爱玛理想中的爱情，福楼拜有精彩的描述："爱情对她来说，应该突然而来，光彩夺目，好像从天而降的暴风骤雨，横扫人生，震撼人心，像狂风扫落叶一般，把人的意志连根拔起，把心灵投入万丈深渊。"

　　爱玛幻想的，是完美的男人，带着她领略激情的魅力。这样的男人，来自光鲜华丽的上流社会，多金多才多情，对世事洞若观火，她只需把手交给他，就能在鲜花、高脚杯和十四行诗的滋养中，沐浴爱河。

　　爱玛想要的一切，包法利医生都无法给予，他给她的安稳日子，爱玛觉得不值一过。对于爱玛来说，和包法利医生一起生活是她对命运的屈从，是她做出的最大的牺牲。

　　可包法利医生绝对是暖男一枚。爱老婆，有体面的工作，黄赌毒不沾，对妻子渴求浪漫的激情和附庸风雅的虚荣，他还很欣赏。爱玛有如此爱她的丈夫，有可爱的女儿，有贴身仆人操持家务，还有花园、钢琴、书籍，不用为了生活疲于奔命、看别人的眉眼高低。可是，她仍然很痛苦。居然为了与情人幽会，让包法利医生继承的财产顷刻间消失，为了自己的一条丝绸带，而让女儿穿着有破洞的袜子。

　　与莱昂幽会的花费全都是包法利医生的财产，为了给鲁道尔夫买皮鞭，可以垫付上丈夫全部的诊金，而这些情夫，躺坐在安乐椅上，述说着自己的拮据与无奈。

　　爱玛追求爱情，首先应该尊重爱情。一边享受丈夫稳定的生活保障，一边厌恶丈夫追求婚外真爱。用时下流行的话来说，是不作死就不会死。

　　如若用天真来形容她，那便是她的爱情观和看世界的方式，永远都停留在少女时代。爱玛的天真就在于以为爱情可以改变一切。

　　她对每一场鱼水之欢都全身心投入，自以为这才是轰轰烈烈的爱情，殊不知从始至终，都是自己在唱独角戏。

　　她向往远方，憧憬多姿多彩的生活，希望丈夫出人头地令自己骄傲体面；希望情人为自己带来生活的热情，带她去更广阔的世界。她将一切希望倾注在别人身上，最终得到的只能是失望。

浪漫这个词在书中，像是犯了错的小媳妇，其实浪漫本没有错，就像罂粟花本没有错一样。错在人身上的贪念。浪漫从来不会与幸福相悖，它也可以是生活里的细细碎碎。

真正的浪漫不会害人，害人的都是虚空的奢欲。

当浪漫成为一种臆想，女人的一生注定了悲剧。

我总是不厚道地想，爱玛遇见的第一个男人不应该是她的丈夫，若是鲁道尔夫呢，这便精彩了，伤痕累累后再遇见包法利医生，该会多么的珍惜。

没有梦想吧，生活不值得过；有一点小梦想，生活还算有情趣；但是梦想一过剩，或者梦想太大无法实现，又造成无穷的痛苦。

那些想要逃离他们既定命运的人，越是努力挣扎，毁灭来得越是快。

有时候，努力的方向比努力本身更重要。

现实像极了包法利医生，平庸、无趣、缺乏激情，日日陪伴在我们身边却只有忍受冷落和讥讽，但他是善良的，忠诚的，愿意宽恕的。

爱玛一开始便遇到了医生这杯温吞水，她没尝过烈酒，不知道销魂沉醉后还有无法收拾的一地狼藉。在什么都没有经历之前，她不甘心。

她抱着心中的绮丽梦幻，跌进鸿沟，饱受煎熬却又沉溺其中，不愿清醒。

她的梦想如烟花般绚烂，却又瞬间冷寂，换回的，不是宿醉之后的清醒，而是深入骨髓的悲凉。

书中有两次都说："错在命运！"不知道命运可愿意背这个黑锅。

司马迁说，以色侍人者，色衰而爱弛。

茨威格说，虚荣的人，总是轻易相信别人爱你。

书中写苦闷的爱玛想找神父告解，神父说："有好多女人吃不上面包，没有取暖的火，你拥有这些东西，还想什么？"爱玛愣住了，流下了绝望的泪水。是啊，作为一个医生的妻子，没有每天浆洗衣物让双手又糙又粗，没有早起费心操持家人的吃食，多少人是先活着，再生活啊。

一个幸福的人，不一定拥有很多，而是懂得知足。

试问，谁生来甘于平庸？谁又不曾心怀那些不切实际的梦想？曾几何时，我们都对爱情抱有无限幻想。在漫漫成长过程中，我们经历了柴米油盐酱醋茶的烟火气，历经了社会和现实的磨砺，明白了婚姻的内涵，我们渐渐背离心中那些不切实际的梦幻，成长着。

所有好奇都有满足的一天，所有不平凡都有平凡的一天。

张学友曾在一首歌里唱道："等待着别人给幸福的人往往过得都不怎么幸福。"

如果从一开始就不是两情相悦，日后便很难做到惺惺相惜。爱玛嫁给包法利医生，是借这场婚姻离开农庄，至少从农村到了小镇，这场婚姻就像一座没有打好地基的高楼，崩塌只是时间问题。与其说这是包法利夫人的悲剧，还不如说这是他们夫妻俩共同的悲剧。

对于爱情，无数的人讨论过，究竟是应该嫁给爱情，还是应该嫁给生活。

书中，包法利医生带着爱玛去戏院看歌剧，先是像无头苍蝇般找剧场，好不容易进了包厢，当包法利夫人沉浸剧情为之感动的时候，他一会儿一个问题，张冠李戴完全没有听懂，包法利夫人耐着性子解释了两次之后，要求他闭嘴。中场休息时，他去给她买杏仁露，路上摩肩接踵，杏仁露洒了旁人一身，被人臭骂一通；等他终于开始入戏的时候，她又要求别看了。

如果不是为了讨好妻子，包法利医生还会这么做吗？会去看一场自己根本不懂的戏剧吗？会不辞辛苦地出去买一杯杏仁露吗？会在看得正起劲时说走就走吗？

不会。他之所以会去做自己不喜欢的事情，全是因为他爱她，因为他生活的中心，基本上就是竭力满足她。

爱一个人，很容易卑微，很容易将自己的不完美展露出来。

爱如此伟大，但是支撑不了摇摇欲坠的感情。

女文青和经济适用男，一个耽于幻想，一个不懂浪漫，简直是灾难。

谁都认为包法利医生付出了很多，对爱玛已经好到不能再好了。可爱玛对丈夫却充满怨恨。所以，懂其实比爱更重要。

不能说医生不爱爱玛，只能说他给不了爱玛想要的生活，连他这个人，也不是爱玛想要的。

他们两人，一方热衷于付出，另一方营养过剩。

爱玛心比天高，她欲望的沟壑，深不见底。她爱的是鲜衣怒马，是公子王孙，而现实是，只有她眼中俗不可耐的丈夫对她是一心一意的。包法利医生是书中唯一真正爱着爱玛，肯为她付出一切的人。

最后，包法利医生对濒临死亡的爱玛喊出："你不幸福吗？是我不好吗？可是所有我能做到的，我都尽力做了啊！"闻之让人心酸。

向往爱与自由，无可厚非，但爱与自由不是我们厌恶当下的理由，任何的得到都需要付出去换取。

以前常听人说，要谈一场轰轰烈烈的恋爱，可生活中哪有那么多轰轰烈烈。人大都平凡，平凡的人们相遇相知相爱因而不再平庸，激情过后终会归于平淡，而平淡中的相濡以沫，才是婚姻的底色。

多少女人不知道自己就是她，甚至还不如她

我们永远无法拔着自己的脚离开我们的生活，却又不能不踮脚眺望那些视线之内生活之外的东西。

捧着书一路看一路想着，即便是现在，包法利夫人仍然存在，无数个爱玛存活在你我心中。

我们都是包法利夫人。

有些人天生比另一些人更容易感受到痛苦。因为他们天性不满足，总想寻求更高的意义，所以在不断折腾。人生是选择，但遗憾的是，有些天性，只能完善，不能选择。

悲剧性格决定悲剧命运。与其说爱玛的悲剧源于她对美好的执着，不如说她对所谓"美好"的认知过于狭隘。在她所能接触到的狭小的井底世界里，她只能望着井口的微光，幻想心底的纸醉金迷。

王尔德曾经说过："人生有两种悲剧。一种是得不到自己想要的东西。另一种是得到。"

我并非认为人的一生只能有一次婚姻，也不认为爱情是虚无的。但我们都应该明白，婚姻除了爱情，还需要理性和克制。追求爱情本身并没有什么错，错在突破了道德底线。

包法利夫人自私、愚蠢、虚荣、狠心、庸俗、势利，可又天真到让人不忍心，她最缺乏的，就是理性，永远不知道自己要得起什么。

她挥金如土，在享受爱情滋润的同时却毫无管理金钱的概念。作为一个农民的女儿，应该具有农民阶层所拥有的精打细算，然而她却没有做过任何有价值的投资，全是一笔笔任性、糊涂的现金消费、信用消费、抵押贷款，直至破产。

她入戏太深，扮成贵妇人，自己便当真了。她的身份和思想与现实环境格格不入，一直错误地追求着对于她来说难以企及或者根本就不属于她的东西。

所以福楼拜说："爱玛在那个时代必须得死。"

像鲁道尔夫这种爱情骗子，就会用星星啊、诗啊、眼泪啊……这些没用的东西来哄女人，每次看到爱玛把甜言蜜语当饭吃，就恨铁不成钢！转念一想，我要是鲁道尔夫，遇到这样一个又美貌又白痴又虚荣的女人，不骗她，都过不了自己这一关！爱玛在鲁道尔夫这里，交了昂贵的学费后，依然没有清醒。果然是赌场出疯子，情场出傻子。

爱玛对自己的容貌是很自信的，美貌无疑是上天馈赠给女人最有价值的礼物之一，但是，女人并不是越美丽，就离幸福越近。貌美如黛安娜王妃还不是被卡米拉撬走了老公……如果女人以为拥有美貌，就能拥有幸福，那可太高估美貌的力量了。

美貌的优势是更容易获得关注，更容易成为焦点，能不能让这种关注持续下去，依然要靠才华、修养以及内心深处那些能打动人的品质。

多数中年成功男明白，自己需要的是生活被丰富而不是被颠覆，男人从来都是理性的，他们算得明白，想得更明白。

走出童话的灰姑娘都不可能嫁给王子，只能嫁给隔壁卖烧饼的王二或李三。这并不影响她们过着三流的日子，做着一流的梦。

很多人明明只有七分，却觉得自己有八分，然后还想找一个九分的人结婚。

男如于连，女如爱玛，追求超越自己社会阶层和现实处境的欲望，是注定要为之付出代价的。

书中最让人跌眼镜的莫过于商人勒乐和药剂师郝麦了，他们的共同点在于：很会看穿人心，很清楚自己是什么人，想得到什么及如何得到。故事的结尾是他们都走大运发家致富了，与爱玛和包法利医生的死形成鲜明对比。不得不赞叹一下作者的用心。他耗时四年努力建构的便是这样一个社会——小人当道。

我们总是在向往着远方，那里承载着我们所有的幸福和美好，可很多情况下，仅就阶层而言，即使很努力，大多数人也只能在同阶层往前挪一小步，物质追求到了一定程度也难以带来更多的幸福感。

人世间虽有千千万万个偶然，但决定命运悲剧的却是那些偶然中的必然。

所以学会爱，学会坚强，摆脱自我中心，远离戾气，享受孤独，拥有把平凡过得有意义的本领，是女人最重要的一课。当你缺了这一课，岁月会不惜代价给你补回来，让你直面人生的残酷和现实。

爱玛，应该是一个假文青。她更多地追求物质上的享受，以求让自己看起来更像上流社会的人；精神上她并不倾心艺术，看书和戏剧也仅止步于取悦自己。空有一颗上层人的心，却没有与之匹配的素养。更可悲的是，她一辈子都不曾明白，上流社会并非只有钱只有聚会只有吃喝玩乐。

爱玛人生观的形成，源于修道院中的半贵族式教育和浪漫主义言情小说的熏陶。这种知识体系将她的世界观锁定在了半空之中，且再无可能回到地上。

爱玛的父亲送她去修道院念书，让她启智，而这种启智的程度与角度又远远不够，造成了爱玛形成一种肤浅的清醒，这种程度的清醒让她对生活充满了不甘与怨恨，而侯爵家的宴会则给她开了一扇天窗，像一束光打下，点燃爱玛眼中的火花，而她却没有到达的途径。

很多年前，琼瑶的小说满足了一代少女所有的爱情幻想。英俊小生，浪漫深情、多金专情。读这种小说，只能是特定的那个年龄段。时至今日，依然有许多人处于爱玛的困境，而没有跌入深渊的人，一定是分清了现实和幻想的界限。

喜欢读书是好事。书籍只是一个载体，它所承载的思想是否有价值，是需要人去分辨，去筛选，去思考的。只可惜爱玛从书中只读到了女性追求爱情的自由权利，却忽视了自由背后对等的责任，将生活的现状和未来完全寄托在男人身上，自己却袖手旁观，不做任何努力，只看到了激情的美妙炫目，无视激情背后的危险陷阱，把女权主义活生生演绎成了"女性寄生主义"。

虽然现代女性变得更独立了，但对于爱情依旧充满美好的想象，从浪漫韩剧、"玛丽苏"大行其道可以看出来。

如今的网络文学造就了一批喜欢看总裁文的少女，其中不少人也心心念念着完美总裁的出现。她们完全不明白，自己不优秀，邂逅谁都没有用。

爱玛代表了一类人，书读得不多却想得太多，实力永远配不上自己的野心。

实际上，看了这本书的男人，都会爱上这个风姿绰约的女人。如果有个爱玛这样体贴、浪漫还倒贴的情人，真是一个不错的享受。

多少女人，看了这本书后会在心里默默地唾弃爱玛，却不知道自己就是她，甚至还不如她。

幻想的欲望、认知的局限、信仰的羸弱，叛逆的本能、不知足的心态……每个人心中或多或少，有包法利夫人的影子，如何救赎自己心灵深处那个包法利夫人，是所有人共同的课题。

耶稣看见一个妓女正在受审判，便对众人说，你们中谁是没有罪的，就可以拿石头砸她。

这句话流传很广，因为谁也没有在道德上审判另外一个人的权利，哪怕你贵为天子，哪怕他贱如草芥。

很可惜，这个道理到了十九世纪福楼拜写包法利夫人时，甚至到了今天，很多人也不懂。

福楼拜曾说过："包法利夫人，就是我。"

《包法利夫人》引起文坛一片哗然，还吃上官司差点成为禁书。而当初被指为淫秽之作的原因是"居然没有一个正派人物出来阻止这场悲剧的发生"。

爱玛没有得到拯救，因为福楼拜并没有打算创作什么正派人物。正如他年轻时候说的：我一旦参与人世间的生活，我将以一个思想者和道德败坏者的面貌出现。我只道出真相，但这种真相可怕、残忍而赤裸。

福楼拜的父亲是一位非常有名望的大夫。童年的福楼拜常和妹妹玩耍的花园墙后就是尸体解剖室，他们经常爬到窗户上偷看停放在医院里的尸体。外科医生家庭熏陶出来的科学、严谨、客观的思维使他在写作时仿佛拿着手术刀而不是笔。

他写《包法利夫人》，像挥舞着手术刀，让我们目睹了一个女人如何被欲望和疯狂毁掉。他像一个冷血的杀手，在叙述中不动声色，站在高处冷冷地嘲讽，以一个智者的姿态俯视着人间的男欢女爱。直到爱玛抓起砒霜的那一刻，他终于完成了这场谋杀。

福楼拜在弥留之际遗言："包法利那个婊子将留存下来，而我则像一条狗一样死去。"

合上书，不禁感叹：时光荏苒，变的是时代，不变的是人类在爱情面前的形态。闭上眼，似乎书中的人物也可以在现实社会找到原型。我想，这就是经典之所在吧。

如何面对人生的虚无，福楼拜并没有给出直接的答案。文学作品的意义，不是解题，而是让读者能有属于自己的深度思考。

读完《包法利夫人》时，许多人也许都会有如释重负的感觉："幸亏我没有像她那样，我也不会像她那样。"

在我看来，这种对爱玛的优越感，是不存在的。

我们所有人，都无法摆脱媚俗的阴影。

一本好书，是多层次的。书中许多故事情节让我似曾相识，不少心理活动让我感同身受，不同的人生际遇让我倏然警醒。

倘若人生可以重来，你会怎么生活？这便是福楼拜让我们每个人思考的问题。好的小说家，只如实地把世界呈现给读者评析，不负责回答。

多年前，我看过一部电影叫《姨妈的后现代生活》，那里面的姨妈也是怀揣着梦想，企盼着贵族式的优雅生活，孤身一人在上海打拼，遭遇了一段看似浪漫的爱情，却被周润发饰演的渣男骗走了所有积蓄。最终她选择回到东北，回到那个她义无反顾离开的家，和她那大老粗的丈夫过粗茶淡饭的日子。

片尾我一直记得很清楚，飘扬的雪花中，斯琴高娃扮演的姨妈在自己和丈夫摆的鞋摊上，面无表情地吃着大馒头，就着咸菜，和着浩荡的委屈和辛酸一起缓缓咽下。主题曲《活过》响起，那一刻，我泪如泉涌。这一个爱玛，梦醒时分，选择了和现实妥协。

我眼前还出现了一个女屌丝，也是怀揣着梦想，孤身一人到了北京。后来，一场车祸让她从天上回到了人间。多少年过去，尽管那座城市对她无情，可这个女屌丝依然对它深情款款。

这本书对我影响很深，感谢我那么早就能遇见它，遇见包法利夫人，遇见自己。

李颖超　生于20世纪70年代，中国作家协会会员、编审。有小说、散文发表在《花城》《散文》《湖南文学》《文学界》《朔方》《西部》《绿洲》《新疆文学》《伊犁河》《文艺报》《北京青年报》《天津日报》《新疆日报》等多家报刊。已出版《醉蝴蝶》《风过留痕》《赶大营》等散文、长篇小说、话剧剧本十三部。现居乌鲁木齐。

汪树东\当代中国作家的生态实践

当代中国作家的生态实践

◎汪树东

当代生态文学以文学的方式关注生态问题，试图以自然之美感动人，促使人与大自然建立和谐关系，揭露生态危机以唤醒人的生态意识，为生态文明的建立做出应有的贡献。值得一提的还有，关注生态问题，不会仅仅停留在文字上，还需要切实的生活实践。当代作家中有人试图向陶渊明、梭罗致敬，归隐田园，归隐自然，与大地建立更亲密的关系，感悟人和自然融合为一的生态智慧。还有的生态作家无法归隐田园，就在日常生活中努力做到节制欲望、尊重自然，把生态意识落实到具体的人生实践中。这些动人的身姿同样值得我们关注。

一

华夏传统文明是一种农业文明，自古以来就重视人与大自然的融合，反对天人相分、天人对立。对于传统士人而言，不得志之时归隐田园，乃最好的选择。而归隐田园，就是返回自然，就是天人合一，就是一种生态选择。在此方面，陶渊明是最佳代表，他的《归园田居》《归去来兮辞》《桃花源记》《饮酒》等诗文始终是中国士人心灵天空中最明亮的指路明星。而美国的梭罗则可称为现代社会的陶渊明，他的《瓦尔登湖》记录了退隐瓦尔登湖的生活经历，堪称影响深远的绿色圣经。鲁枢元在《陶渊明的幽灵》中曾归纳出梭罗和陶渊明五点相似之处：（一）拒斥现行社会体制，与主流社会保持距离，在一定程度上表现出对"文明进步"的怀疑。（二）退避山野，返身农耕，在自然中寻求生存的意义与生命支撑。（三）持守清贫，以清贫维护生命的本真、生存的自由、灵魂的纯洁。（四）崇尚精神自由，自做精神主宰，善于以生命内宇宙的充实替补对外部物质世界的索取；为了更高的理想，不惮于超越现实营造空中楼阁。（五）他们在各自民族文学史上的杰出贡献。陶渊明、梭罗的生态选择对于当代生态作家的影响是深远的，无论是韩少功、张炜，还是贾平凹、徐刚、苇岸、海子等，都深受其润泽。

当代生态作家中，韩少功的归隐田园是颇富文明启示意义的生态选择。韩少功有过下放农村的知青生活经历，与大自然曾经颇为亲近；更因为他的个性较为沉静内敛，容易对大自然心生眷恋。他曾经说："我生性好人少而不是人多，好静而不是好闹。即便是当知青的时候，除了贫困让人深深焦虑，大自然的广阔和清洁从不让我烦恼，并且在后来很多文学作品中一直是我心中的兴奋。"的确，他非常关注大自然，早期的短篇小说《飞过蓝天》就把人和鸽子之间的亲密情谊写得感人肺腑；而像《西望茅草地》《爸爸爸》《马桥辞典》等小说也无不洋溢着扑面而来的乡野绿色；至于散文《自然》对自然的论述更富有绿意盎然的生态智慧。2000年5月，韩少功一度返回他知青下放之处，在湖南汨罗八景乡过上了乡村生活，以生活方式的选择向陶渊明、梭罗等前辈遥致敬意。对于八景乡，韩少功这样写道："几年前我回到了故乡湖南，迁入乡下一个山村。这里是两县交界之地，地处东经约113.5°，北纬约29°。洞庭湖平原绵延到这里，突然遇到了高山的阻截。幕阜山、连云山、雾峰山等群山拔地而起，形成了湘东山地的北端门户。它们在航拍下如云海雾浪前的一道道陡岸，升起一片钢蓝色苍茫。山脉从这里跃起，一直向南起伏和翻腾，拉抬出武功山脉和罗霄山脉，最终平息于遥不可及的粤北。" 2006年，作家出版社推出了他的长卷散文《山南水北》，又称《八溪峒笔记》，共收散文99篇。这些散文若行云流水，简朴而意蕴丰赡，它们或记录时下乡村的世事变迁，或搜罗乡村的点滴历史、奇人异事，或抒发作者的文化感怀，而其中许多篇章特别呈现了作者对现代文明的反思，对自然生命的诗意观照，是难得的生态文学佳作，值得细加品读。2009年，韩少功又在《山南水北》的基础上重新编辑出版了散文集《山川入梦》（中国青年出版社出版），增补了一些文章，更突显出了他的生态意识。

对于韩少功而言，逃离城市、返回乡村本身就是生态性的生活方式选择。他在开篇的《扑进画框》中就说："但城市不知从什么时候开始已越来越陌生，在我的急匆匆上下班的线路两旁与我越来越没有关系，很难被我细看一眼；在媒体的罪案新闻和八卦新闻中与我也格格不入，哪怕看一眼也会心生厌倦。我一直不愿被城市的高楼所挤压，不愿被城市的噪声所烧灼，不愿被城市的电梯和沙发一次次拘押。大街上汽车交织如梭的钢铁鼠流，还有楼墙上布满空调机盒子的钢铁肉斑，如同现代的鼠疫和麻风，更让我一次次惊悚，差点以为古代灾疫又一次入城。侏罗纪也出现了，水泥的巨蜥和水泥的恐龙已经以立交桥的名义，张牙舞爪扑向了我的窗口。"的确，城市的生存环境是建立在对大自然的镇压之上的，是彻底反生态的，城市人和大自然之间的生态关联早已被斩断。因此，城市人总是追问生活的意义是什么，本身就显示了他们与大自然断绝来往之后生命意义陷入虚无的困境。大自然，对于城市人而言往往蜕化成了墙上画框里的风景画；因此韩少功所说的"扑进画框"就是跳脱城市的束缚，进入与大自然的亲密交流中。

在乡村里，人才能再次知道自己原来是大自然中的一员，才能和其他自然生命朝夕相处、耳鬓厮磨，才能恢复被城市压抑和摧毁的丰富感官。在《耳醒之地》中，韩少功写到，到了乡村才重新听闻虫声和草声，各种天籁之声的纤细、脆弱、精微以及丰富才重新唤醒了耳朵。

"很多虫声和草声也都从寂静中升浮出来。一双从城市喧嚣中抽出来的耳朵，是一双苏醒的耳朵，再生的耳朵，失而复得的耳朵，突然发现了耳穴里的巨大空洞与辽阔，还有各种天籁之声的纤细、脆弱、精微以及丰富。只要停止说话，只要压下呼吸，遥远之处墙根下的一声虫鸣也可宏亮如雷，急切如鼓，延绵如潮，其音头和音尾所组成的漫长弧线，其清音声部和浊音声部的两相呼应，都朝着我的耳膜全线展开扑打而来。"城市里，人远离大自然，各种感官日渐迟钝，而回到乡村，回到大自然，人的感官潜能才能被大自然重新激活。

无论是陶渊明还是梭罗，都深知乡村体力劳动的重要性。的确，相对于城市人的高度单一化、标准化的劳动而言，乡村农业劳动样式丰富得多，而且是在大自然中进行，无疑更有利于人的身体和灵魂。韩少功从开荒劳动中就领悟到，"一个科学幻想作品曾经预言：将来的人类都形如章鱼，一个过分发达的大脑以外，无用的肢体将退化成一些细弱的游须，只要能按按键盘就行。我暂不怀疑键盘能否直接生产出粮食和衣服，也暂不怀疑一个键盘在七十二行的实践之外能输写出多么高深的学问，但章鱼的形象至少让我鄙薄。一台形似章鱼的多管吸血机器更让我厌恶。这种念头使我立即买来了锄头和耙头，买来了草帽和胶鞋，选定了一块寂静荒坡，向想象中的满地庄稼走过去。阳光如此温暖，土地如此洁净，一口潮湿清冽的空气足以洗净我体内的每一颗细胞。从这一天起，我要劳动在从地图上看不见的这一个山谷里，要直接生产土豆、玉米、向日葵、冬瓜、南瓜、萝卜、白菜……我们要恢复手足的强壮和灵巧，恢复手心中的趼皮和面颊上的盐粉，恢复自己大口喘气浑身酸痛以及在阳光下目光迷离的能力。我们要亲手创造出植物、动物以及微生物，在生命之链最原初的地方接管我们的生活，收回自己这一辈子该出力时就出力的权利。"当然，更重要的是，韩少功认为，只有在乡村生活中，人才能重新体验到生命的生生不息，才能从宇宙生命的洪流中领悟个体生命的位置和意义。"想想看，这里无处不隐含着一代代逝者的残质，也无处不隐含着一代代来者的原质——物物相生的造化循环从不中断，人不过是这个过程中的短暂一环。对于人这一物种来说，大自然是过去的驿站，是未来的驿站，差不多是人们隐形时宁静的伪装体。"这种领悟无疑是一种超越生命困惑的生态智慧。

韩少功通过农业劳动与大地重建了生态联系。在韩少功看来，城市生活远离土地，远离了生命根源，而回到乡村，通过劳动生产出食物，才是与土地最后的交流。"在一个工业化和商品化的时代，人们正越来越远离土地。这真是让人遗憾。什么是生命呢？什么是人呢？人不能吃钢铁和水泥，更不能吃钞票，而只能通过植物和动物构成的食品，只能通过土地上的种植与养殖，与大自然进行能量的交流和置换。这就是最基本的生存，就是农业的意义，是人们在任何时候都只能以土地为母的原因。英文中culture 指文化与文明，也指种植和养殖，显示出农业在往日的至尊身份和核心地位。那时候的人其实比我们洞明。总有一天，在工业化和商品化的大潮激荡之处，人们终究会猛醒过来，终究会明白绿遍天涯的大地仍是我们的生命之源，比任何东西都重要得多。"大地才是生命之源，这么朴素的生态真理正日益被城市人所遗忘。

当然，韩少功归隐田园后，更为动人的生态姿态是对那些无处不在的动植物的尊敬、呵护和感激之中。在他看来，万事万物的生命都是值得尊敬的，没有高低尊卑之分，人必须谨言慎行，切不可妄自尊大，肆意地凌辱其他自然生命。因此，在《村口枫树》中，韩少功怀着神秘心理记述山村里的两棵枫树的故事，告诫人们不可对自然生命妄加残害。而在《蠢树》《再说草木》《CULTURE》等篇中，韩少功又怀着爱意细致地观察那些田间地头的各种植物，把它们写得极为动人。"当一棵树开花的时候，谁说它就不是在微笑——甚至在阳光颤动的一刻笑如成熟女郎，笑得性感而色情？当一片红叶飘落在地的时候，谁说那不是一口哀怨的咯血？当瓜叶转为枯黄甚至枯黑的时候，难道你没有听到它们咳嗽或呻吟？有一些黄色的或紫色的小野花突然在院墙里满地开放，如同一些吵吵闹闹的来客，在目中无人地喧宾夺主。它们在随后的一两年里突然不见踪影，不知去了哪里，留下满园的静寂无声。我只能把这事看作是客人的愤然而去和断然绝交——但不知我在什么事上得罪了它们。"拟人式的笔触里流淌着的是韩少功对自然万物生命的生态感知。对乡村里的各色动物，韩少功更是心怀尊敬和爱意。

韩少功能够彻底颠覆人类中心主义立场，主张众生平等。他曾说："二十世纪的科学，从生物学到宇宙论，进一步显示出人是宇宙中心观念，和神是宇宙中心的观念，同样荒唐可笑。人类充其量只是自然界一时冲动的结果，没有至尊的特权。一切道德和审美的等级制度都被证明出假定性和暂时性，是几个书生强加于人的世界模式，随便来几句刻薄和穷究，就可以将其拆解得一塌糊涂——逻辑对信仰无往不胜。"的确，所谓的人类中心主义只是骄傲之人的自欺欺人而已。韩少功甚至尝试着从动物立场来看人，体现出庄子式的豁达与幽默。他在《养鸡》一文中讲述了一只公鸡是如何保护众多母鸡的，把到嘴的美食礼让给随后跟来的母鸡，体现了极为高尚的品德。"'衣冠禽兽'一类恶语，在这只公鸡面前变得十分可疑。把自利行为当作人性全部的流行哲学，在这只公鸡面前也不堪一击。一只鸡尚能利他，为何人性倒只剩下利己？同是在红颜相好的面前，人间的好些雄性为何倒可能遇险则溜之和见利先取之？再说，这公鸡感情不专，虽有很多不文明之处，可挑剔和可责难之处，但它至少还能乱而不弃，喜新不厌旧，一遇到新宠挑衅旧好，或者是强凤欺压弱莺，总是怜香惜玉地一视同仁，冲上前去排解纠纷，把比较霸权的一方轰到远处，让那些家伙稍安勿燥恪守雌道。如此齐家之道也比好多男人更见境界。这样想下来，禽兽如果有语言的话，说不定经常会以人喻恶。诸如'兽面人心'，'狗模人样'，'人性大发'，'坏得跟人一样'……它们暗地里完全可能这样切切私语。"幽默诙谐的语言也促人深省，人从来都是以高高在上的姿态面对其他自然生命，甚至根据一己之好对动物进行毫无根据的道德油彩的涂抹，殊不知若从动物眼光看人，人往往是毫无道德可言的种类。

韩少功正是因为到农村定居，能够亲身参加体力劳动，观察各种植物的春生夏长，领悟到各种动物的生命姿态，才更为深刻地体会到人和大自然之间的生态关联，才彻底地反省人类中心主义的傲慢立场，充分地关怀其他自然生命的生态境遇。

二

相当有意味的是，在中国当代文学中，那些禀具生态意识的作家几乎都是自小在乡村长大的，也许只有乡村才能在作家心灵中留下大自然深刻而持久的印记，并潜移默化地影响他们一生。张炜也不例外，他的乡村童年经历对他影响至为深远。张炜的童年是在胶东半岛北部永汶河（即张炜在文学创作中称之为芦青河的那条河）入海口岸边的一个果园里度过的，那里曾经是个"出奇的美丽，也出奇的富庶"的地方，"那濒临大海的河畔果园，那长满枣棵野草的海滩，那两岸生长着茂密芦苇的大河，那时而宁静时而咆哮的神奇莫测的大海……给这个遨游其中的孩子进行了美的洗礼"。当然，大自然对人的美的馈赠并不必然导致生态意识的萌生，只不过能起到良好的诱导作用，而生态意识的萌生还会受到许多因素的影响。张炜后来曾自述道："我在1975年发表了第一首长诗，现在已经找不到了。我记得那是写一个复员的老红军在海边吹号的故事，是一首叙事长诗。海边要开垦荒地，要兴师动众，所以就有了一个在工地上吹号的人——他把垦荒多多少少当成了打仗。这是怎样可怕的一场战争,开垦的结果是大片丛林不见了,各种植物动物不见了,代之以农田之类——后来就是沙漠化,干旱,是惨不忍睹的环境,我当时不懂得后果的严重性,还觉得好玩,迷着他的大铜号。如果是现在,我就当然是作不出这样的诗的。那时,吹号的人在莽野上,他与它一起组成了一个童话。我喜爱这样的童话,不知道这童话背后隐含着可怕的东西。大约就是从那一场开垦开始,我的那个真实的世界被破坏了。现在它已经不成样子,树木稀少,尘土飞扬,人比树多得多;还有,大多数楼房也比树高得多;海也变浑了。"当把人与大自然彻底对立起来的革命意识形态盛行一时,张炜也很难超越其上,但是到征服与无视大自然的灾难性的后果彻底显现时,张炜开始深入地反思了,他的生态意识也正是由此萌生并成熟的。

尤其是1987年之后,张炜在城市里工作了几年,深感人世纠葛过多,便退回童年故乡,但是让他大为震惊和极为痛心的是,在现代化意识形态肆虐下,人对大自然更是肆无忌惮,故乡大地日趋沉沦。面对满目疮痍的故园,张炜不得不深入地思考,现代文明到底所为何事?人该何去何从?如果说在1987年之前的张炜还特别关注历史苦难、人事兴衰的话,那么在1987年之后早期作品中那种对大自然的潜隐关注开始慢慢地变得更为鲜明、更为宏阔,而成熟理性的生态意识也开始慢慢地在《怀念黑潭中的黑鱼》《梦中苦辩》《三想》等作品中变得明朗起来,显豁起来,并最终在《融入野地》《九月寓言》等作品中盛大绽放,如火如荼。2003年,张炜担任院长的万松浦书院开坛。该书院坐落于山东省龙口市北部海滨万亩松林,又在港栾河入海口(江河入海口为"浦")附近,故得名"万松浦书院"。它是新中国成立后兴建的一座现代书院,具备中国传统书院的所有基本元素,如独立的院产、讲学游学及藏书和研修的功能、稳定和清晰的学术品格、以学术主持人为中心的立院方式、传播和弘扬文化的恒久决心和抱负等。院内有黑松林二十余亩，树龄均为四五十年。林内有两条黑色玄武岩小径回环交织。工作之余，徜徉林间，呼吸天然氧吧饱含松脂味的清新空气，欣赏林中鸟雀的啁啾之声，疲劳顿消；路边时有野兔跳蹿，雉鸡低飞，让人感受到回归自然之趣。张炜在散文《筑万松浦记》中详细地交代了书院的建立过程，其中值得关注的是，张炜返回自然的生态意识非常鲜明。

当然张炜也与其他作家一样，是从生态环境的全面溃败中才感受到致命伤痛，再深入地反思人与自然的关系，并进而升华为生态意识的。张炜作品中的生态意识的核心就是构筑一种新的生命伦理，这种伦理倡导万物之间的和谐和相互关爱。构筑这种新的生命伦理，最关键的无疑是重新理解人在大自然中的位置问题。人类中心主义一直是历史上最显著的思想观念，而现代文明给予人巨大的力量，现代人就更是把人类中心主义推向极致，在控制自然和征服自然的强力中无限制地突出人的中心地位，完全漠视大自然本有的价值秩序，从而导致了生态危机的全面爆发。针对这种情况，张炜指出："人直接就是自然的稚童，无论他愿意不愿意，也只是一个稚童而已。对自己和自然的关系稍有觉悟者，就会对大自然产生一些莫名的敬畏。人的所有社会活动，都是处于自然的背景之下、前提之下的。这是我们不能忘记的。现代人对自然虽然不能说完全是依从和服从的关系，但也差不太多。人力不可能胜天，人只能在大自然的允诺下获得一定程度的自由。现代人的技能提高了，但这更多的不是表现为科技水平的提高，而主要是在对自然属性的理解方面有所提高。所以，对人类的能力、局限的认识，往往是人类经验中最重要的部分。"的确，人作为自然的稚童，是自然的产物，这种自然的产物不可能像狂妄自大的现代人所想的那样凌驾于自然之上，而只能谦卑地接受作为大自然生命共同体中一员的位置；人力胜天的偏执心态终究只能使人忽略自身的局限性，并导致自身的最终溃败。在散文《时代：阅读与仿制》中，张炜说道："如果一个小说家是一个真正的艺术家，那么他必定是一个'自我中心'论者。除此而外这个人还会是一个土地崇拜者，多少有些神秘地对待他诞生的那片土地，倾听它叩问它，也吮吸它。土地确是生出诸多器官的母亲。小说家只是土地上长出的众多器官之一。"这里说的是小说家，其实对于人又何尝不是如此！构筑新的生命伦理就必须承认大地是一个完整的生命共同体，人与其他万物一样只是大地的众多器官之一，这些器官必须合同协作，才能共生共荣，每一种生命都是彼此紧密联系着，人绝不可能脱离生命的普遍联系而一枝独秀。

美国生态思想家麦茜特曾说："生态学的前提是自然界所有的东西都是和其他东西联系在一起的。它强调自然界相互作用的过程是第一位的。所有部分都与其他部分以及整体相互依赖相互作用。生态共同体的每一部分、每一小生境都与周围的生态系统处于动态联系之中。"张炜也深知生态危机的根源就是现代人只知根据自己利益和欲望，肆意地破坏生态共同体的整体联系，盲目地宰割自然为我所用。因此，张炜说："只有土地才会从根本上决定了我们的性质，并且会一直左右我们。我们应该懂得从土地上寻找安慰、寻找智慧和灵感。我这不是一种虚指，而是说要到真实的泥土上去，到大自然中去。当你烦躁不宁时，你会想起田野和丛林。无数的草和花、树木，不知名的小生物，都会与你无言地交流，给你宽慰。"这种新的生命伦理要求现代人放弃与大自然隔绝甚至为敌的欲望，从大地上去寻找新的生命智慧，融入那种生生不息的大化生命之流，得到灌溉，觅取滋润。

张炜文学创作中的生态意识非常充分地表现于对其他生命之美的欣赏之中。在散文《夜思》中，张炜写道："没有绝对凶猛的动物，平原上的动物与远方动物一样，基本上是一团和气。那时人们不太像后来那么恨狐狸、狼和黄鼬，因为它们做下的坏事实在并不多。沙地狐狸、银狐，那张脸谁离近了注视过？没有。仔细看看吧，很美很美。狼也仪表堂堂，勤奋并且勇敢。黄鼬主要捕鼠，而且一张小脸生动无比，圆圆的大眼美丽绝伦。还有遭人贬斥的乌鸦、猫头鹰、貉、花面狸，哪一类不是生动活泼，精巧完美得像件艺术品。多姿多彩的鸟、小兔子、小刺猬，它们更是让人感到了生的多趣和温暖。它们太完美、太个性，真是到了妙不可言的地步。……动物的脸、神情，只要看一会儿就会让你疼得慌。"这种柔美的生态情怀在张炜的文学作品中比比皆是，它意味着作者已经完全超越了狭隘的人类中心主义观念，能够在生态中心主义视野中领悟生命的多姿多彩了。

当然，在此人欲嚣嚣的现代社会，这种生态情怀毕竟是空谷足音。短篇小说《梦中苦辩》中，那个小镇政府发起了一场声势浩大的打狗运动，完全无视另一种动物的生命，也无视人与动物之间的亲密关系。而那个小镇教师为了挽救自己家中的狗不得不在梦中向打狗人苦苦辩明不能杀狗的原因，他说以前也曾有打狗运动，许多人出于极大悲伤曾发誓不再养狗，但是终究又养起了狗，这只是因为"一种生命需要另一种生命的安慰，他们必须在这种无形的交流中获得某种灵感。在通向永恒的路上，也许真的需要它来陪伴"。的确，人的生命不可能只沉湎于自身的内在循环中，它必须不停地越出自身，与大千世界的生命充分交流，从而达成生命的圆融。这正如史怀泽所说的："共同体验的生命，由此在其存在中感受到整个世界的波浪冲击，达到自我意识，结束作为个别的存在，使我们之外的生存涌入我们的生存。"在长篇小说《能不忆蜀葵》中，画家淳于阳立也曾感慨道："现在的人多愚蠢啊，多么不善良，如果找找原因，其中的一条就是不能经常与可爱的动物们交换一下眼神！"交换一下眼神，那就是生命之间的交流，是个我生命越出孤立走向融合的前奏。生态意识试图让人领悟到的核心主旨就是个我生命不能限于彼此隔绝，而必须充分融入宇宙大生命中，感领其恢宏的永恒意义。正是从这种生态意识出发，张炜还曾预言了我们未来文明的素食方向："如果我们的文明发展得还不算太慢的话，如果还来得及，那么人类总有一天会告别餐食动物的历史；也只有到了这一天，人类才会从根本上摆脱似乎是从来不可避免的悲剧。这差不多成了一个标志、一个界限。因为人类不可能用沾满鲜血的双手去摘取宇宙间完美的果子。"这确是对生命内在价值的终极承认。

张炜曾说："除了没有对神、对大自然的敬畏，当代文学还缺少与大自然中的其他生灵之间的联系，好像这个时期的人是真正的孤家寡人，是天地之间的独夫。这多么可怕：人处于可怕的孤独状态，却没有多少孤独感。"这种孤独感就是在生态意识的观照下产生的孤独感，张炜的文学创作则尽最大可能突破这种孤独感，把人与大自然的心魂交流展示出来。在《外省书》《柏慧》《能不忆蜀葵》《怀念与追记》等小说中，张炜特别塑造的一类流浪者形象极为突出，这些人居无定所，个性鲜明，在大地上自由漫游，对大自然中的万千生命有着一种本能的敏感与喜爱。在《怀念与追记》中，流浪者庄周说："人只有化入了这种自然才没有了丑恶，才是可爱的。"而这些具有生态意识的人就是一些可爱之人。其实，张炜在塑造人物时几乎有意无意地把是否热爱自然，是否具有生态意识，当作一条潜隐的规则，凡是那些善良淳朴之人，无不是具有优美的生态情怀的人，而那些受到作者鄙视与批评的人物必定是对自然麻木不仁，甚至残酷不堪的人。长篇小说《远河远山》中，主人公的继父肆意地虐杀小动物与其冷酷的内心互为表里；而小雪的父亲则主动放弃打猎，对各种野物爱护备至。主人公则热爱一切生命，对继父打猎肆意猎杀小动物极为愤慨，而对小雪的父亲放弃打猎习惯对小动物呵护有加深表敬佩。他还专门写了一篇文章《怨诉》，让那些被他继父打死的小动物的冤魂向他倾诉各自的痛苦，至为感人。长篇小说《外省书》中，史珂认识到"原来现代人最伟大的事业就是与自然万物的和谐相处，除此再没有其他更动人的事业了"。而在他的哥哥史铭的眼中只有所谓的高科技和时尚，在他侄子史东宾眼中也只有经济开发与金钱。从这种人物塑造法中，我们可鲜明地看出张炜试图唤起国人生态意识的良苦用心。

当代作家中，马原的生命选择同样具有生态启示意义。马原曾是20世纪80年代先锋小说的主将之一，对于当代小说的现代革新具有非常重要的示范意义。2000年他被调入上海同济大学任教授，2008年被诊断为肺癌。相当奇特的是，他住进医院后不久又逃出医院，最终隐居于云南西双版纳南糯山。湖南作家学群在他的散文《马原的选择》（《散文》2016年第1期）中曾写道：

　　他拒绝治疗。医院方面不同意，说他们要对学校负责。马原说生命是我自己的，我的生命只能由我来负责。他认为，肺上长出这东西，原因在水和空气。他要给自己换水换空气。他还提出一个与癌细胞共生的理论。在他看来，癌细胞寄生在人身上，就像人类生存在地球上。人类不也在呼唤保护环境，保护地球吗？癌细胞干吗要毁掉它们赖以存活的母体呢？人对它们施以刀和激光，还有剧毒的化疗药物，必欲除之而后快。它们不得不拼死一搏，最后的结果就是与人同归于尽。

　　是的，癌细胞也有膨胀的时候，就像人类发展到一定时候，就忘乎所以，就一个劲地往地上扔炸弹，就制造核武器，就没完没了地盖房子。水泥地不就是地球身上的癌细胞？关键是不能让它膨胀。污染了的水和空气，太有利于它们扩张。

　　从医院出来，他去了海南。后来又到云南，西双版纳的南糯山，产普洱茶的地方。他把自己交给这里的空气和水。事实是，七年过去了，马原还是马原。至于身上的肿瘤还是不是原来的肿瘤，他没有去管。或许，他身上那些癌细胞，是一些比人类更具远见和大智慧的物类，它们懂得跟一颗叫作马原的星球共生存。谁知道呢？

马原的选择相当具有生态智慧。与其不停地通过化疗等方式去杀死癌细胞，不如换一个自然生态好的环境，调整好心态，愉快地活着，与癌细胞共存。

三

当然，更多生态作家无法做到归隐田园，他们就在日常生活中把生态意识化为具体的生态实践，同样给人以宝贵的启示。美国生态思想家大卫·雷·格里芬曾说："后现代思想是彻底的生态主义的，它为生态学运动所倡导的持久的见识提供了哲学和意识形态方面的根据。事实上，如果这种见识成了我们新文化范式的基础，后世公民将会成长为具有生态意识的人，在这种意识中，一切事物的价值都将得到尊重，一切事物的关系都将受到重视。我们必须轻轻地走过这个世界、仅仅使用我们必须使用的东西、为我们的邻居和后代保持生态的平衡，这些意识将成为'常识'。"目前现代文明所主张的对待大自然的竭泽而渔式的态度显然根本不具备这种轻轻地走过世界的生态意识，而苇岸却是具有这种生态意识的先知先觉者。得知苇岸对现代文明的批判时，有人曾指责说，人不能一边享受着现代文明的好处，却一边批判着现代文明，人如此便是虚伪。苇岸却回应道："关于这一点，我这样说明自己：在这种世界上，我不是消费最少的人，也不是消费最多的人，但我敢说我是一个为了这个星球的现在与未来自觉地尽可能减少消费的人。"当前的经济学和主流意识形态长期以来都想着如何扩大内需、增加消费从而促使国民经济保持高速增长，而苇岸却把自己的消费活动和地球整体的命运以及子孙后代的命运联系起来，这一联系就是出于生态意识的直觉。而当他尽其所能地减少消费时，他也就在承担着一己的生态责任。

这种具有生态意识的人生实践与苇岸的天性具有很大关系。他曾说："我从小就非常心软，甚至有些极端。我不能看屠宰牲畜，或杀一只鸡。我的这种心地，与血缘有关。"他还回忆说小时候故乡的地下水位很高，用根扁担就可以从井中打水，在井壁边窝中的小麻雀有时失足掉入井中，若遇上挑水的大人便可能获救。苇岸对其他自然生命的关爱，完全超出了人类中心主义范围，充分承认了其他生命的内在价值。1997年3月，苇岸在《散文天地》杂志"名家荐散文"栏目中推荐了他喜爱的五本散文集：梭罗《瓦尔登湖》，爱默生《爱默生集》，希梅内斯《小银和我》，米什莱《米什莱散文选》，张承志《心灵史》。其中前四本都是具有丰富生态意识的散文集，对《米什莱散文选》的推荐辞是："在强大的支配者人类之中，每个世纪都例外地存在着谦卑地与万物荣辱与共的博大心灵：散文作家布丰、法布尔、赫德逊、列那尔、普里什文，以及我个人更为偏爱些的米什莱，都是典型。"的确，谦卑地与万物荣辱与共，就是苇岸人生的座右铭，也是他对生态意识最精粹的表达。

苇岸曾自觉地奉行素食主义，他对列夫·托尔斯泰、萧伯纳以及圣雄甘地等人的素食主义行为表达了崇高的敬意和深刻的理解。他说："除了对一切生命悲悯的爱以外，自觉的素食主义本质就是节制与自律。"苇岸自觉的素食行为表达了他对一切生命的悲悯，也是他主动地节制欲望的结果，这种行为也使他有可能把高级、诗意的官能保存在最好状态。后来由于身患肝癌，在医生和亲友的劝说下，他没有将素食主义贯彻到底，但临死前他因此后悔不已，自责不断，觉得这是他个人信念上的一种堕落，把保命看得大于信念本身。苇岸这种自责充分地显示了生态人格的严谨与高尚。

现代人随着都市化和工业化的进程无不日益远离大自然，人的肉身小自然被从大自然的循环中隔离出来，并被工业效率的快节奏所控制，人的精神也很难得到大自然灵性的滋润，从而只能在欲望的刺激和功利的催化下日益枯竭。苇岸在他的第一篇散文《去看白桦林》中开篇就写道："我常常这样告诫自己，并且把它作为我生活的一个准则：只要你天性能够感受，只要你尚有一颗未因年龄增长而泯灭的承受启示的心，你就应当经常到大自然中去走走。"苇岸把这个准则贯彻到一生中，他常常独自一人四处徒步旅行，细心观察自然，体验自然，把大自然的微小平凡处也升华到诗意境界。他几年之内走遍了黑龙江、内蒙古、新疆的大部分地方，饱览了大自然或粗粝或优美的启示。应该说，苇岸的这种旅行与现代都市人的旅游大相径庭。现代都市人的旅游是在旅游工业的操纵下的代偿性消费，是现代文明病态的另一种表现，它只诉诸人的琐碎好奇心，以刺激都市人的欲望为主旨，并通过进一步带动消费而损毁大自然和人的身心。而苇岸那种特立独行的旅行却是人与大自然全身心的交流，是精神的升华，是人对大自然的抚摸和呵护，也是大自然对人的点化和提升。

梭罗对苇岸的启示具有重要意义。在许多文章中，苇岸反复提及梭罗，对他的思想和行为表示出极大的兴趣和尊敬。他说："梭罗认为，人必须忠于自己，遵从自己的心灵和良知；为此不惜付出一切代价。生命十分宝贵，不应为了谋生而无意义地浪费掉，人在获得生命所必须的物质之后，不应过多地追求奢侈品而应有另一些东西：向生命迈进。"苇岸自觉的素食主义，僻居北京郊区昌平小城的边缘，淡于名利，生活单纯质朴，对细致描摹大自然孜孜以求，都是向生命迈进的表现。苇岸最初是从事诗歌写作的，等他在诗人海子的介绍下接触到梭罗《瓦尔登湖》后，便毅然决定转向散文。他对梭罗、托尔斯泰、泰戈尔、惠特曼、爱默生、纪伯伦、安徒生、雅姆、布莱克、黑塞、普里什文、谢尔古年科夫等外国作家推崇备至，而这些作家的共同点就在于他们对自然万物的浓厚兴趣。谈到我国的文学传统，他说："这里我想惭愧地说，祖国源远流长的文学很少进入我的视野。一个推崇李敖、夸耀曾拧下一只麻雀脑袋的人，多次向我推荐《厚黑学》，但我从未读过一页。而伟大的《红楼梦》，今天对我依然陌生。不是缺少时间，而是缺少动力和心情。在中国文学里，人们可以看到一切：聪明、智慧、美景、意境、技艺、个人恩怨、明哲保身等，唯独不见一个作家应有的与万物荣辱与共的灵魂。"由此可见，生态意识是苇岸接受不同文学资源的最基本也是最后的标准。

在苇岸的文学实践中，最有创意的无疑是他临终前对《一九九八：二十四节气》的写作。1998年初，苇岸准备实施一个为中国二十四节气拍照和记录的计划，在他居住的北京昌平水关新村小区东部田野选了一个固定基点，每到一个节气都在这个位置，面对同一画面拍一张照片，然后把观察到的节令运行的情景，形成一段当日所见、感受、联想及认识的文字，时间则严格定在上午 9 点。这是苇岸对古老农业文明的遥致敬意，也是他试图借助观察和体验深深地楔入大自然四季运行的肌体，并感受大自然深处脉动的努力。可惜的是，由于很快查出患了肝癌，他只完成了《立春》《雨水》《惊蛰》《春分》《清明》《谷雨》等六篇，但是这六篇文字的精粹、对自然物象的精微观察以及对自然诗意的把握和提炼都具有相当高的水平。

苇岸的人生实践直至临终依然在贯彻着生态意识。他生前遗愿不要墓地，不留骨灰。他的骨灰是用他们家洗净的菜坛子盛的，随后撒在他出生地北京昌平北小营村的麦田、树丛和小河旁。这与那些花费巨资或保存尸体或大修坟墓的丧葬相比，不知文明多少，至此，才能说人的精神彻底战胜了人世的无知和功利，并与大自然的大生命达成和解，具备了难能可贵的生态智慧。

袁毅在编选苇岸文集《上帝之子》时说："苇岸先生在苍茫大地上行走、劳作、生息，他是大地神圣的20世纪最后一位守望者。他笔下的大地既连结着人类和自然界中渺小而可爱的生灵们的来路与去路，又承载着生命中不能承受之轻。"苇岸的人生简朴而丰盈，他对大地神圣的守望让我们在中国文学中目睹了和万物荣辱与共的灵魂的生成，也让我们在物欲喧嚣的时代听到了清醒明智之语。

苇岸本质上是个诗人，是个言说着大地之道的诗人。海德格尔曾说："诗并不飞翔凌越大地之上以逃避大地的羁绊，盘旋其上。正是诗，首次将人带回大地，使人属于这大地，并因此使他安居。"苇岸也是在诗的帮助下诗意地栖居于大地，不过此时的大地已是伤痕累累的大地，苇岸的心灵也常常是伤痕累累的。但是，正是苇岸的累累伤痕，使得我们这个自吹自擂的看似完美的现代文明破绽百出，逼得它要反思自身存在的最终合法性，也邀请着所有深爱大地的人们关注大地，守望大地。

四

如前所述，对生态问题的关注必然要求关注者身体力行，叶广芩也不例外。早在1985年，叶广芩就开始接触陕西佛坪国家级自然保护区，对大熊猫、金丝猴等野生动物极为关注。此后很长一段时间，她几乎年年都要到那里去。为了呼吁大家关注深山的大熊猫保护，改善保护站的工作条件，她甚至举着扩音器，在西安闹市区街道上，广而告之。她的中篇小说《梦也何曾到谢桥》获得鲁迅文学奖，在接受新闻媒体采访时，她谈的不是获奖，不是自己，却是陕西佛坪老县城的大熊猫保护，是对秦岭老虎猎杀的反思和捕获金丝猴的尴尬。后来，电视台索性将获奖文学专访变成了生态环保的专题诉说。2000年，在北京举办了中华世纪坛"世纪留言活动"，会议要求每个受邀者写出自己留给百年之后公开的心愿，叶广芩的心愿是："一百年后，我不在了，我的作品不在了，但是秦岭的青山绿水还在，大熊猫、金丝猴还在，保护它们的工作人员还在……"同年，她还挂职到陕西周至当县委副书记，常常蹲点于秦岭腹地的老县城村，那里是大熊猫自然保护区，林深箐密，地势阻奥，能接触到各种野生动物，也能听到许多关于人与野生动物的故事，像《猴子村长》《熊猫碎货》《黑雨千岁》等小说就由听说的真实事情改编而成。叶广芩曾说她到秦岭深处换了一副"狼心狗肺"，学会了用动物的眼光来理解自然，解读生存，"存在着就是合理的，我们要尊重并且珍惜每一个细微的生命，尊重珍惜老天爷赐给我们的这片山林"。应该说，叶广芩的生态意识就来自她的生活体验，那是鲜活的、有机的生存智慧。

叶广芩还能把生态意识贯彻到生活的每个细节之中。例如她就绝不吃野生动物，据说一次到福建参加笔会，主人请她吃清蒸中华鲟，她就坚决不从，相当和善的她还发了脾气。因此，她对中国人的吃喝风甚为反感："中国人的特点是，遇到任何物种，首先被刺激的就是食欲，这实在是一种陋习，我们应该更改的陋习。"她还由衷地感叹道，"人的嘴，是万恶之源。人的嘴，是动物的坟墓。"出语如此激烈，想必作者实在是对中国人饕餮成性带来的生态灾难深有感触。在小说《山鬼木客》中，她还通过主人公说道："中国的幼儿教育实在是太厉害，一只'可恶的大灰狼'，从小就把人和动物对立起来了，把动物按人观念分成好的坏的、凶恶的善良的，从根上就错了。狼要吃羊，是因为它的生理需要，因为它的食物链所安排，动物有动物们的秩序和规则，不像人，除了同类，什么都想往嘴里填，什么都想往身上披。"在某种程度上可以说，人之所以不顾生态学事实，把人与动物对立起来，并肆意地贬低动物，说到底是为人类征服它们吃掉它们寻找借口而已。

叶广芩对生态的关注更多的是从对野生动物的爱护入手的。她说："能感受快乐和痛苦的不仅仅是人，动物也同样，它们的生命是极有灵性的，有它们自己的高贵和庄严。我们应该给予理解和尊重。"她能摆脱人类中心主义的迷妄，承认动物生命的内在价值，从而要求人不要肆意地摧残和奴役它们。为了打破人类的骄狂，叶广芩还提醒人从动物的视角来反思自己的所作所为，"人类不是万物之灵，对动物，对一切生物，我们要有爱怜之心，要有自省精神。我们不妨换一下位置，把自己设想为一只野兔，一个小麂，我们不妨以它们的眼光来看待世界，看待人类，那么，世界将是水深火热，人类个个是青面獠牙"。这不能不说是对人的当头棒喝，人类文明若最终不能引领人类走出对其他自然生命肆意伤害的歧途，那么这种文明就仅仅是人类自身的自我纹饰，在其他自然生命看来就始终是遮掩强权和暴力的旗帜而已。

生态关怀一旦开始，叶广芩的眼光就更为敏锐，心灵也更为广博了。她看到一只被圈养在铁笼子里的大熊猫时，写道："我看到了黑眼圈包围的小眼睛，那种冷漠无望的眼神是我永生难忘的。因了这双眼睛，我开始反对将任何野生动物圈养起来，我对周至的大熊猫抢救中心和卧龙的大熊猫养护中心没了一点热情。以后我不到任何动物园去，我怕接触那些被圈养的野生动物……"而在陕西周至大熊猫繁殖救护中心，叶广芩看到那些被抢救的大熊猫沦为人类手中的摆弄物就很着急，"他们在抢救大熊猫的同时，对动物野性的摧残也是注定的，生命的鲜活在这里变作了凝固，变作了无动于衷的呆滞，变作了食来张口的简单。"在叶广芩心目中，野生动物只能在大自然养育，人不能以对自然生命的灵性的摧毁来作为挽救它们生命的代价，更不能仅为了人自身的利益来帮助野生动物。

从对野生动物的关注开始，叶广芩也慢慢地扩大眼光，对人与大自然的整体关系做出了初步的领悟。她曾说："善待动物如同善待人类自己。动物也有它的喜怒哀乐，畏惧死亡，同样具有生存的意义和价值。人要以自己的需要压制和消灭自然的属性，自然就必然会死去，自然之死会产生反弹，结果人类也将死去。"人终究还是大自然的一部分，自然之死即人之死，而在某程度上说，每一只动物的死亡也是人自身死了一部分。她还说："大自然实在是个很奇妙的东西，大如风云雷电、山川河流，小至岩鼠山猫、蚍蜉蝼蚁，一切分裂与分解，一切繁殖与死亡，一切活动与停滞，一切进化与衰退，俨然各有秩序，人类不要从中搅乱，否则会搬起石头砸自己的脚。"她领悟到了大自然是普遍联系的，是个俨然有序的有机体，这是生态意识的首要法则。

在一定意义上可以说，生态关怀提升了叶广芩的人生境界。她曾说："柏拉图说过：'一个人只要亲眼见过真正的美，死亡就不能奈何他。'我是这样认为的，一个人只要亲自体验过大自然的美，他就能走进生物的灵魂，和生物融为一体。"和生物融为一体，那是生命之间最美的交流，是每个生命突破自我的束缚呼应着宇宙大生命的华彩，是生命的生态境界的绚烂展示。叶广芩正是在充分地领悟到生命间友好的情谊之后才开始书写那些动物故事的。

在此，我们以韩少功、张炜、马原、苇岸、叶广芩等当代作家为例，对于他们而言，生态关怀并不仅仅是学院式的高头讲章，也不仅仅是文字中的性灵书写，更是生活的实践，是心灵的痛苦和慰藉。他们把生态意识灌注到生态实践中，在生态实践中丰富生态意识，或以生活方式的选择向世人昭示着生态文明的重要性，或以细小但踏实的言行彰显着生态伦理的必要性。当然，当代作家中除了韩少功等人之外，还有其他不少作家也是在生态保护或生态式的生活方式的选择上身体力行，勤勉亲为的，例如徐刚、哲夫等生态作家对中国生态状况的全面守护和报告，蒋子丹对城市动物权利的关注，刘亮程在新疆沙湾的村居生活和创建木垒书院，等等，均是令人尊敬的生态实践。

汪树东　1974年出生，江西上饶人，现为武汉大学文学院教授，博士生导师，主要从事中外文学、生态文学研究。已经出版学术专著《生态意识与中国当代文学》《超越的追寻：中国现代文学的价值分析》《中国现代文学中的自然精神研究》《黑土文学的人性风姿》《中国现代文学中的反现代性研究》和《天人合一与当代生态文学》。

光 明

母亲是一只猫（小说）

◎余巍巍

柳秀娟又做了同样的一个梦。

一个浑身湿漉漉的女人坐在她的床边，一下一下地梳着乌黑的长发，长发上的水，滴滴答答地落到柳秀娟的脸上。

她一惊，便醒了过来。

最近，她每个夜里都做这样的一个梦。那个女人的面容看不太清楚，每次都是侧身坐在那里。秀娟却能感觉到她无比地忧伤，只是，这个人从不肯说一句话。

这暗示着什么呢？柳秀娟平时很少做梦，白天的事情又多，基本上也没时间找人去诉说这些。

醒过来后，她没有马上睁开眼睛，只是习惯性地将手伸向床里边，叫了声："妈。"

没有人答应，手边也是空空如也。

她迅速坐了起来，整个人完全醒过来了。环顾四周，一个人影也没有，这是早间难有的安静，那些鸡呀鸭呀，猫猫狗狗，此时都不知道去了哪里。

她惊出了一身冷汗，母亲呢？母亲到哪去了？忍不住再叫几声："妈——妈——"声音里有了哭腔。

回答她的只有安静。

柳秀娟本能地跑去隔壁的卫生间，门开着，里边空空的。又跑去厨房，厨房里更没有人去过的痕迹。最重要的是，柳秀娟觉得不可思议，母亲从上次摔倒中了风，半身不遂躺在床上已经半年了。

柳秀娟是上个月被叫回来服侍母亲的。母亲刚中风那阵子，由大嫂和二嫂轮流照顾，一人家里住十天。

俗话说，久病床前无孝子。眼看着母亲的病情没有好转，医生治来治去，中药吃了无数，吊针打了许多瓶，命是保住了，但右半身仍是没有任何知觉，动弹不得。母亲只能整天在床上躺着，偶尔搬到躺椅上坐一会儿，也是眉眼呆滞，头半垂着，口水牵着长线往下流，不一会儿就把弯着的裤腿打湿了。

一个月过去了，两个月过去了，就这样一天天拖着，两个嫂子有意见了。开始是轮到去另一家时，另一家迟迟不来接，或以要走几天亲戚，这样那样的理由搪塞着。

算起来，母亲今年才六十五岁，这在农村，还不是什么需要别人服侍的"老人"。农村人都硬朗得很，个个都是忙里忙外，做到动不了，生个病什么的十天半个月就见马克思去了。像母亲这样的人不多。隔壁菊奶奶都八十二岁了，踮着一双小脚，还要帮着孙子照顾两个才几岁大的曾孙子呢。

"妈怎么了？"

听到秀娟的哭声，二哥揉着惺忪的眼睛冲了过来。

"妈，妈不见了！"秀娟像无头苍蝇，在几个房间里转来转去，手足无措。

"什么？妈不见了？上哪了？"二哥像传染了秀娟的"无主病"，跟着她在各个房间里转。

"不对呀，妈都瘫在床上半年没下地自己走过了，怎么会不见的？"二哥好像是回过了神，自己嘀咕着。

"就是因为妈这么久没下过地，我才觉得奇怪……"秀娟小声地回应着。毕竟，母亲突然失踪，好像是她的过错。

细想起来，也确实是她的过错。这段时间都是她在照顾母亲，连自己的家也顾不上照应。几岁的孩子丢给公公婆婆看管着。孩子比较听话，刚走的那几天，她每晚上打电话过去，孩子总是哭哭啼啼地要妈妈。一周后秀娟再发视频过去，孩子勉强叫声"妈妈"就自顾自在那里玩玩具了。

原来，她也想把儿子带过娘家来的。婆婆说："你妈本来就需要有专门的人照顾着，你带个孩子过去能做得了什么？现在小土豆好不容易习惯这里的幼儿园，别折腾了，还是我们带着吧。你又不是不知道，小土豆不习惯你们老家的气候，回一次外婆家就生一次大病！"

关键时刻，婆婆的深明大义让秀娟无比感动。可后面这句话却让她很不爽。可她又找不出驳斥的理由。

也不知道是怎么回事，小土豆确实是不适应老家的气候。

秀娟生完孩子满月回娘家，母亲养了十多只鸡，过两天杀一只给她补充体能。可一星期没到，小土豆就感冒发烧，在医院打了几天针都没好，反反复复地折腾。

母亲也吓坏了。万般不舍地劝她说："你还是带着孩子回广东去吧，这么小的孩子，可能是家里太冷不适应。要是有个什么事，你也担待不起……"

秀娟本来想在娘家休息一段时间，看着小小的孩子一下子瘦了一斤多，好像只小小的病猫，只好匆匆结束休假计划。也是奇怪，小土豆回到广东，感冒很快就好了，个子也很快长了些。

婆婆唠叨说："这么小的孩子，你非得长途跋涉地带着四处跑。"

等到过年，孩子差不多一岁，秀娟和老公带他回来，没想到又病了一场。所以，对于婆婆"水土不服"的判断，秀娟也信了。

秀娟刚回来，母亲很开心，饭量也比平时多了些，有时还嗯嗯啊啊，跟秀娟说着什么。

秀娟知道母亲心里着急。中风后，不但行动受限，连话也说不完整。秀娟也是服侍了小半个月，才进入状态。母亲什么时候要喝水，多久上一次厕所，这些看起来简单的事，对一个病人来说，就是"大事"。秀娟深深体会到两个嫂子的嫌弃。农村人现实，不能帮着家里干活倒是算了，自己还要别人照顾，那是肯定遭人嫌弃的。作为女儿，照顾病人时间一长，她也觉得有些烦躁。这日子，何时是个尽头？

当然，很多时候，她都在为自己冒出来的这些想法而自责。这个躺在床上的人是她的母亲，从小把她当成掌上明珠，她怎么能够嫌弃，怎么能够有不耐烦呢？

母亲生病之前，是个聪明、勤劳的女人。虽然他们兄妹仨不再让她下田劳作。但母亲从早到晚不停歇，都在家和菜园之间奔忙着。她种的菜要供应两个哥哥家，还要晒一些"外婆菜"给秀娟留着。现在病成这样，秀娟能够体会到她的感受。这样子没有尊严地活着，还要连累家人，老人家心里其实也是不舒服的。

秀娟待了一段时间后，情绪好转的母亲又迅速变回了她刚回来的状态。动不动赌气不吃饭，不肯吃药，默默地流眼泪。有一天午休起来，看到秀娟跟儿子视频，母亲拉过她的手，指着门口，意思是让她回家去。

秀娟只好抱着母亲细瘦的肩，轻声说："妈，你如果想让我早点回家，你就得听话好好吃饭，快点好起来，只有你好起来了，我才能回去照顾孩子呀！"

母亲使劲地点着头，可眼泪又流得满脸都是。

秀娟能够体会到母亲的急，可她也没有办法。那天去医院帮母亲拿药，秀娟问主治医生，母亲多久能够恢复。

"恢复？你想要的恢复是什么？妹儿，明白告诉你吧，中风病人，能够真正恢复到原来样子基本没有。像你母亲这个年纪，血压下不去，高压氧又不能做，能够维持这个样子就不错了。"

"不过还得坚持按时服药。"医生补充说。

秀娟原来想，照顾母亲一段时间后，她如果能够恢复到自己端碗吃饭，喝水，撑着拐杖走几步，那她就可以回家了。

医生的话让她充满绝望。本来还想问问母亲这个状态能坚持多久，话到嘴边，还是咽了下去。像有一只无形的手，紧紧地揪着她的心发疼。

自古忠孝难两全。

老公起先还表示理解，一个月后就有些意见了。总是打电话问秀娟啥时候可以回去。秀娟百般地哄，好话说尽，只能挨多一天是一天。她不想因此影响夫妻感情，书上说"有情若是长久时，岂在朝朝暮暮"，但现实就是，如果没有朝朝暮暮的相守，再好的感情也会淡去。她现在能做的，就是每天抽时间打电话，发短信，保持紧密的联系。她知道，儿子的忘记，只是暂时，不管离开多久，血缘是断不了的。可老公就不一样了，幸好目前孩子小，他要全力帮着公婆照看。这样的日子一定只能是暂时，不能太久。

不久，得到消息的大哥大嫂也赶了过来。

母亲，一个躺在床上半年不能自己行动的人，凭空消失不见，到底去了哪里？

这个清晨，因为焦急与担心，一个家的宁静被打乱，整个村子也骚乱起来了。

大家先是每个房间一遍一遍地找，再到房前屋后。

秀娟奔向母亲的菜园。她期望看到记忆里那道不变的风景，母亲弯着腰，在菜地里忙碌着。零星的菜花开得正艳，几只蜜蜂围着母亲"嗡嗡"地转着。

可此刻，除了衰败的菜地，零乱的杂草，只是一片荒芜的安静。一只觅食的小鸟飞过来，落在菜园里，在杂草丛中跳跃着，似乎也没把秀娟放在眼里。

要是小鸟能够说话，秀娟此刻只想问一句，是否知道母亲到底去了哪里？

她再跑去门前的小河边。多少次，母亲在河边洗菜，洗衣服，后面跟着瘦小的女孩。此刻，在秀娟的眼里，河不再有湍流急急河水，只能算是一条小溪了。

小溪留给秀娟的印象，并没有多大的变化。唯一称得上"变化"的，要算是溪水里多了些芦苇。看到秀娟在河边焦急地探头探脑，一个身影从深深的芦苇里走出来。

秀娟吓了一跳。

这么早，河里居然有人。

等芦苇里的人走近，她才看清是村里的聋子。算起来，聋子应该有四十多岁了。秀娟还是孩子的时候，就知道村里有个聋子哥哥。那时候小，也没有人去追究聋子哥哥是如何变成这样的，是生下来又聋又哑，还是小时候生病打针打的？据说，那时候医药严重匮乏，许多孩子感冒发烧来不及救治，或是治疗不当，就失聪了。

聋子哥哥能听得清一些话，应该不是全聋。有时候急了，也会哇啦哇啦说一串人们听不懂的话来。此刻，她见秀娟在东张西望，挥着手里的一把芦笙，蹚着浅水走过来，把芦笙塞到秀娟的手里。

秀娟愣了一下，准备拒绝，聋子哥哥却很快又隐入了芦苇丛中，仿佛不曾出现过。

秀娟看着手里新鲜的芦笙，心里想，母亲还没有生病的时候，多少次回家，她都能吃到鲜嫩的芦笋炒肉呢。有时候，母亲还从镇上买回牛肉，把芦笋切成丝，牛肉剁成细末，加上香葱，那味道，简直是世间少有。

可现在，芦笋在手，母亲不见了。

秀娟拿着那把鲜嫩的芦笋回到家。两个嫂子见了，大惊小怪地说："你还有心情去河里扯芦笋！你到底把妈弄哪去了？"

"什么是我把妈弄哪去了？"秀娟嘀咕了一句。

"不是你那还有谁？这些天都是你陪着妈，一个大活人睡在身边，你都不知道她去哪了，你说你是不是……"

大嫂后面的话还没说出口，大哥过来打断了："我觉得，还是去请个大师来算一算吧，到底母亲去了哪里，不可能凭空消失不见的。"

秀娟也听说过，村里的康叔"神通广大"，能够算得出东西去了哪里，还会给小孩子"收惊"。遇到哪家的孩子高烧难退，他给孩子划一碗水，捏几下人中，孩子就没事了。如果哪家的牛不见了，康叔掐指一算，就能说出牛大概跑去了哪里，准确率极高。

上次秀娟带了儿子回来，孩子发烧，母亲也提出请康叔来看看。可是秀娟的老公坚决不同意，说这是封建迷信，生病了就要去医院，划碗水喝了能好，还要医生干什么？

秀娟想到康叔算牛的事。那次，四狗家的牛不见了，找了几天没看到。于是请了康叔来，康叔左算右算，安慰他们说，牛没跑，在后山。他们跑到后山一看，果然，牛正自在地在山坡吃着草呢。

如果请来算母亲去了哪里，总觉得有哪些不妥。可现在，他们实在想不出什么办法来找到母亲。一个躺在床上半年不能自由行动的大活人，就这样不见了，不得不让人匪夷所思。

家里笼罩着一种神秘的气氛。乱，又似乎暗藏着什么玄机。秀娟甚至悄悄跑去父亲的坟头，祈祷母亲能在那里出现，可是奇迹并没有发生。

她现在背负着一个沉重的包袱，母亲是她弄不见的，她有责任把人找回来。

半下午的时候，康叔请回来了。让二哥去村里的小卖部，买了香烛钱纸、鞭炮等祭祀用品。康叔说要时辰到了才能请神，他点了根烟，慢悠悠喝着秀娟奉上的茶。

天变暗的时候，康叔在门口摆了祭台，点上香烛，焚了钱纸，口里念念有词。秀娟兄妹仨，加上两个嫂嫂，目不转睛地盯着那焚烧的纸。一阵风吹来，带着红色火星的纸灰飘得四处都是。

秀娟打了个响亮的喷嚏。

大嫂抖了一下，横了她一眼说："你就不能忍着点么，吓死我了！"

大哥迫不及待地问："康叔，我妈……"

康叔抹了一把脸上的细汗，说："你妈在水边。"

"在水边？哪个水边？我妈跑水边去干吗？"秀娟急切地抓住康叔的手。

康叔半闭着眼睛说："她为什么跑水边去，我可是不知道，你们分头去找找吧。"

说完，收拾了他的东西，饭也不肯吃就走了。

母亲突然失踪，一家人也没有心情吃饭。还是大哥说："这样吧，我们请几个村里在家的劳动力，分头去附近的水边找找。"

"我觉得，门前的小河边就不用找了，我今天去了几次，啥也没有。"秀娟提示说。

二哥驳斥她说："你只是在家门口那里找了下，说不定妈走远了些呢？"

秀娟闭了嘴没吭声。妈能走这么远吗？她想问。但妈是她弄没有的，所有的错，都是她的错。她一开口说话，换来的都是责备。

不一会儿，大哥把村里几个在家的青壮劳动力找了来，又借了几个亮堂堂的手电，分头往村附近有水的地方去了。

整整一天了，母亲音讯全无，到底去了哪里？秀娟跟着大哥，往外面走。

大家顺着门前的小河又仔仔细细走了一遍，河水静静地流着，青蛙和虫子的叫声，让寂静的清水湾热闹起来了。

星星稀疏地分散在天幕上，月亮是弯弯的小船。秀娟想起小时候，她和母亲坐在门前的枣树下，夏虫叽叽，母亲摇着蒲扇，给她讲村里的故事。

按理说，母亲是个理智的人，不存在"离家出走"，并且也没有可以去的地方。她嫁给清水湾的父亲，在这里生儿育女，一辈子去得最远的地方也就是县城。

母亲的娘家在几十公里之外的另一个乡镇，我的三个舅舅相继去世后，母亲的娘家，就只剩下一个名了。她的那些侄儿之辈，一年往来不了一次。当然，母亲每年清明还是会让我的两个哥哥回一下，给外公外婆三个舅舅扫墓，母亲信奉"娘亲舅大"。

清水湾是她的故乡，也是秀娟他们的故乡。

秀娟他们几个，踏着夜色，深一脚浅一脚地行走在无名河边。手电的光，像探照灯，逗引得草丛里的虫子叫得更欢了。

越往下走，草丛越密。这河边，已经很少有人来，草木茂盛，小路已经不再是路，往往走着走着就没了方向。要不是河流还在，秀娟觉得真会迷失方向。

就这样一直走吗？到底要走到哪里去？秀娟不敢开口问，只能机械地跟着队伍，静静地走，像深夜行军的一队民兵。

"我说婶子也是怪了，到底去了哪里呢？"走在队伍里的四狗问。

"唉！谁知道呀。"大哥支吾了一声。

夜越走越深，仿佛看不见的没有尽头的黑洞。

妈，你到底上哪去了呀！这么黑的夜，你一个人不怕吗？秀娟在心里呼喊。

她想起这些天每晚都出现的梦境，那个坐在床头梳着湿漉漉头发的女人。

心里一惊，差点脱口而出让大哥请人去河里看一下，可又觉得自己有些大惊小怪。此刻，清水湾这条唯一的河，水浅得只能打湿脚背，深的地方也不过齐膝。这是她上午看到聋子哥哥时的感觉，聋子只是穿着水靴。

"秀树哥，快来，我们找到婶子啦！"

远处一声呼叫，打破了他们零乱的脚步声。秀树是大哥的名字。一群人听到叫声，全部呼啦一下往回跑。

"在哪里找到了？"大哥边跑边问。

"在水库边呢！"那边的声音断断续续。

秀娟默念着菩萨保佑，只顾跟着大伙跑，鞋子也掉了一只。她已经顾不上往回找跑掉的那只鞋了。

砂石硌着脚板的痛，抵不过她内心的惶恐。整整一天了，母亲拖着重病的身子，一个人在外面，居然还跑到了水库边，水库离秀娟的家大概有三里多路。她是怎么到那里去的，为什么要跑那么远？这些都是秀娟想要问清的。

几个人跑到报信人那里，正要问母亲的情况。那人摇了摇头，秀娟顿时心里一痛，好像被锐器划了一刀。

一阵昏眩，秀娟身子不由自主地向后仰去。

她是被人抬着到达水库边的。大哥和四狗子一人一边架着她的手臂，她感觉自己的脚是软的，像两根被水打湿的面条。

"妈——！"秀娟尖叫着往前跑过去，却被身后的一只手拉住了。

十多支手电集中照在母亲的身上。母亲安详地躺在水库坝上的草地里，好像睡着了一样了无声息。

秀娟喉咙里像哽了什么东西，发不出声来。她挣扎出大哥和四狗子的搀扶，冲到母亲身边。

母亲的衣服都是前一天秀娟帮她穿上的，面容安详，像是睡着了一般。

她摸了摸母亲的衣服，并没有打湿。再摸到母亲的手，冰凉透骨，像冬天的铁。

秀娟还没有发出声，就听到二哥和大哥接连而起的号哭。她想哭，却流不出泪来。她觉得，自己就是杀害母亲的刽子手。

如果不是她太大意，母亲如何能跑到这里来，怎么会就这样走了？一句话都没有留下呢。

"秀树哥，我们是把婶子弄回家，还是保持现场报案？"四狗子的声音让大哥二哥的哭声霎时停了下来，仿佛放着歌的留声机突然停了电。

秀娟听到"报案"两个字，好像就看到一副锃亮的手铐向她伸过来。

她呆呆地伸出手，等待着良心的审判。

"入土为安吧！"大哥吸溜着鼻子说。

"也是，老人家平时与人为善，又长期卧病在床，也不存在谋财害命，可能是自己想不开，又不想连累后人，才出此下策吧……"不知道谁说一句长长的话。

秀娟其实是有点想报案的，她想要知道结果，想要搞清楚母亲是如何从家里到三里外的水库边来的。

她突然间觉得，母亲就像是一只猫。此刻，躺在那里瘦小的母亲，确实像极了一只伸开四肢睡了的猫。

据说，猫老了，是不会死在家里的，感觉不行就会自己跑出去，死在荒郊野外。

可是，老话又说猫有九条命。如果母亲就是一只猫，秀娟希望她其他的八条命还在。

余巍巍 网名新月如钩，原籍湖南岳阳，现供职光明区马田街道某部门，做着朝九晚六的文字工作，喜欢舞文弄墨，对文学的热爱痴情不改。已出版长篇小说《还乡桥》《嫁到深圳去》和作品集《散落红尘的眸》，有小说散文等各类文体散见于多家报刊。目前系深圳市光明区作家协会副主席。

少年萤事（外一篇）

◎廖立新

夏末秋初，夜凉如水，浩瀚的夜空缀满繁星，人间的流萤灯火明灭，一个充满童话色彩、引发浪漫遐思的特殊时段就这样嵌入了孩子们的记忆中。

"熠熠与娟娟，池塘竹树边。乱飞同曳火，成聚却无烟。微雨洒不灭，轻风吹欲燃。旧曾书案上，频把作囊悬。"晚唐诗人周繇的这首《咏萤》固然贴切，却远不如杜牧的《秋夕》来得直白："银烛秋光冷画屏，轻罗小扇扑流萤。天阶夜色凉如水，卧看牵牛织女星。"孩子们不懂失意宫女的孤寂幽怨，他们童稚而纯粹的心灵暂时还装不进这么沉重的东西。他们只知道，拿起大蒲扇拍萤火虫，是夏夜最有趣的游戏；躺在凉席上遥望着星空，牛郎和织女的故事总是不经意地在脑海里浮现。

在孩子们的观念中，萤火虫真是一种另类的存在，它们自带照明神器，入夜荧光闪闪，有光而无火，发光而不发热，完全推翻了常识带给他们的认知。夏日的夜空，浩瀚而深邃，似乎宇宙间有一个黑色的巨大的收纳箱，把白天的喧嚣与纷乱、燥热和蓬勃全都隐去，只留下一块湛蓝湛蓝的幕布。仙人们都是天赋异禀的艺术家，个个操起小银锤，为幕布镶嵌上一颗颗晶亮晶亮的钻石，把纯粹而静谧的夜空装扮得那么奢华，那么高贵。夏天是歌唱的季节，知了、蟋蟀、蝈蝈、青蛙都是歌唱的好手，歌罢一曲又一曲。萤火虫该是这些大自然歌唱家的铁粉了吧，一边舞动着荧光，一边伴随着节拍翩翩起舞。或许，这自带神灯的光明舞者本身就应该是夏夜大联欢的主角儿。你看，它们是那么地从容、淡定，仿佛天地间的这一片夜空就是自家的院落，它们或动或静，或上或下，或远或近，或徐或疾，荧光闪烁，舞姿翩跹，似流星轻逝，如火树生花，灿若珍宝，光耀晨曦。连梁简文帝萧纲都忍不住赞叹："腾空类星陨，拂树若生花，屏疑神火照，帘似夜珠明。"端的是光彩异常。

夏夜赏萤固然是一大乐事，但终究手痒难禁，似乎少了些豪兴与喧闹。止痒之物曰蒲葵扇，俗称蒲扇，雅称芭蕉扇。此物以广东江门新会所产为最佳，新会世称"葵乡"，具有千年葵艺文化，其火烙扇画古色古香，细腻精致，为天下一绝。《晋书·谢安传》有载："乡人有罢中宿县者，还诣安。安问其归资，答曰'有蒲葵扇五万。'"谢公取用之后，风神潇洒，效者甚众，价格倍增，销售一空，此即"知名自谢公"之典，寓物以人贵之意。在《西游记》中，此物被赋以至阳至阴之性，太上老君以此扇出火气，降服青牛精，克制金刚镯；孙行者三调芭蕉扇，扇出水汽，扇熄火焰山八百里山火，保唐僧西行取经。有此等灵通神圣之法器在手，孩子们立刻觉得自己功力倍增，学了那齐天大圣，施展出纵跳腾挪大法，声东击西，指上打下。一番奇袭猛攻之下，手无寸兵的荧光舞者撤离不及，纷纷坠地，成为孩子们的战利品，被尽数收于囊中，从此身陷囹圄，成为孩子们的玩物。

在孩子们的世界里，谁的玩具最多、最新奇，谁就最有话语权和吸引力。在捕获这么多的萤火虫之后，如何处置它们，将它们制作成好看的玩具，立刻成了考验孩子们智慧的难题。他们四处出击，翻箱倒柜，或剪刀加糨糊，精心糊制纸皮屋；或反复淘洗玻璃瓶，当作阳光房；或小心磕破鸡蛋壳，做成蛋壳灯……虫虫们躲进形制各异的灯笼，熠熠烁烁，光华璀璨，玲珑可爱。孩子们提了这灯笼，逶巡穿梭，走村串户，炫彩流光，悠游自得。大人们聚而观之，啧啧有声，赞赏有加。这种热闹景象，比起正月十五闹元宵来，一点儿都不逊色。漏断人静，兀自有那不依不饶的皮猴儿不肯入眠，父母没得法子可想，只好将那灯笼系于帐前——幸无火烛之虞，大可安心就枕。

大概，孩子们在梦中，也会提着这盏灯笼去天街巡游吧！在那里，会不会邂逅美丽的嫦娥姐姐？会不会遇见可爱的玉兔？

老土纸

对于生在竹乡、长在竹乡的我来说，中国古代四大发明里的造纸术，不是印在教科书上，而是印在海翰竹海，印在溪畔田头，印在指尖篾帘，印在暖暖的阳光下。

奉新是毛竹之乡，自然也是有名的老土纸之乡。奉新用古法制作的土纸，原料是嫩竹，故学称竹纸，俗称草纸，也叫火纸，其实与"草"没有关系，与竹与火倒是渊源深厚，一缘于造纸，一缘于用纸。与纸有关的名人，大家耳熟能详的是东汉蔡伦，他改进了造纸的工艺，用他改进后的工艺生产出来的纸被称为"蔡侯纸"。人们不大清楚的是，竹纸的问世标志着中国造纸技术的重大突破，因为竹子的纤维硬、脆、易断，技术处理比较困难，用竹子造纸的成功，表明中国古代的造纸技术已经达到相当成熟的程度。明代奉新籍著名科学家宋应星，在其科学巨著《天工开物》第十三卷"杀青"中，对竹纸工艺有总结性叙述，并附有造纸操作图，是当时世界上关于造纸的最详尽的记载。

竹纸制作的第一步是产麻。客家土语，称已成竹形、已开竹枝、尚未长出竹叶的嫩竹为竹麻。竹麻的竹纤维已经成熟，而竹肉尚未硬化，正贴合造纸之需。钢刀雪亮，竹麻脆嫩，用力过猛，心神分散，都极易造成伤害事故。因此，上山产麻会附会上很多禁忌，上山前要敬神，上山后不可说笑，不得诳语，专心一意，静心劳作。砍下来的竹麻，进一步加工，截成1.3米长，剖成3.5厘米宽的竹麻片，然后就可以开始第二步，沤麻。所谓沤麻，就是把竹麻片放入专用池塘（俗称湖塘），用石灰水这类碱性溶液长时间浸泡腐蚀，去除竹麻中的糖分等营养物质。沤渍和清泡需时一百多日。经过沤渍和清洗的竹麻经过分拣，去除杂质，滤干水分，就可以送去水碓房舂麻，这是第三道工序。舂成粉末的竹麻，加水，配上做黏合剂的铁冬青或者杨桃藤的汁液，均匀混合成纸浆，就可以进入技术含量最高的第四道工序，抄纸。只见老师傅手持箊帘，从前往后在纸浆槽里轻轻一抄，拎起来，让浆液均匀地流向帘面；接着又横向从右往左轻轻一抄，再拎起来，让浆液均匀地反流过去。一纵一横之间，原本虚空透亮的箊帘上，蒙上了一层薄薄的纸浆，褪下来就是竹纸的初级产品——湿纸。成垛的湿纸还要经过压榨、烘焙、折纸等工序方能变成成品。整个竹纸的制作过程，分15个环节，72道工序，非常之繁琐复杂。

奉新的竹纸制作技艺最晚在明代即已臻于成熟，晚清和民国时期，奉新已成为江西乃至全国重要的竹纸产区，竹纸生产鼎盛之状用"千碓万槽"来形容一点都不为过，从事竹纸生产的农户占到十之八九，真是"村村有槽坊，处处闻纸香"。以民国二十五年为例，奉新年产土纸已达2320万斤。即便是二十世纪七八十年代，在笔者生活的山村，依然随处可见舂麻的水碓、沤麻的湖塘、抄纸的槽坊，笔者也亲眼见识过抄纸师傅的抄纸作业。

用竹子做成的土纸，最大的用途是做冥币，烧化给在阴曹地府的先人使用，清明节的"挂纸"、七月半的"烧纸包"即缘于此。客家人称清明扫墓为"挂纸"。共同的祖先则合族祭扫，各家的亡灵则各自祭扫。扫墓时，先要清垃圾，除杂草，刷墓碑，将坟场整修一新。然后，将十二张小土纸绕着半月形的墓周压紧划界，代表着十二敬神，有闰月的年份则需加多一敬，代表了年祭。接着，将一叠土纸洒上公鸡血，挂置于墓头，用石块压紧。最后，摆上祭品，持香躬拜，上香烧纸，燃放鞭炮。客家话"纸"与"祖"同音，挂纸寓意"挂祖"，风吹纸飘，寄托着对先人的哀思，尽显子孙的孝心。清明时节，行走乡间，黄纸飘扬者，定然是子嗣绵长之家；片纸无痕者，俱是荒圮无主之坟。七月半，也叫中元节，俗称鬼节，也是重要的祭祀日，可以不到墓地，就在屋前空地进行。先将土纸横竖交叉折叠成纸包，纸包上书"中原地官，赦罪之期，阳居孝男（孙、曾孙）某某，奉上珍财一包，故显考（故祖考母、故曾祖考）公讳某某、老大人姚老孺人冥中受用"字样，点火焚化。纸包燃烧，热力辐射，暖空气上升，四周冷空气填补，形成对流效应，带动灰烬打旋飞扬。幼时，缺乏科学知识，见纸灰旋转升空，以为鬼魂来摄取冥财，心下骇然，半日不敢出声。

除了这种"人神沟通"的精神作用，草纸在现实的物质生活里也起着很重要的作用。我们都知道，学会用火是人类进化史和文明史上具有划时代意义的事件。可是，在没有打火机、火柴（旧称洋火，从西方引入）的漫长年代里，如何保存火种确实是个棘手的问题。而有了草纸，一切似乎都迎刃而解了。老表们先将柴火燃烧后的火红的"火屎"铲进火笼里，再均匀盖上一层草木灰，"火宝宝"有了这一层厚厚的"棉被"，可以在火笼里很安详地"睡大觉"。老表们劳作回来，要取出火种也很简单，将草纸捻搓成细长的"纸媒"，插入火笼，待青烟冒出，取出"纸媒"轻轻吹一口气，"噗"的一声响，一团温暖亲切的火苗就从"纸媒"上燃起，点燃竹梢子、松明子之类的引火柴，塞进灶膛，架上燥竹片、棍子柴就可以洗锅做饭了。冒着轻烟的"纸媒"本身就是个很听话的便携式火种，只要不唤起明火，就可以烧很长时间。那些抽烟的老表，端着烟斗，夹着"纸媒"，一边搓捏着烟丝，一边摇晃着"纸媒"，一串串的烟雾就"吧嗒""吧嗒"升腾弥散，同样弥散开来的还有老表们极满足、极愉悦的心情。

在现在女性卫生用品走进千村万户之前，据说草纸是个代用品，而草纸无疑比草木灰要干净卫生方便得多，对呵护女性健康也是功不可没。

随着社会的发展进步，特别是改革开放以来，农村青壮年劳动力向沿海经济发达地区的大规模流动，土纸的生产已经衰落到几近绝迹。如今，土纸生产工艺已进入非物质文化遗产保护名录，逐渐演变成一种乡民集体的文化记忆。

廖立新 笔名廖夫，鄱赣之子，中学语文高级教师，毕业于江西师范大学中文系，执教于深圳市光明区实验学校，兼任该校文学社指导老师和校刊编辑，热爱读书和写作，在《人民日报海外版》《中国教师报》《中国旅游报》《南方工报》《广东教育》《南方教育时报》《深圳青少年报》《中山日报》《宝安日报》《云浮日报》《光明教育》《西北作家》《中山文苑》《中国作家在线》《东山文学》、"中华杂文网"等发表文章多篇。现为深圳市光明区作家协会会员。

五律十五题

◎ 冼　莼

山亭夏日

自爱山亭美，春归觉夏呈。

横琴消鹤影，枕石纳泉声。

碧迥云间出，风清袖里行。

唯怜野中趣，岂故愧平生。

春　感

今我何为乐，春还万物萌。

窗风沾茗气，山馆发书声。

径远从林合，云深在眼横。

陶然忘当世，题扇与闻莺。

孤松自勉

无言随杂草，寥落奋然心。
未敢光阴滞，焉能意气沉。
孤根生断壁，小木出穷林。
纵使桑榆晚，明霞劈地临。

书　怀

世道渐交丧，羞言圣代辛。
高贤殊未泯，小我更应纯。
塞上封刀将，篱边种菊人。
从然芳气吐，冲澹出风尘。

从军行

萧索关城险，征人百战危。
黄沙流岁月，白日耀旌麾。
天下交兵密，男儿仗剑迟。
功成须纵马，戍角复离离。

春　兴

映日斜穿树，清阴渐得明。
风行吟自在，草踏暗还生。

应物含春发，何人触景鸣。
吾将怀所往，枯涧待泉盈。

雨后初春杂感

静念山林秀，天然野景新。
游氛疏过雨，芳气淡无尘。
顾此苍苍世，逢今寂寂春。
清风生玉袖，荏苒不嫌陈。

春 雨

濛濛初入夜，不负美名居。
借得清风便，滋萌万物舒。
乌云低野渡，青雾没村墟。
草润虫声发，悠然访我庐。

随步田家

微风生足下，随步绕田家。
茅屋苍烟细，松门白日斜。
庭前栖鸟雀，岭上植桑麻。
谁解同归兴，长歌带落霞。

回乡即感

村邑鸡声早，农夫向日佃。
晓光浮沃野，春信感丰年。
山水分明绿，垂髫懵懂妍。
迎风枝绽蕊，隐隐是炊烟。

拟塞上行

御马行关塞，长风更袭人。
欲从萧索道，谁解寂寥身。
一路云时暗，平沙日已晨。
古来征战地，白骨与飞尘。

拟夜过巫峡

入夜通巫峡，舟行水自开。
忽惊危壁石，不觉远楼台。
月照孤江静，猿啼两岸哀。
问将谁伴我，山影欲遮来。

感　怀

回看年光好，无为又一春。
幸逢殊异客，未负等闲身。

世路仍荒僻，斯文尚瘠贫。
求鱼当结网，莫作羡鱼人。

别　情

望中潮已去，饮散客成行。
露冷秋声静，风清野色明。
孤舟泊幽渡，白日下江城。
胜有前方路，关山总是情。

十　年

梨园香远澹，识尔落花中。
不日天涯去，何时海内逢。
十年情未改，一种思朦胧。
只得鹏飞后，烟涛在碧空。

洗　莼　本名吴丹。现居广东省深圳市。光明区作家协会会员，独鹿诗社
社员，无弦诗会会员，诗词作品散见于深圳市《宝安日报》及网络
媒体。

文本与绎读

看远处的青山，
看空无一人的田野（组诗）

◎陈小玲

我原本应该是村姑

如果不是七岁时那位算命的瞎子
母亲就不会让我读那么多年的书
其实，我原本应该是村姑
本应嫁给邻村憨厚本分的男人
洗一大盆娃娃们的脏衣服
下地，锄草，放羊，养猪
不识字，不懂诗，不知文字里的苦
每天数数自家的那群鸡
看是不是少了一只

你是看不见的

你一定看见了
看见一些冷清，一些鲜为人知的忧苦
还有沉水，码头，水上行走的轮渡与雾

我窗台上的兰花，开了两朵
你是看不见的
你看，我还能疼，能准确说出疼的位置
能坦然面对三月清晨落下来的这场雪
能忍住那么多原本应该流出来的泪水
就算这场雪，断了我所有的念想
就算我一个人永远坐在这旷世的黑洞
我还是要对自己说，黑暗与孤独很好
这也是你看不见的

你要一个不少地还我

你的羊偷吃了我地里的秧苗
我没有说
扫你门前的雪用坏了我的扫帚
我不会计较
你拿走了我收割的镰刀，盛饭的勺
我再去集市上买
你搬走了我过冬的粮草
我照样会挨到春天
但是，你拿走的那几个字
你要一个不少地还我

我不是你眼里的春天

国际圆盘的杜鹃一晃而过

眼眶突然就有些湿润

在开往火车站的19路公交上

坏情绪就这样侵袭了我

是我身上的盔甲还不够坚厚

北去的风它不经意就吹痛了我

在这满是陌生人的公交上

疼痛一阵一阵掠过胸口

我深知，我还不够，是我胸怀还不够广阔

还不能容下这世间许许多多的恶

还不能一口咽下这尘世的苦

多么惭愧，我不是阳光

还不够明亮，不够温暖

还是无法安慰，一株忧伤成疾的小小艾草

我总是时时悲哀，总是对这世界

一边失望，一边还报以过多的奢求

原谅我，我不是你眼里的春天

抚琴的盲人

那个在蓝天下独自抚琴的盲人

他的身后，紫薇盛开，梧桐树叶就要飘落下来

他终日不厌其烦，自顾自地弹奏他的

悲伤，愤懑，持久的颤音与惆怅

不要嘲笑他失去光明的眼睛，浑浊的泪水

不要指责他奏响强音时，指间的鲜血，扫断的琴弦

允许他抱怨满眼的黑，抱怨这场泛滥持久的冷雨

大地辽阔，请容许他占有这小小的一席之地

万物俱寂，原谅他不管不顾对过往的风弹奏

顺着秋日的长风，他固执地以为，远方的远方

一定会有人，在风中日日聆听他的琴声

写　字

什么也不能做的时候，就在白纸上随意写字

当我写下街区，公交，匆匆的人流，上下班的路

写着写着就胸闷，压抑，眼眶就有些湿润

写着写着，就成了城市上空阴霾中的一粒

灰暗，渺小，沉重，飘浮，无处可逃

当我写下阳光，沅水，过往的轮渡，水面过来的风

写下南岸，疯长的野蒿，江南的雨水，春天里的樱花树

又见江湖辽阔，尘世美好，天空的蔚蓝注视着我

写着写着，就自顾自地，小幸福地笑了

独醒的人

一座城空了，你一定看见

一个人在你酣睡的梦里，激烈地游走

一个人开灯，下床，披衣，摊开白纸

一个人忍着疼痛，在暗夜里写长长的信
一个人从客厅到卧室，从卧室到书房
来来回回，焦急地寻找一片小小止痛药
一个人靠在北窗，捂住疼，承接万物坠落
远处，有灯火忽明忽暗，这尘世的小小灯火
这旷世黑夜里的小小灯火，此刻
一个人，从来没有像今夜这样
如此急切地，需要它，一直亮着

如果悲伤还可以泪流满面地诉说

还是那条幽深潮湿的小巷
一位女人，差点撞到神情有些恍惚的我
女人一手举着手机，一手拎着方格子韩式包
春风扬起她的长发，遮住她大半边脸
我还是清楚地看见，她眼里溢出的泪水成行
听见她对着电话那头，一边抽泣一边诉说
如果悲伤还可以泪流满面地诉说
还有人在静静地听着，是多么好

草垛边

从赵家堰到姑姑家，有二十多里山路
小时候，我会跟随回娘家的姑姑
翻山越岭，渡船过河，一路步行去姑姑家小住
姑姑总是忙着农活，没有太多时间搭理我

我无所事事，略显孤独，整天在姑姑门前田埂上转悠

田野散发的青草香味与泥土的气息，让我沉浸其中

有时会想家，想着想着，就会在门前刚收割的草垛边坐下

看云，看天，看远处的青山，看空无一人的田野

看搬运食物的蚂蚁，看燕子飞来飞去

什么也不看的时候，就一个人偷偷地抹泪水

突然有一辆汽车从山边经过，嘟嘟——地响

我会赶紧起身，擦去泪水，盯着那辆汽车像风一样消失

心中只有一个念想，如果爸妈带上弟弟和我

坐上这辆汽车，去未知的远方，多么好

爱成病态

原谅我，原谅我爱上窗台上这株小小的芦荟

原谅我爱上人民路上的梧桐，爱它夏天的茂盛，冬天的萧条

爱上沅水北岸的樱花树，爱它的花开，它的花落

爱上屈原公园的玉兰花开，南岸的油菜结籽

然而，丁家港一带万物生长的春天，让我失语

疯长的野蒿，茂盛的野草，让我的爱，终成病态

面对这呼啸的北风，倾盆的雨水，即将决堤的潮水

无动于衷。原谅我，爱上这些不说话的植物

爱上它们对于生长，对于风霜

对于自己的小小欢愉，从来都闭口不提

这，多么像浩渺尘世，孤单小小的我！

春天的河流

我无法向你准确描述
眼前这自顾自流淌的河水，静默的河水
它不是你见过的沅水
它没有沅水深远，辽阔
它狭窄，蜿蜒在深山峡谷
这里没有渔舟，芦苇，没有洗蒿的女人
没有码头，也没有轮渡，没有来往的行人
没有樱花树，没有可以坐下写诗的石头
这里野蒿疯长，杜鹃血红
这里树木茂密，桐子花一树一树
请允许我在这里，允许我站在这春天的河流
反复对你描述，它的孤单与静美

我是毛里湖九十九道汉里走出来的丫头

从小，喝毛里湖的水长大
坐毛里湖的船，到保河堤、渡口走亲戚
听赵家堰的长辈，讲毛里湖的故事
那个只有家法的年代，刘氏家族
把叫刘一万的恶霸，绑上磨盘
慢慢沉入湖底，连带他的罪恶
饥荒的年代，外公从毛里湖运来萝卜
母亲从板壁缝里，偷偷塞给饿肚子的父亲一个萝卜

一个萝卜的故事，是父亲和母亲的故事

寒冷的冬天，母亲在毛里湖汉港捕鱼

霜冻的清晨，父亲赶着一群鸭

从朱家荡，向毛里湖最辽阔处进发

我会常常在毛里湖的水边，扯猪草

绿油油肥硕的猪耳朵草，让我欢喜

卖猪的钱，交我和弟弟的学费

上帝宠着我

七岁时，母亲请周瞎子给我算命

算我儿时磕磕绊绊，像个歪蔸酒酲

算我长大后不会落在乡下插田，命里靠纸墨吃饭

算我旺夫，带财，衣食无忧，处处贵人相助

算我苦读寒窗，金榜题名，文曲星下凡

我信命，因为上帝一直宠着我

当我一次次，丢失生命中的暖

上帝就会及时替我找回，加倍还给我

每当灰暗遮挡天空，看不清世界

上帝就会拨开乌云，让云彩照耀我

就算陷在黑暗最深处，孤单得害怕

上帝会让我侧耳聆听，远方传来的回音

上帝宠着我，一刻也不肯离开我

它跟随我脚步，时时伴我左右

怕我迷路，怕我暗箭击中，怕我石头绊倒
它不让我看见，也不让我听到，总是暗中保护我
当世界暗下来，我看不清他们的脸
上帝指给我看，你提着马灯，在不远的前方等我

我是我生命的异数

我是我生命的异数，一生与自己为敌
左边是一个人的孤独王国，右边是一个人的盛世皇朝
一边期待远方，一边远在他乡止不住地回望
正如此刻，站在香港街头的霓虹闪烁里，无端地落寞
我是我生命的异数，总希望不停地行走在他乡
每到一处，穿在心尖的小小牵念，就会拽紧我
我一手捂着疼，一手怀揣远方
就这样，日复一日行走在寻找远方的路上

孤单的草垛

哥哥，今年春节我没有回到故乡
我坐在异乡的山坡，背对故乡，面朝衰草
我向返城的弟弟，打探每一位亲人
吃着故乡的米花糖，闻到故乡的柴火饭香味
哥哥，不长大多好
是田野里疯跑的孩子多好
是草垛里钻进钻出捉迷藏的孩子多好
是啊，哥哥，我们都回不去了

哥哥，凌晨两点我醒着

冷雨敲窗，初春的夜又冷又长

夺眶而出的泪水，不是我过得不好

只是我啊，总是看见故乡孤单的草垛

请在清晨的雨露里叫醒我

大地，我困在这里，气血即将耗尽

双脚磨破，身上的枷锁，越来越沉

驮干粮的枣红马，渴死在来路的荒漠

至今，我都没有找到，大地丢失的雨水

大地，我需要停下来，需要安静地坐一会儿

需要在八月的焦灼里，找到一棵古老的香樟

我就在它的脚下坐下来，背靠着它

大地，请解开我沉重的枷锁

我将不再与生活较量，我已与世界握手言和

我只想在这绿荫下，吹远去的轻风

让风捎去我的消息，告诉远方，我还深爱着这尘世

给我安睡，在沉沉的黑夜做美好的梦

梦里，自由均匀地呼吸，千万不要有人经过

树上的小鸟，请你歌唱，请扇动你美丽的羽毛

在下一个清晨的雨露里，叫醒我

私 语

已经走了很久，已经避开人群
跟着我，要去的地方还在前方
这鸟语，这薄雾，这肆意开放的野花
是你喜欢的，你看那山坡
那遍地的苍耳，迷迭香，狗尾草
也都是你喜欢的
坐吧，就在这草地，就在这山坡
就在这香柏树下，坐下来
不要提及流年，不要想起故乡
你看这遍地疯长的野草，这弯腰的野草
这匍匐的野草，它们如此静默
别难过，闭上眼，听听风与草的私语
你会发现，无数死去的精灵
顷刻间，都在一一复活

夜行列车

不要对我提及夜行列车
就像在提及我渐行渐远，孤独的亲人
正如有人对我提及孤单的草垛
一语道破，让我无处可逃

总是想起，西北戈壁的那个夜晚

想起茫茫荒漠里，孤独行驶的列车
冷月袭窗，整夜整夜
列车与铁轨的碰撞声，敲打着我

旅途漫长，靠在结满清霜的车窗
盛世荒凉，我没有反复写下谁的名字
在夜行的列车上，始终相信一定有人
和我一样，内心从容，怀揣远方

缓慢的时光

微妙的访客
你来到花中，水中——
你手捧一本聂鲁达的诗集
轻轻地念给我听
你念出的每一个字
就像一串美妙，跳跃的音符
在我尘封的心弦上，撩拨着往事
我听见，灰尘扑扑落地的声响
看见绽放的花朵，南方的星空，静默的河流
突然就被诗里的种种美，击中了
我想，你一定察觉到了
我隐藏了很久，眼底闪烁的泪花
时光就这样慢下来，多好
在缓慢里共读一首诗，多好
只是人生中，这样的时光太少，太少

涉　江

这是沈从文给三三写信的河水
这是北来的诗人执意渡江的河水
这是深藏着无数隐秘与爱的河水
这，就是我无数次吟唱，深深热恋的沅水

你无须弄清河水的走向
阳光，它会指明你方向
你无须垂首，无须紧绷内心
沅水，它的清澈与柔波，安抚着你
此刻，你和流水就该仰头向天
怀抱白云，怀抱不出声的诗句，渡过去

渡江，渡江
太阳悬在江上
你可以和着马达的轰响，放歌
可以在彼岸做短暂的停留
看码头，看轮渡，看水边的渔船
看看人间烟火，那么多

芦苇枯萎，樱花林沉寂
你没有看见，鲜花盛开的江湖
你看不见蒹葭疯长，白鹭翻飞
空旷的河洲，只有风不停地吹

沅水清澈，你一定看见了
那些深藏已久的隐秘与爱
在辽阔的水面，一一显身

你是懂我的

一场久久的冷雨，终于停歇
迎着深秋的风，我们在岳麓大道上走
大地湿润，天空干净
像是走在草原，走在旷野
一路上，更多的是各自沉默
我想，你是懂我的，不然
你就不会指给我看，掠过头顶的那群飞鸟
就不会要我赶紧按下快门，抓拍它们飞翔的美
就不会停下来，满怀欣喜，要我看路边的芙蓉花
那些肆意盛开的芙蓉花，风姿绰约
那一刻，多想我就是一株小小的木芙蓉
旁若无人，寂寞开放，寂静生长
按着自己的姿态，在自己的世界活一场
我想，你是懂我的

小镇，小镇

小镇，我回来了
孤单的我，走在空无一人的街道
破旧的木板房，废弃的工厂，紧闭的门窗

小镇人去楼空，无论如何，我都无法接受
无数次设想过的，都不是这样的场景
我已完全辨认不出，哪里是饭馆，哪里是学校
像一个迷路的孩子，走在记忆交错的迷宫
来来回回，多么希望能遇见一个熟悉的人
多么想，走上前去和他亲切交谈
能从他的口中，打探你失散多年的消息

小镇，我回来了
一个人走在冷清的街道，呼吸深长
照相馆前杂草丛生，电影院破落斑驳
街口的老车站静得让人心慌，早已没有过往车辆
只有夏日的大风，吹乱我的发，卷起漫天的黄沙
那么多年过去了，我总是反复做同一个梦
提着行李，站在这里，站在一个叫新洲的小镇
焦急地等，等开往白衣镇的汽车，载我回家
那么多的人，围上去，我总是挤不进车门

小镇，我回来了
一口气爬上河岸，并没有见到我想要的澧水
大风吹拂大地，野花盛开，野草疯长
杨树林里，没有惊鸟飞出，不再有人笑语
站在河岸，远远地望见嘉山，望见高高的望夫台
我没有登上它的欲望，而是久久地站在这里
呜呜呜——大风不停地吹，不停地撩拨我的忧伤
此去的风啊，你告诉我，也是这河岸

也是这样的夏日，当年这里采花的红衣少女
还有那编织花环，写诗的少年
他们，都去了哪里

望不到边的地方，是故乡

多么惭愧
一个时时被人唤作诗人
吟诵过无数大好河山的游子
面对曾经喂养她长大的湖水
竟然找不出
一句合适的话语来赞美你
多么想，多么想
多么想把积攒了多年的心思
对你和盘托出
然而，当我奔向你博大的胸怀
泪水就噙在眼底，说不出话
对你说什么好呢
说我的父亲？说他一年四季
在你九十九道汊里放鸭的父亲
天天盼他回家抱抱我的父亲
一生劳苦，从不抱怨的父亲
八年前，我把他弄丢了
还是说我母亲？当赵家堰的乡亲
为母亲的新坟，铲上最后一抔黄土
当我抱着永远微笑的母亲，返城之后

我就影子游离，内心空寂

还是说我自己？

说我日渐苍黄的面容

说日复一日地低头疾走

说我糟糕的缺氧症与偏头痛

还是什么也不要说

望不到边的地方，是故乡

就让我站在这里，站在这田家村

让一个不敢回家的孩子

把背负多年的沉重

埋在这香樟之下，蔓草之间

让风，夹杂着赵家堰的烟火气息

安抚我，安抚我

一直想打造故乡的色彩

一直都想，如何打造故乡的颜色

我仿照赵家堰沙湾里的那片黄土坡地

儿时与父亲母亲挖红薯的，那片黄土坡地

父亲母亲安睡的，那片黄土坡地

我从乡下运来黄土，买来大大小小的花钵

把它们都一一种上红薯

总想把儿时菜园子的竹篱笆，搬进家

那挂满牵牛花，艾蒿疯长的竹篱笆

奶奶踮起小脚，采摘金银花的竹篱笆

我从西窝里的山野，挖来金银花

种在阳台上，一抬眼

就看见，青藤布满南窗

从赵家堰的后山，捡来松果，采回野花

摆放在书架，隔段窗，任意角落

从赵家堰，搬来奶奶的土陶油壶

搬来母亲陪嫁的青花瓷坛

锈铁块，旧木头，对儿时的旧物

总是情有独钟，它们的旧色

有一些熟悉，有一点点亲切

每天和这些不说话的事物，朝夕相处

我以为，看到它们，就能看到赵家堰

就能看到故乡的水草肥美，山花烂漫

就能看到，一个又一个

离我而去的亲人，能回来

可是，无论我怎么努力

怎么看，怎么都不像故乡的色彩

我的朗州，我的沅水

洞庭大道的君子兰开了

沅水北岸的樱花就要开了！

桃花源的桃花也就要开了！

春申阁的轮渡正在南去

澧阳平原的油菜花大片大片地开了！

你看，燕子北回

芦苇返青，白杨林已经苏醒

沅水，多么清澈

轻风，多么温软

我的城池，满眼都是春天

是啊，我曾向往陇南一带的

草场，格桑花，青稞地

也曾站在八达岭的风口

一次次裹紧外衣不肯离去

曾无数次推开北窗

望见头顶风雪的夜归人，多么富有诗意

其实我啊，一直忽略

自己居住在江南的温软里

突然就爱上，石子漂起的一朵朵水花

爱上渔父阁，南来北往的陌生人

从来没有像今天这样

爱上眼前这片鲜花盛开的江湖

这个春天，我的心

只能容下我的朗州，我的沅水

常德河街

沈从文走了
他笔下的河街还在，码头也还在
船工和水手走了，这河水还在
穿蓝布印花洋布衣，唱小曲的女人走了
吊脚楼还在，乌篷船也还在

你看，这沿河的211栋房屋
368间门店，依偎在这穿紫河
你看这麻阳街，吊脚楼不再陋隘逼窄
看不到头裹黑布，叫卖茶卤蛋的麻阳女人
听不到，咚咚咚剁制腌菜的声音

顺着这河水，再往下走，就是小河街
这里不再有花纱洋行，煤油，铁麻店铺
不再有辰沅会馆，鸳鸯走马楼
大河街繁华依旧，古玩字画，窨子屋
不再有江西会馆，万寿宫，群仙楼

其实，当年沈从文走过的常德河街
在与不在，没有什么要紧
只要迈着闲散的步子
迎着水风，和你肩并着肩
能在这河街上走一走，就很美好

我就在这里等你

来吧，我就在这里等你
这里是屈原行吟，举头天问的沅澧大地
这里是秦楚亲善，春申君的府署
这里是刘禹锡谪居十年，赋诗数百的朗州
这里是五柳归隐，鸡犬相闻的世外桃源
这里是宋徽宗命名的常德，这里是善卷故里

这里城头山，有着人类最古老的城垣与稻田
这里柳叶湖，柳堤春晓，美过西湖
这里囊萤台，囊萤夜读，照耀古今
这里花岩溪，白鹭翻飞，蓝天碧水

这里有孟姜女寻夫的传说
这里有刘海砍樵的典故
这里有丁玲住过的老西门
这里有沈从文转悠过的常德河街
这里有高高的纪念碑，矮矮的坟墓
这里有古老的城墙，斑驳的碉堡

所有的这些，也许还不够
至少，你要来看看诗国的长城
看看这条守护着它的河水
这条我无数次吟唱的，生生不息的河水

你说过的，无论如何
你要来看一看，它的澄澈与静美

来吧，我就在渔父阁的码头等你
我就在柳叶湖的司马楼等你
我就在老西门的窨子屋等你
我就在常德河街的吊脚楼等你
我就在沅水的柔波里等你
等你，等你和我一起虚度时光

远方，为何一处一物都不是你

我一生都在追寻你
为了你，一次次踏上远行的列车
以为你就在我一路奔望的车窗外
为了你，我不远万里，跋山涉水
以为你就在他乡的山里，水里

在周庄，古巷幽长，我一个人走
以为你就在历经千年的长风里
松茂堂，雕梁画栋，庭院深深
一抬头，就望见屋顶寂寞的瓦楞草
玉燕堂，高墙黑瓦，人来人往
一回头，不经意就看见后院那口深井
唯独看不见，宅院的主人

此刻，我站在浩荡的东吴大地
站在念桥，面对江南的小桥流水
面对唱小调摇橹的女人，胸口一阵阵紧缩
远方，为何眼前的
一处一物，都不是你

是时候了

金色的阳光已从东方升起
独行的旅人
又翻过了一个山头
把长长的黑夜甩在身后
苍茫的大地，无人的旷野
你不必指望，会有人前来
递给你一碗清洌的泉水
从来没有像今天这个清晨，如此清醒

是时候了，独行的旅人
不必在意，那些雨水泛滥的日子
那些黑夜的纠缠与腐朽
阻挡不了你远行的步伐
不必回头，那些相遇又离开的人
一路高歌，已经背你而去
不要歇息，路人
走过的，必定要经历的
过多的苦，不必与人提起

你必须按下汹涌的波涛
哪怕做一只沉默的羔羊

是时候了，独行的旅人
与所有的纠缠决裂
与所有的转背挥手
你将获得至高无上的自由
远方有成群的牛羊，延绵的野花
临着海，宽阔的海，一望无际的海

陈小玲 出生于津市市白衣镇赵家堰。湖南省作家协会会员，常德市诗歌协会副主席。五百余首诗作发表于《诗刊》《十月》《诗探索》《诗选刊》《湖南文学》《飞天》等，诗歌入选《2012中国年度诗歌》《2013年中国诗歌排行榜》《2015年中国诗歌精选》等多个诗歌年度选本。出版个人诗集《孤单的草垛》，现居常德。

在诗行里行走的萨摩森小姐

—— 读陈小玲组诗《看远处的青山，看空无一人的田野》

◎辛泊平

一

很长一段时间，因为一些世俗原因，也因为自身的文体倦怠，一直很少读诗，也很少写诗，而是一直在读狄更斯。对我来说，狄更斯是一个具有特殊意义的经典作家。上大学时读他，似乎并没有读出太多的感受。那时，我眼里是托尔斯泰和陀思妥耶夫斯基这两座巨峰，是卡夫卡和马尔克斯这样的"异端"。有了这样的阅读参照，狄更斯显得有些太普通，太正常，普通得让人难为情，正常得让人轻慢。这当然是一种偏见。人到中年，当青春的激情消散于日常的琐碎与庸常里，再读狄更斯，竟读出了曾经被有意无意忽视的生命纹理与心灵记忆。

相对于托尔斯泰的社会思考和陀思妥耶夫斯基的灵魂拷问，狄更斯似乎没有那么高蹈，也没有那么紧张。他关注的是普通人的人生轨迹，是普通人的普通生活与普通情感。所以，他笔下的故事虽然不是宏大叙事，却有人生的大开大阖；人物虽然小，却贴心贴肺。可以这样说，读狄更斯，我读到了扎实的人生细节和更为普遍的人间烟火。在狄更斯那里，时代当然也有重量，但小人物的喜怒哀乐才是他始终关注的核心。所以，他会用大卫·科波菲尔的一生来探讨人生的意义（《大卫·科波菲尔》），会用皮普的生命转折来思考爱的真谛（《远大前程》），会用伊斯特·萨摩森小姐与理查德·卡斯顿的取舍来追问幸福的秘密（《荒凉山庄》）。

之所以说了这么多狄更斯，不仅仅是因为我在读这个一度被我怠慢的大作家，还因为最近读了一个诗人，一组诗。让我惊讶的是，这个诗人让我一度有一种错觉，那就是，我似乎在读狄更斯《荒凉山庄》里的主人公伊斯特·萨摩森小姐的中国情绪。只不过，穿越了时空，她不再以日记的语言书写她的人生和心灵，而是换了诗歌的话语方式，用那种跳跃性的节奏编织灵魂的故事与对世界的感受。而这个诗人，恰巧也是女性。她的文字细腻而又温暖，柔软而又多汁，干净而又灵动。这个诗人就是陈小玲。

之所以有这样的错觉，当然不是因为这两个人有相似的人生经历，更不是因为她们有相似的身世浮沉。从出身到国籍，从时代到信仰，这两个人似乎都无法完成生命的置换与重叠。更何况，一个是小说中的虚构人物，一个是现实中的女诗人。然而，当我们抛开那种可以看得见的差异，通过不同的文本进入到两个人的精神世界和心灵地带，就会发现，两个人的精神世界竟有那么同构的地方，两个人的心灵空间竟有那么多同步的时刻。这是一种超越时空的生命互见，是一种超越民族的灵魂感应。

在狄更斯《荒凉山庄》里，伊斯特·萨摩森小姐是一个高贵的男爵夫人和一个下层军官的私生女。一出生便被男爵夫人的姐姐抱养了，她不知道自己的亲生父母是谁。养母对她很严厉。可以说，她的童年缺少阳光，也缺少关怀。她的养母辞世以后，她被一个陌生的监护人带到了"荒凉山庄"，成了这里年轻的管家。然而，就是这样一个有着不幸身世的女孩子，却没有因为自身缺少阳光的人生经历而沾染上一点乖张和戾气。相反，她的内心充满了感恩与爱意，而且，时时刻刻把这种爱意传递给周围的人。即使因为得天花面容被改变，她也没有怨天尤人，而是坦然面对。她有一颗金子般的心，不论是对她的监护人，还是对那些身处底层、挣扎于苦难中的女人和孩子，她都会用心灵去谛听他们，用心灵去回应他们。她善解人意，敏感而又善良，所以，与她接触的人们，无不感受到那种来自天性的体贴与关怀；她走到哪里，哪里便有爱的光芒，哪里就有上帝的慈悲。

而陈小玲的诗歌，也恰恰有这样的品质——对世界所求甚少，常怀感恩之心，以纯净的姿态面对纷扰的大千，以自足的心境回应生命的流转，以最质朴的声音叙说什么是日常的幸福——

七岁时，母亲请周瞎子给我算命

算我儿时磕磕绊绊，像个歪苑酒酘

算我长大后不会落在乡下插田，命里靠纸墨吃饭

算我旺夫，带财，衣食无忧，处处贵人相助

算我苦读寒窗，金榜题名，文曲星下凡

我信命，因为上帝一直宠着我

当我一次次，丢失生命中的暖

上帝就会及时替我找回，加倍还给我

每当灰暗遮挡天空，看不清世界

上帝就会拨开乌云，让云彩照耀我

就算陷在黑暗最深处，孤单得害怕

上帝会让我侧耳聆听，远方传来的回音

上帝宠着我，一刻也不肯离开我

它跟随我脚步，时时伴我左右

怕我迷路，怕我暗箭击中，怕我石头绊倒

它不让我看见，也不让我听到，总是暗中保护我

当世界暗下来，我看不清他们的脸

上帝指给我看，你提着马灯，在不远的前方等我

——《上帝宠着我》

　　你瞧，在诗人笔下，这人生的每一步都沐浴着上帝的眷顾，人生的每一处都有让人眼睛一亮的奇迹。尘世间，这就是诗人心中的幸福，是尘世之所以让人留恋的生命流淌。她没有用定义式的语言为幸福命名。这不是诗人的权利。然而，她用诗人的敏感对日常的生命进行了细致的描摹，用诗人的柔软对生命的日常进行了多情的回味。

　　幸福是什么？这肯定是一个见仁见智的问题，有人会列出物质指标，有人会祭出精神参照。每一种幸福前面，都会有长长的名单助阵；每一种幸福后面，都会有一种哲学压阵。当然，这样的两军对垒，从来没有分出胜负。每一种说法，都会在某种程度上修正另一种说法，每一种说法，也都可能成为另一种说法的反动。就是这样，正如世界本身，正如生命本身。因为，世界从来不是单一的世界，生命也从来不是单一的生命。物质在精神之上，有人说这是一种真理；精神在物质之中，有人说这也是一种真理。真理有很多，时空不同，对生命与世界的体验不同，也就自然有不同的感受和态度。而这千差万别的态度和感受，或许就是幸福最细小的神经与最可靠的样子。

　　可以这样说，幸福绝不是统计学，可以有那么精确的数字支持；更不是语言学，有那么多修辞描述。真正的幸福是个体化的，是私密的，它没有唯一的量化标准，只有具体而微的心灵感受。从某种意义上说，所谓的幸福，只是一种对欲望的理解与对世界的态度。它不是凭空而降的理念，也不是学校课堂中的讲义，它是一种心境，一种取舍。生活中，我们见过太多人太多的抱怨，抱怨自己的出身，抱怨自己的父母，

抱怨自己的学校，抱怨自己的单位，抱怨自己的同事，抱怨社会，抱怨命运。似乎，拥有正常的身体就不是上天的恩赐，拥有正常的思维就不是生命的奇迹。说白了，这都是欲望使然，都是贪念作怪。

　　一个生命诞生于世，然后，这个弱小的生命在父母的呵护下，一点点长大，一点点懂得人间冷暖，懂得人与人之间的责任与义务，懂得生命的坚持与意义，这本身就应该是奇迹。世界是完整的，也是残缺的。生命也如此。每一个残缺背后都有一种补偿，每一个完整背后都有一种遗憾。这就是月圆月缺，这就是人生荣枯。幸福的感受，不是加出来的。更多时候，懂得减法，才是打开了通向幸福的大门。在《荒凉山庄》中，卡斯顿不懂得这一点，所以，他坠入了欲望的深渊；而萨摩森懂得珍惜眼前的所有，所以，她获得了永恒的心灵满足。对此，陈小玲用自己的诗歌写出了"知足"的人生境界——

如果不是七岁时那位算命的瞎子

母亲就不会让我读那么多年的书

其实，我原本应该是村姑

本应嫁给邻村憨厚本分的男人

洗一大盆娃娃们的脏衣服

下地，锄草，放羊，养猪

不识字，不懂诗，不知文字里的苦

每天数数自家的那群鸡

看是不是少了一只

——《我原本应该是村姑》

在这首小诗中，诗人用诙谐而又轻松的语调，叙说了自己的身世。从字面上看，诗人的身世没有什么值得骄傲的资本，乡下孩子，还是女孩子。在乡村伦理的叙事中，女孩子的命运几乎就是诗歌中假设的那样，长大后嫁给本分的男人，养几个娃娃，然后每天重复"下地，锄草，放羊，养猪"的日子。然而，诗人的命运却没有遵从这种古来的伦理，而是有了逆转，有了"柳暗花明又一村"。不过，这种逆转并不是由于父母的开明和自觉，而是因为一个算命瞎子的几句话。可以说，这依然是乡村的叙事，只不过，这种叙事不再是看得见摸得着的乡间参数，而是虚无的神秘预言。诗人并没有美化这种愚昧的命运期待，而是用讥诮的口吻道出了生命的偶然性。当然，诗人也没有苦大仇深地控诉命运不公，更没有讨伐那种重男轻女的乡间伦理。她只是陈述了一个事实，一个个体生命的往事。对那种根深蒂固的乡间伦理和自身可能的生命走向，她有文化意义上的批判，但并没有生命意义上的仇恨，相反，却有一种淡然，有一种庆幸，有一种深沉的感恩。这种淡化往事、珍惜当下的情绪，几乎和萨摩森小姐如出一辙——

> 你一定看见了
> 看见一些冷清，一些鲜为人知的忧苦
> 还有沉水，码头，水上行走的轮渡与雾
> 我窗台上的兰花，开了两朵
> 你是看不见的
> 你看，我还能疼，能准确说出疼的位置
> 能坦然面对三月清晨落下来的这场雪
> 能忍住那么多原本应该流出来的泪水
> 就算这场雪，断了我所有的念想

就算我一个人永远坐在这旷世的黑洞

我还是要对自己说，黑暗与孤独很好

这也是你看不见的

——《你是看不见的》

这个世界上，苦难与忧愁，泪水与疼痛，不会因为诗人美好的愿景
而消亡，它们是世界的一部分。但是，如何面对这一切，如何感知这一
切，却可以判断一个人的内心和情怀。面对苦难与忧愁，深陷其中的芸
芸众生，因为没有信念，所以，只能看到那苦难的残酷与忧愁的无边，
于是，沉溺其中，像动物一样承受那似乎没有尽头的煎熬。还是要说
《荒凉山庄》，在这部不朽的名著中，有一个叫乔的小男孩，他居住在
贫民窟，因为一桩自杀事件被卷入到一场阴谋中。于是，生存的困境与
人为的伤害交织在一起，把这个可怜的孩子一步步逼上了绝路。这是一
种生命状态，无辜，绝望，冰冷，缺乏生命应有的热度和生机。

然而，世界不应该因为苦难的存在而成为牢狱，人生也不能因为有
愁苦便彻底沉沦。人类从愚昧到文明，绝不是想当然的自然替换，它需
要有先知传递信念，需要有战士为之奋斗，更需要普遍的众生守护着那
盏人性之灯，守护着那种让生命感到温暖的念想。诗人不是先知，也不
是战士，她只是普通人中的一个。但她心中有爱，眼中有光，所以，她
的世界才有那样的平和与坚韧。"你一定看见了/看见一些冷清，一些
鲜为人知的忧苦" 面对苦难与忧愁，她没有假装看不见，没有转身逃
离，而是说出它，直面它——"你看，我还能疼，能准确说出疼的位置
/能坦然面对三月清晨落下来的这场雪/能忍住那么多原本应该流出来的
泪水"，疼痛不会自动消失，它需要抚慰。然而，上帝帮助自救者，戈
多式的等待是一种虚无。它需要内心的发现，需要内心的光。诗人发现

了这种光，它就是窗台上兰花，也是希望的萌芽。因为，这些沉默的植物，并没有因天气的恶劣而改变生长的姿态。它们的花朵，不仅仅是自然的舒展，也是生命的启示。

面对植物的荣枯，诗人获得了一种哲学意味的领悟。也许，我们无法改变世界的进程，无法改变人生的走向，但可以改变心境，改变自己对待世界、对待人生的态度。"泪眼问花花不语，乱红飞过秋千去"是一种心态；"我看青山多妩媚，料青山看我亦如是"也是一种心态。但感受却截然不同。只要心中还有爱，只要精神还有光，这个世界便值得留恋，这个生命便值得珍惜。正如萨摩森小姐一样，在经历了那么多苦难之后，在见证了那么多忧愁之后，她依然用一颗少女的心灵去安慰每一个受难的灵魂，她依然用一种感恩的姿态去感受着、希望着、祈祷着，为了自己，为了她遇到的所有人，也为了世界。因为，苦难的历史和愁苦的人生毕竟不是人类的全部，那些曾经的美好和当下的温暖，一直都在，一直以不同的形式不同的色彩在人间摇曳。只要人们还没有关闭收听这爱的讯号，它就会源源不断地在心灵之间传播。正因如此，灾难之中，才会有让人感动不已的相濡以沫；苦难之上，才会有瘦骨嶙峋的生命倔强地抬起头来。它是世界生生不息的前提，是生命薪火相传的理由。

诗人明白这一点，所以，诗人也像萨摩森小姐一样，即使切身地感受到孤独与黑暗的存在，也会仍然相信温暖与光明；即使看到了那"抚琴的盲人"，也会"允许他抱怨满眼的黑，抱怨这场泛滥持久的冷雨"（《抚琴的盲人》），也会坚定地说出——"就算我一个人永远坐在这旷世的黑洞/我还是要对自己说，黑暗与孤独很好"。拥抱光明与温暖，这是所有人都具备的能力，但说出"黑暗与孤独很好"，一定是阅尽人间后的生命顿悟。"阳光照好人也照坏人"，这是大道，拒绝人世的残缺，这是"我执"。在黑暗中看到生命自带的光芒，在孤独中感受生命之间秘密的呼应，这是爱的能力。可以这样说，这是一种人生境界，它不仅仅是一个普通生命的自我心理暗示，而且是沐浴圣光的圣徒的福音书。

二

只有充分打开的生命才能感应到生命之间的微妙关联，只有心向大爱的灵魂才能体验到奉献的幸福。在陈小玲的诗歌中，似乎有一个强大的词根，那就是内心的满足。无论面对什么样的人生处境，面对怎样的自然风物，她都能找到心灵自足的落脚点，都能发现让灵魂安放的栖居地。所以，她的诗歌没有物质化的浓烈，而是弥漫着一种淡雅而又从容的审美气息——

> 微妙的访客
> 你来到花中，水中——
> 你手捧一本聂鲁达的诗集
> 轻轻地念给我听
> 你念出的每一个字
> 就像一串美妙，跳跃的音符
> 在我尘封的心弦上，撩拨着往事
> 我听见，灰尘扑扑落地的声响
> 看见绽放的花朵，南方的星空，静默的河流
> 突然就被诗里的种种美，击中了
> 我想，你一定察觉到了
> 我隐藏了很久，眼底闪烁的泪花
> 时光就这样慢下来，多好
> 在缓慢里共读一首诗，多好

只是人生中，这样的时光太少，太少

————《缓慢的时光》

你瞧，在这缓慢的时光中，诗人的感受多么轻盈，她看到了花蕊上震颤的音符，听到了聂鲁达诗行中的爱情。往事如灰尘，它们落在地上发出细微的声响。这时，绽放的花朵，南方的星空，静默的河流，都成为灵魂舞动的形式，生命不再是沉重的肉体，而成为审美的主体，也成为审美的对象。此时，时光的棱角已经被那种无处不在的爱意消解，时光的纹理犹如湖水的涟漪，波光潋滟。在这种心灵与时间的同期呼吸中，人生抵达一种灵魂的自在，完成一种生命的大同。

在《荒凉山庄》里，不论荒凉山庄是热闹还是荒凉，萨摩森小姐从来都没有感受到死寂。这里虽然不是她的出生地，但却是她获得第二次人生的地方。在这里，她感受到了爱，体验到了美，然后，她把自己的身心都安放在这里，并让这爱和美，随着她一起走进纷扰的世界，让这爱与美，感染更多的人，抚慰更多的心。弗洛姆曾说过，爱是一种能力，是可以通过训练获得的能力。我喜欢这样的言说。因为，它让爱不那么神秘和虚无，而是成为可感可触的行为。正如萨摩森小姐，她的爱绝不是抽象的，而是体现在她生活的点点滴滴，体现在她言行的所有细节。陈小玲的诗歌也是这样，她写"我的朗州，我的沅水"，写那里的街道与风物，写那里的人文与历史，写那里的河水与人生，她一直尝试用不同的声部"打造故乡的色彩"。她的栖居地不是萨摩森的荒凉山庄，但她的栖居地却激发了她萨摩森一样的挚爱与深情——

沈从文走了

他笔下的河街还在，码头也还在

船工和水手走了，这河水还在
穿蓝布印花洋布衣，唱小曲的女人走了
吊脚楼还在，乌篷船也还在

你看，这沿河的211栋房屋
368间门店，依偎在这穿紫河
你看这麻阳街，吊脚楼不再陋隘逼窄
看不到头裹黑布，叫卖茶卤蛋的麻阳女人
听不到，咚咚咚剁制腌菜的声音

顺着这河水，再往下走，就是小河街
这里不再有花纱洋行，煤油，铁麻店铺
不再有辰沅会馆，鸳鸯走马楼
大河街繁华依旧，古玩字画，窨子屋
不再有江西会馆，万寿宫，群仙楼

其实，当年沈从文走过的常德河街
在与不在，没有什么要紧
只要迈着闲散的步子
迎着水风，和你肩并着肩
能在这河街上走一走，就很美好

——《常德河街》

在这条现实的街道上，诗人可以追寻古人多情的足迹，可以看到吊
脚楼里的风情万种，看到乌篷船里的诗意人生，看到远远的浅斟低唱，

看到近旁的烟火人生。在这种历史观照中，发黄的字画里有了现实的眉眼，落寞的会馆里有了当下的人声。生命闲散了下来，迈出的步子也就有了轻盈的姿态；灵魂饱满了，肉体的影子也就有了烟霞的旖旎。正是这种人生状态和生命感受，让浊重的尘世有了泼辣的草长莺飞，让纷扰的人生有了清爽的风清月明。

　　当然，陈小玲毕竟不是虚构中的萨摩森小姐，她们可以有灵魂上的交集，有生命感受上的同步，但气质上还是有细微差别的。相对而言，萨摩森小姐是隐忍的。除了那种爱意的自然流畅，对待爱情、对待误解、对待伤害，她总是像一个标准的基督徒一样，把那种热烈和对抗压抑起来。她是感性的，也是理性的。而诗人陈小玲，却有一种超越理性的少女热情，那就是，她在表达自我的时候，没有刻意隐藏自己的情绪，而是颇为自我，颇为个性，颇为烂漫——

　　　　你的羊偷吃了我地里的秧苗

　　　　我没有说

　　　　扫你门前的雪用坏了我的扫帚

　　　　我不会计较

　　　　你拿走了我收割的镰刀，盛饭的勺

　　　　我再去集市上买

　　　　你搬走了我过冬的粮草

　　　　我照样会挨到春天

　　　　但是，你拿走的那几个字

　　　　你要一个不少地还我

　　　　　　　　——《你要一个不少地还我》

"你要一个不少地还我"，萨摩森小姐不会这样说，但陈小玲这样说了，说得干脆，说得响亮。在诗人的世界里，地里的秧苗，镰刀和饭勺，甚至过冬的粮草，这些物质世界里的物质，都可以给人。这当然是爱的一种表现，也是爱的重要内容。但有一样东西，诗人却不肯让人夺走，这就是流淌着自我意识与灵魂形状的诗。像美国诗人狄金森对诗歌的态度一样，这不是吝啬，而是一种自我的确认与捍卫。在这个世界上，可以有相同的价值取向和情感方式，但表达却是唯一的。每个人都有独特的声调和节奏，有自己珍爱的词语，这是个体诗人之所以成立的标识，是一个诗人区别于另一个诗人的前提。所以，诗人像捍卫自己的生命一样捍卫它。这也是爱的一种，是对灵魂的守护，是对艺术的虔诚。这种爱，指向的不是世俗中的生命得失，而是灵魂内部的个体生长，是一个诗人在尘世对诗歌最高的敬意。然而，话又说回来，这两个人来自骨子里的"信"，却有一样的坚定与长久，萨摩森小姐对监护人约翰·加迪斯的"信"没有条件，陈小玲对诗歌的"信"不讲理由。

写到这里，我竟然有些恍惚。因为，这实在不太像一篇诗歌评论，而更像一篇关于阅读的随笔。尤其是，用一个小说中的人物来描述一种诗人品质和诗歌感受，这在我的诗歌评论中好像还是第一次。我不敢确定，这种表述是否贴切，是否能准确地传递出我的感受。但我可以肯定，这样的比较有阅读的合理性与新鲜感。起码，对我来说，这是一种交叉阅读，也是一种奇妙的形象重叠。我相信有经验的读者经常有这样的阅读体验——在一定的时空里，一些似乎不相干的人物和故事突然汇集在一起，你中有我，我中有你，那一刻，阅读的主体沉溺于一种幻象中，想象与现实相互映照，世界的通道被打开，生命的秘密被简化。说到底，不论是诗歌还是小说，都是对人类经验和感受最大限度的呈现和展开，而这些经验和感受，既有个体的频率，也有共性的震动。所以，出现这种虚构人物与当下诗人形象互文与精神同构的阅读感受，似乎也是文学的应有之意。

2019年6月10日

辛泊平　20世纪70年代生人，毕业于河北师范大学中文系，在《诗刊》《人民文学》《青年文学》等海内外百余家报刊发表作品并入选数十种选本。著有诗歌评论集《读一首诗，让时光安静》《与诗相遇》，随笔集《怎样看一部电影》，历史小说《廉颇》等。曾获中国年度诗歌评论奖、河北省文艺评论奖。河北青年诗人学会副会长，河北省诗歌研究中心特约研究员。现居秦皇岛市。